SANS LAISSER DE TRACES

À PROPOS DE L'AUTRICE

Marisa Urgo écrit des romans pour jeunes adultes mêlant humour et amour. New-Yorkaise de cœur, elle vit aujourd'hui à Boston. De jour, Marisa travaille dans l'enseignement supérieur. De nuit, elle est censée écrire, mais passe surtout son temps à faire descendre son chat du clavier. *Sans laisser de traces* est son premier roman. Vous pouvez la suivre sur Instagram pour rester informé de ses prochaines publications : @marisaurgowrites.

MARISA URGO

SANS LAISSER DE TRACES

Traduit de l'anglais (États-Unis)
par Benjamin Kuntzer

POCKET JEUNESSE
PKJ·

Titre original :
The Gravity of Missing Things
Publié pour la première fois en 2022 par Entangled Publishing

Collection « Territoires » dirigée par Pauline Mardoc
Contribution : Bleuenn Jaffres

Avertissement :
Ce roman traite de thèmes sensibles qui peuvent faire ressurgir des traumatismes sur les sujets suivants : scarification, idées autodestructrices et suicidaires, deuil.

Loi n° 49956 du 16 juillet 1949 sur les publications destinées à la jeunesse : avril 2024

ISBN : 978-2-266-33205-7
Dépôt légal : avril 2024

Pour ma grand-mère Nina, qui aurait
montré ce livre à tout le monde
chez Dunkin' Donuts.
Et pour ma grand-mère Annamarie,
qui était tellement fière.
Je les aime infiniment.

Chapitre premier

Jour 0

Tout a une fin. Je le savais déjà, mais ça ne rend pas les choses plus faciles. J'empoigne le rideau noir et jette un discret coup d'œil de l'autre côté. Si tu peux voir le public, il peut te voir aussi, ce qui est, paraît-il, totalement interdit au théâtre. On te balance dans la prison de l'équipe technique si ça arrive. Mais ce sont les cinq dernières minutes de la pièce d'automne.

Toute ma famille est installée au milieu de la rangée centrale. Ma grande sœur, Savannah, compulse le programme. Elle cherche peut-être mon nom. À côté d'elle, mon père scrute les moindres détails du décor, sans doute pour étudier mes réalisations. Il m'a fallu des heures pour peindre le majestueux escalier en toile de fond, mais j'ai pu utiliser cette super peinture acrylique qui coûte bien plus que ce que je gagne en travaillant à l'épicerie fine après l'école. Oui, on a une épicerie fine dans notre bled. Allez comprendre. Quant à ma mère…

Attendez un instant.

Où est maman ?

Le siège voisin de celui de papa est libre.

Peut-être qu'ils ne se sont pas installés côte à côte. C'est notre nouvelle norme, après tout.

En tout cas, elle a intérêt à revenir bientôt. Je n'ai pas envie qu'elle loupe mon salut. Tout notre dur labeur a payé. Je n'en serais pas là, sans elle.

— Violet ?

Je tourne subitement la tête et me retrouve nez à nez avec M. Tariq, notre metteur en scène, qui me dévisage avec curiosité. Ses yeux bienveillants marron foncé réfléchissent la lumière de la veilleuse derrière nous. Ce petit homme à la voix douce est mon prof préféré du lycée Wakefield.

Je referme brusquement le rideau et recule d'un bond.

— Je suis désolée ! Je voulais juste voir la réaction du public et…

— Non, non, tout va bien, me répond-il gentiment. Je veux te féliciter personnellement pour ton travail. La scène est magnifique. C'est quelque chose que tu aimes faire ?

— Euh, ouais.

J'ai déjà conçu des décors alternatifs pour *Rent*, *Wicked*, *Hamilton* et mes autres comédies musicales préférées, et ils reposent dans des cadres sur mon étagère, juste à côté de mes précieuses maquettes de navettes spatiales. La science et l'art occupent une place aussi importante l'une que l'autre dans mon monde de zarbie.

Mais ce que je voudrais vraiment faire ? Parfois, je m'imagine juste là, sous les projecteurs, à tenter de faire rire ou pleurer un public. À raconter des histoires. Malgré mon enthousiasme, je chante horriblement mal, mais, au fond, je pense savoir jouer.

Tout en me disant aussi que je peux faire tout ça derrière le rideau. Où je me sens en sécurité.

— Tant mieux, parce que j'aimerais que tu travailles avec la décoratrice sur la comédie musicale du printemps, reprend-il. Que tu prépares quelques esquisses qu'on pourrait lui présenter à la réunion. Ça te dit ?

Si ça me dit ? *Si ça me dit ?!* Ça me dit carrément. Ça me dit tellement que j'ai l'impression que mon cœur pourrait jaillir de ma poitrine ; j'aurais même sans doute hurlé de joie si je ne m'étais pas trouvée dans le sanctuaire silencieux des coulisses.

— Merci infiniment, monsieur Tariq, je chuchote, avant de lui jeter les bras autour du cou. J'ai déjà griffonné quelques croquis quand vous avez annoncé le spectacle. J'ai fait mes petits calculs, et avec une scène de neuf mètres d'ouverture, on pourrait envisager un élément rotatif au centre. S'il pivote de cent quatre-vingts degrés pile, on...

Il pouffe et me relâche.

— Violet, c'est merveilleux, mais tu vas rater ton salut. Fonce !

M. Tariq me donne une légère poussée, et je m'avance jusqu'au milieu de la scène pour rejoindre le reste des techniciens. Maman n'a pas encore regagné sa place. Mon pouls s'accélère.

Il y a vraiment tant de queue aux toilettes ?

Elle va être folle. Elle m'a aidée à mesurer la scène il y a quelques semaines, un soir tard, après les répétitions. Ça m'a d'abord agacée, parce que je voulais le faire toute seule, mais ses mesures étaient bien plus précises que les miennes. Il faut dire qu'elle est pilote.

« Je suis très fière de toi. Tu y as consacré tellement de temps. »

Elle a repoussé une mèche blond clair de son visage. La même coupe courte en bataille que je lui ai toujours connue.

« Merci.

— Tu as un vrai don, Violet. Promets-moi que tu vas l'exploiter.

— C'est promis. »

Mes collègues techniciens et moi saluons donc ; j'ai un grand sourire aux lèvres et subitement très chaud à cause des projecteurs. Ou de l'excitation.

Le public s'est levé pour nous ovationner. Je scrute la foule. Parents, frères et sœurs ou amis applaudissent. Un gouffre large comme le Grand Canyon bée entre Savannah et les inconnus, deux sièges plus loin. Non seulement maman n'est pas là, mais papa est parti lui aussi.

Il n'a pas assisté à mon salut.

Je ressens un vide soudain dans la poitrine, et une vague d'anxiété déferle sur moi tel un raz-de-marée.

J'ai passé la journée au théâtre, où ma meilleure amie Alex m'a déposée ce matin, je n'ai donc pas vu mon père ni ma sœur depuis hier soir.

Maman était déjà au Brésil et s'apprêtait à prendre un vol depuis Rio de Janeiro à destination de l'aéroport JFK, à New York, avant de rentrer à la maison. Elle m'a promis qu'elle aurait le temps après l'atterrissage d'arriver à l'heure pour ma pièce ou, au moins, pour le deuxième acte.

S'est-il passé quelque chose ? Peut-être que notre grand-père maternel, qui habite en Floride, a eu un souci ? À moins – par pitié, non – que notre chien, Onion, ait eu un problème, ce que je ne supporterais pas. Il a dix ans, ce qui est déjà beaucoup pour un carlin, et la vie ne vaudrait plus la peine d'être vécue sans ses horribles ronflements et ses yeux exorbités.

Le public se disperse dans la salle tandis que comédiens et techniciens regagnent les coulisses. Je dois me rendre au foyer au plus vite pour comprendre ce qui se trame.

Alex me rejoint sur le chemin des loges. Elle porte une vieille robe des années 1920 et son propre maquillage. Son rouge à lèvres noir ne correspond pas à l'époque, mais elle a tenu à le mettre, arguant que c'était ce que son personnage aurait choisi. En d'autres termes, elle voulait celui-ci. Quoi qu'il en soit, ça se marie très bien avec ses cheveux bruns courts et sa peau mate.

— Tu te rends compte qu'il n'y aura pas de budget pour une pièce l'année prochaine ? Imagine, l'école se paie un nouveau terrain de foot, mais rien pour le théâtre ? se plaint-elle.

— Ouais, c'est n'importe quoi, je marmonne en me précipitant vers le foyer.

— C'est une insulte à la culture. Si on ne peut pas non plus faire de comédie musicale au printemps, je vais péter un plomb. (Alex trottine pour rester à ma hauteur.) Hé, ça va ?

— Je sais pas trop, je réponds. Il faut que je trouve mes parents.

— Tu veux que je t'accompagne ?

— Non, t'inquiète, va te changer. On se rejoint plus tard.

Alex fronce les sourcils et pose une main sur mon épaule.

— Je suis sûre que tout va bien. Je peux tirer une carte de tarot, si ça peut te rassurer.

Je ne crois pas en la divination, mais je joue souvent le jeu pour ne pas contrarier Alex. Pas aujourd'hui, cependant. Je ne veux pas perdre un instant.

— Non, merci. Il faut que j'aille au foyer illico.

— D'accord. Je me change vite fait et je te rejoins au plus vite.

— Merci.

Nos routes se séparent quand elle va troquer son costume contre ses vrais vêtements.

Une chose qui m'empêcherait de devenir comédienne : je suis incapable de me déshabiller devant quelqu'un.

À moins que ce soit devant un beau mec ou une jolie fille avec qui je batifole. Je n'ai pas honte de mon corps. Avec un cul comme le mien, il n'y a pas de quoi ! Mais si quelqu'un voyait mes cicatrices, il me poserait des tas de questions auxquelles je n'aurais aucune envie de répondre.

Je marche à toute allure vers le foyer. Celui-ci est plein de familles attendant impatiemment les acteurs, qui courent dans les couloirs pour les embrasser. Les autres techniciens reçoivent des fleurs en expliquant le fonctionnement des décors. Tandis que je scrute la salle en quête de mes parents, je perçois quelques bribes de conversations.

— Tu as été formidable !

— Je n'ai pas bien compris le passage où...

— Comment tu fais pour mémoriser tout ce texte ?

Une femme me passe devant en trombe et se précipite vers une comédienne, qu'elle étreint fermement.

Je fais partie du club de théâtre depuis la troisième, et ma famille m'attend toujours près de la buvette après une pièce. Généralement, ma mère m'apporte des fleurs, je me demande donc si elle aura opté pour des pivoines ou pour des roses, cette fois. Ça me touche toujours, parce que les techniciens restent bien souvent dans l'ombre. Il n'y en a que pour les comédiens. C'est tellement cliché.

Mais aujourd'hui, je ne trouve que Savannah.

Les poils de mes bras se hérissent. Bon sang, où sont mes parents ?

Elle est appuyée contre le mur, ses longues jambes à la Gigi Hadid étendues devant elle, croisées aux chevilles. Je connais cette position : elle se tient comme ça quand elle est nerveuse ou a envie de faire pipi. Parfois les deux. J'espère que ce n'est qu'une envie pressante.

Dis-moi où est maman.

Quand elle m'aperçoit, elle m'adresse un sourire forcé.

— Qu'est-ce qui ne va pas ? je demande.

— Félicitations ! s'exclame-t-elle comme si je n'avais rien dit, comme d'habitude.

Elle n'a qu'un an de plus que moi, mais j'ai parfois l'impression qu'on a des décennies d'écart.

— Le décor était génial ! On aurait vraiment dit que l'escalier était réel. Tu as même mis du vernis sur le bois.

Cette fois, son sourire est authentique – et le mien aussi. Je la prends dans mes bras.

— Merci ! Ça m'a pris exactement 20,3 heures.

J'inspecte de nouveau le foyer. Toujours aucun signe de maman, mais papa est en train de téléphoner dehors. Il fait les cent pas, une main plaquée sur l'oreille.

— M. Tariq m'a demandé d'aider pour les décors de la comédie musicale de printemps. On va jouer *La Belle et la Bête.*

Ses yeux s'écarquillent, révélant ses pupilles si noires sur ses iris bleu clair. On n'a pas l'air de sœurs : Savannah est une grande blonde aux yeux bleus, qui a hérité du nez mutin et de la mâchoire carrée de papa ; moi, j'ai les cheveux bruns et les yeux marron, ainsi que la silhouette tout en courbes de maman. Avant, j'étais jalouse de la beauté de Savannah, de ses allures de Barbie sortie de sa boîte, mais maintenant j'en tire une forme d'orgueil. Genre : « Ouais, ma sœur est une bombe atomique. Comme on a environ cinquante pour cent d'ADN en commun, ça fait de moi, par définition, une demi-bombe atomique ! »

— Violet, c'est génial ! Je… je suis trop fière.

Je ne me rappelle pas avoir jamais entendu Savannah dire une chose pareille.

— Waouh ! merci.

— Donc tu comptes vraiment te lancer dans la décoration artistique ? demande-t-elle.

— La scénographie. Mais oui, vraiment. (Je fronce les sourcils.) Dis-moi ce qui se passe, maintenant. Où est maman ?

— Papa ne voulait pas que je te le dise. (Elle contemple ses pieds.) Il a eu peur que ça fiche en l'air ton groove artistique.

— Ouais, mais la pièce est finie. Crache le morceau.

Savannah joue avec la pointe de ses cheveux. Un tic nerveux. J'ai envie de la secouer jusqu'à ce qu'elle me dise ce qu'il en est.

— Accouche ! j'insiste.

— Maman n'est pas rentrée à la maison ce soir, lâche-t-elle.

Je cligne des yeux. J'ai forcément mal entendu.

Je pensais avoir affaire à un risque de niveau 2. À la rigueur 5, si ça concernait Onion. Maman qui ne rentre pas ? C'est un risque de niveau 10. Voire 12. Mon sang se glace.

— Comment ça, elle est pas rentrée ?

— Elle a décollé du Brésil à 8 heures ce matin et était censée atterrir à New York à 18 heures, mais elle n'est pas encore rentrée, m'explique-t-elle avec soin. Mais ne t'inquiète pas, hein ! Papa dit que la météo était mauvaise sur le parcours, elle a donc très bien pu se poser quelque part pour attendre que ça se dégage.

Ma mère pilotait déjà des avions de ligne avant ma naissance. Il y a régulièrement des retards, mais elle nous prévient toujours.

— Elle n'a pas appelé ? J'ai échangé avec elle hier soir. Je lui ai envoyé un texto. Elle m'a répondu.

C'est à ce moment-là que je me rends compte qu'elle ne m'a pas adressé son « Merde » habituel, comme avant chaque représentation.

Il y a un truc qui cloche. Un truc horrible, insurmontable, genre Scar qui balance Mufasa au bas de la falaise.

Savannah pose sa main sur la mienne.

— Papa est au téléphone avec la compagnie. Je suis sûre qu'ils vont nous dire que tout va bien.

— Oui. C'est ça.

Elle a forcément raison. Ce n'est pas possible autrement. La compagnie aérienne sait exactement où maman se trouve et ce qui a provoqué ce retard. Je vais la revoir bientôt. C'est obligé.

Le déclic de la porte de l'école se refermant se fait entendre malgré la cacophonie de voix dans le foyer. Papa se dirige vers Savannah et moi, et mon ventre se serre. Il est livide, de profonds cernes noirs soulignent ses grands yeux. L'air devient irrespirable. Rien qu'à son expression, je comprends. Je comprends.

Il nous rejoint en passant une main dans ses cheveux bruns hirsutes.

— Ils ne retrouvent pas l'avion, dit-il. Il a disparu des radars.

Chapitre deux

Jour 1, tôt le matin

Les avions ne disparaissent pas comme ça.

Pas aux États-Unis, où nos systèmes de repérage et nos radars sont censés être les meilleurs du monde, et même de l'univers. Mais ce matin, un avion commercial de type Boeing 747 s'est évaporé.

Cent cinquante passagers à bord, quatre membres d'équipage, un copilote et une pilote particulièrement importante.

Ma mère.

Je suis scotchée à l'écran de télé depuis que nous sommes rentrés de la représentation, comme si mes doigts étaient cousus à la télécommande. Mon téléphone repose dans mon autre main. J'attends un appel de la pilote, qui m'assurera qu'elle est saine et sauve.

Je n'ai pas bougé depuis quatre heures.

— Éteins ça, me lance Savannah.

Ses longues jambes semblent rebondir tandis qu'elle descend l'escalier en trottinant. Son visage est si pâle, ce matin, qu'elle pourrait rivaliser avec Casper le fantôme. Ça ne m'étonne pas. Elle non plus n'a pas réussi à fermer l'œil.

— Je peux pas, je lui réponds.

Les journalistes savent peut-être quelque chose que j'ignore.

Je consulte mon portable. Il affiche zéro notification ; en fond, Curiosity, le rover que la Nasa a envoyé sur Mars, mon préféré.

— Tu es sur silencieux ?

Savannah s'assied près de moi sur le tapis. Nos genoux se touchent. Elle non plus ne doit pas trouver le canapé bien adapté : il est trop confortable pour un moment pareil.

Notre maison semble sinistrement vide, comme si un courant d'air géant s'était engouffré à l'intérieur. Je suis restée assise toute seule dans le noir pendant des heures, mais je jette régulièrement un coup d'œil à la porte, dans l'espoir de la voir s'entrouvrir.

— Sinon tu ne l'entendras pas si elle appelle, précise Savannah.

« Si elle appelle. »

Ça ne fait même pas encore vingt-quatre heures, et ma sœur parle déjà au conditionnel.

Il va y avoir un coup de téléphone de maman. C'est obligé.

On en a déjà reçu des tonnes, de tous les horizons. Des textos, aussi. Alex, tous mes oncles et tantes, même mon patron à l'épicerie fine, qui m'a dit de prendre tout le temps nécessaire. J'imagine qu'il n'aura pas trop de mal à dégoter une autre experte en bocaux.

Je reçois même des mots de personnes à qui je ne parle jamais ou presque. Le type sympa dans la classe de Savannah, Landon Davis, m'a écrit sur Instagram. Il ne se contente pas de me dire qu'il est désolé, mais aussi qu'il a toujours apprécié la gentillesse de ma mère. Personne d'autre n'a fait allusion à elle de façon aussi directe. Puis, comme tout le monde, il conclut par : « N'hésite pas si tu as besoin de quoi que ce soit. » Je ne sais pas s'ils sont tous sincères, mais ça fait plaisir à lire.

Ou peut-être que ça m'a juste marquée parce que j'ai toujours trouvé Landon particulièrement mignon. De loin, seulement. Je le connais à peine.

L'horloge sonne 5 heures.

On est l'une de ces familles étranges qui possèdent encore un coucou ; le nôtre a pour thème *L'étrange Noël de monsieur Jack.* Déjà qu'il m'agaçait quand je m'endormais sur le canapé, mais entendre Jack Skellington jaillir toutes les heures est désormais plus qu'énervant. Insultant, presque.

Comment ose-t-il me rappeler depuis combien de temps j'attends ?

— Je déteste ce truc.

Savannah se lève, s'approche de la pendule et renfonce sans ménagement Jack Skellington là d'où il vient. La lumière bleue de la chaîne d'info se reflète sur le corps de ma sœur.

Maman adore cette pendule, pourtant. Quand j'entends les journaux parler d'elle, elle me manque autant que chaque fois que j'allais à une soirée pyjama.

Je trouvais toujours le moyen d'aller m'isoler dans la salle de bains pour utiliser le téléphone portable qu'elle me confiait quand je dormais chez une copine ; et, quelle que soit l'heure, elle décrochait pour me dire que je lui manquais aussi et que tout irait bien. Entendre sa délicate voix de contralto ne serait-ce qu'une minute suffisait à m'apaiser.

À cet instant, je donnerais tout pour connaître ça.

Tout.

Le journaliste déclare : « Nouvelle révélation dans l'affaire du vol US133, toujours porté disparu. Selon nos informations, la pilote, Jennifer Ashby, avait récemment demandé le divorce. Son mari et elle étaient séparés depuis à peine un mois... »

Savannah et moi échangeons un regard. Papa a passé la soirée au téléphone avec les responsables de la compagnie aérienne, le gouverneur et des tonnes d'autres politiciens ou membres du gouvernement. Vers 2 heures du matin, il s'est endormi sur la table de la cuisine avant de se contraindre à aller se coucher.

— Qu'est-ce que ça a à voir avec la disparition ? je commente.

Savannah ne répond rien. Au lieu de quoi, elle lorgne la télé d'un air assassin, comme si elle pressentait la suite.

« Cela aurait-il pu la pousser à précipiter son avion contre une montagne ou dans la mer ? Nous allons en débattre avec notre invité, expert en psychologie des missions suicides... »

Le journaliste lève un sourcil, comme pour tenter de nous faire deviner son nom.

— Quoi ? je chuchote.

Non, non. S'ils connaissaient maman, ils sauraient que cette théorie est absurde. Durant les douze heures qui se sont écoulées depuis la disparition de l'appareil, ils ont déjà évoqué un problème mécanique, un détournement et un atterrissage d'urgence. Mais c'est la première fois qu'ils prononcent le mot en « s ».

Comme si maman avait pu faire une chose pareille délibérément.

— C'est ridicule, j'aboie. Ils ne la connaissent même pas.

L'écran se divise en deux ; apparaît sur la moitié de droite un homme aux cheveux blancs et à la longue barbe. Il rajuste sa cravate, puis ses lunettes, les gestes d'un clampin convaincu d'avoir un truc important à raconter.

— C'est super injuste, soupire Savannah. Mais ça n'a rien de personnel. C'est ce que les médias font toujours.

Ça n'en est pas plus tolérable pour autant.

— Tu crois que ça peut avoir un rapport avec la voiture dans laquelle elle est montée l'autre jour ? m'interroge-t-elle.

Comment veut-elle que je le sache ? Hier, tout paraissait normal. Aujourd'hui, j'ai l'impression de me retrouver dans un conte tordu des frères Grimm.

— J'en doute, je réponds. Elle a dit qu'elle était juste allée faire des courses. Je la crois.

Savannah et moi n'avions pas encore évoqué cette étrange voiture noire qui s'est garée dans notre allée juste avant le départ de maman, parce que ça ne nous a pas semblé important sur le moment. Quel intérêt ? Mais maintenant, je remets tout en doute.

Je déverrouille mon téléphone et surfe un peu en ligne pour trouver d'autres points de vue, mais toutes mes recherches Google font ressortir des articles dans lesquels des « spécialistes » laissent entendre que maman n'est peut-être pas innocente dans cette histoire. Je commets alors l'erreur de lire la section des commentaires. Si tu cherches un moyen de te pourrir la journée et de te mettre à douter de l'intelligence de l'Américain moyen, amuse-toi à lire les commentaires d'un article lambda :

C'est tellement triste. À mon avis, s'ils ne retrouvent pas l'avion d'ici demain, ils sont tous morts.

Sans doute un meurtre-suicide. Je prie pour les familles des victimes.

Elle devait avoir ses règles et a buté tout le monde lol.

Je me mords la lèvre jusqu'au sang. Ce goût métallique me ramène dans le monde réel. Je ne sais même pas pourquoi je me suis donné la peine d'aller lire les commentaires.

— Tout le monde l'accuse.

J'ai envie de me mettre à pleurer, mais j'ai déjà du mal à respirer.

Savannah me fixe d'un regard scrutateur, comme si elle lisait dans mes pensées. Elle y arrive souvent.

— Tu te laisses polluer l'esprit par ces mensonges. Tu ferais mieux d'essayer de dormir.

— Oui, sans doute.

Mes doigts agissent de leur propre initiative. Ils pianotent une réponse sous un nom d'emprunt, elphaba243, mon pseudo depuis toujours.

C'est une super pilote qui a plus de dix ans d'expérience. Elle ne ferait pas de mal à une mouche.

Ça a l'air puéril, mais je la poste quand même. C'est comme crier dans le désert. Je sais que personne ne m'écoutera, mais tant pis. Il fallait que je le fasse. Que je lave son honneur.

Savannah se met à genoux près de moi et m'ôte doucement le téléphone des mains.

— Va te mettre au lit. Au moins pour te reposer. Les cours commencent dans deux heures.

— Les cours ? Parce que tu crois qu'on va aller en cours ?

Maman a disparu, et Savannah s'imagine qu'elle va avaler une barre de céréales avant d'aller s'asseoir en cours d'histoire américaine ?

Je sais que ma sœur est une espèce de génie et qu'elle est convaincue que son inscription à Stanford pourrait être compromise si elle loupait ne serait-ce qu'une journée de son année de terminale, mais je ne pensais pas qu'elle avait perdu la boule à ce point.

Elle passe ses mains sur son visage livide, sur lequel ressortent particulièrement les cernes sombres qui soulignent ses yeux.

— J'ai besoin de faire comme d'habitude ! Je ne peux pas rester assise ici à regarder les infos toute la journée comme toi. C'est de la torture.

L'« expert » invité à la télé, un psychologue, déclare :

« Dans bien des cas, les pensées suicidaires peuvent être provoquées par un traumatisme émotionnel, comme un récent divorce… »

— Oh, pitié, je commente.

— Techniquement, ils n'ont même pas signé les papiers, intervient Savannah. Comment ont-ils pu avoir cette info ?

Je me masse les tempes. Une clameur sourde résonne dans le fond de mon crâne. Je regarde le commentaire que j'ai laissé sous l'article. Déjà, des milliards de personnes me hurlent que je me plante, qu'un avion ne peut pas disparaître par accident. Arf.

Onion est roulé en boule contre moi. Il ne sait peut-être pas exactement ce qui se passe, mais il nous dévisage en louchant, l'air perplexe. Il n'arrête pas d'aller renifler la porte d'entrée.

Je le prends sur mes genoux pour embrasser ses bourrelets.

— Je sais, mon chou. C'est trop dur.

« Mais le plus important, poursuit l'expert, c'est que les relevés téléphoniques indiquent que son dernier message est un mot de sinistre augure envoyé à sa fille. Peut-on l'afficher à l'écran ? »

Mon cœur s'emballe.

La dernière conversation que nous avons eue toutes les deux apparaît alors à la télé.

Comment ?

Je récite ses mots de mémoire avant même que le texte s'affiche : « Je suis désolée, ce n'est plus possible. Je t'aime. » Ma gorge s'assèche aussitôt. Comment ont-ils pu se procurer mes conversations privées ? Pourquoi sont-ils tordus au point de vouloir faire de ma mère une meurtrière ?

Savannah tourne brusquement la tête vers moi.

— Quoi ? Elle t'a envoyé ça ?

— Elle me parlait du concert !

Je pianote sur mon téléphone pour retrouver le début de notre échange. J'ai relu ses textos six cents fois depuis la disparition de l'avion, mais je n'ai jamais interprété le message sous cet angle. Car il ne peut pas y avoir un sens caché, si ?

MOI : Hé ! quand tu nous emmèneras au concert de Trixie Mattel la semaine prochaine, tu pourras prendre Alex en route ?

MAM : Désolée, ma puce, on m'a collé un vol ce week-end-là.

MOI : Oh, je croyais que c'était OK.

MAM : Je suis désolée, ce n'est plus possible. Je t'aime.

Les yeux de Savannah rougissent alors.

— Ils sortent la phrase de son contexte.

— Complètement.

Mon sang bouillonne. Comment osent-ils pirater une conversation avec ma mère et la détourner en une lettre d'adieu ? Évidemment, ils ne montrent pas le début de l'échange à la télé. Bien sûr. Pourquoi faire part de toute la vérité ?

Une voix minuscule me chuchote à l'esprit que, peut-être, possiblement, il s'agissait bel et bien d'un message déguisé. Une façon de me prévenir de ce qu'elle s'apprêtait à faire, un dernier adieu.

Maman n'a pas eu la vie facile, ces derniers temps. Le coût du divorce, les procédures. Je l'ai surprise à pleurer plus souvent que je ne veux m'en souvenir.

Non, non, non. Je repousse cette idée. Ma mère ne se serait jamais donné la mort, surtout pas en emportant cent cinquante-cinq vies innocentes.

— J'ai besoin d'être seule, je chuchote.

Savannah ne me regarde même pas monter dans ma chambre.

Sans maman, la maison semble tellement… bizarre.

Je me suis trouvée toute seule chez moi des tas de fois, et on a l'habitude de ses absences, puisqu'elle est toujours par monts et par vaux. Mais ce n'est pas le même vide que d'habitude. Comme si je regardais une carte en essayant de déterminer où aller, alors qu'il manquait toute la partie du milieu.

J'ai envie de m'allonger une minute et de fermer les yeux. En m'approchant de mon lit, je trébuche sur une pile de linge sale. Il va vraiment falloir que je songe à ranger ma chambre.

Toutefois, quelque chose attire mon regard. Un papier plié en deux, posé sous mon ordinateur portable. Une feuille d'imprimante, d'une blancheur virginale. Je l'ouvre lentement.

Ma Violet,

Bon. Je sais que si tu lis ceci maintenant, tu m'en veux sans doute beaucoup. Ce n'était pas censé se passer comme ça. Je te demande juste de me faire confiance. Ce n'était pas mon plan initial, mais j'en ai vraiment un. On se comprend comme personne, toutes les deux – ni papa, ni Savannah, ni qui que ce soit d'autre –, alors j'espère que tu me comprendras cette fois encore. S'il te plaît, garde ça pour toi pour l'instant. Que ça reste entre nous. On trouvera une solution ensemble.

P.S. : Je te dis toujours « merde » or je ne veux pas faire entorse à la tradition, alors merde ! Je suis navrée de ne pas pouvoir être ici ce soir.

Je t'aime pour toujours,
Mam
P.-P.-S. : La prochaine fois, je pense que tu devrais être sur scène.

Euh. Quoi ?

Je repose la lettre sur mon bureau, puis la reprends pour la lire une nouvelle fois.

Qu'est-ce qu'elle raconte, au juste ? Un plan ? Si elle savait qu'elle ne serait pas là, c'est qu'elle devait aller bien, non ?

« On trouvera une solution ensemble. » Au futur.

Elle comptait donc revenir.

Je réprime l'envie de crier pour répandre la nouvelle, mais elle m'a demandé de garder le secret. Je ne comprends pas. Pourquoi ne pas en parler à papa et Savannah ?

Je fais les cent pas dans ma chambre, la lettre entre mes mains.

Maman a raison, cela dit : elle et moi, on est plus proches que papa et moi ou que maman et Savannah. On est fusionnelles. Si mes copines se plaignent toujours de leur mère et cherchent toutes les occasions de quitter la maison, je suis au contraire toujours en train d'attendre que la mienne rentre pour faire un truc avec elle. On n'a jamais totalement coupé le cordon.

Elle va revenir.

C'est bien ce qu'elle voulait dire, non ?

Forcément. Elle a vraiment un plan.

Quand j'entends frapper deux coups à ma porte, je m'empresse de faire disparaître la lettre sous mon ordinateur et mes cahiers d'école.

Savannah ouvre tout doucement.

— Ça va ?

— Moi ? Oh, ouais.

— Tu devrais venir voir ce qu'ils racontent maintenant, suggère-t-elle.

— Enfin quelque chose de positif ?

— Euh, non, mais tu devrais venir voir quand même. Et, honnêtement… j'ai pas envie de rester seule.

Nous redescendons les marches ensemble et nous rasseyons au même endroit, sur le sol. Ce que je viens d'apprendre noie toutes mes pensées. J'ai l'impression d'être sous l'eau.

— Ils commencent à parler de terrorisme, m'explique Savannah. C'est horrible.

« L'avion a disparu depuis plusieurs heures, annonce le journaliste. Pourtant, aucun groupe terroriste n'a encore rien revendiqué. Cela laisse à penser que le coup a été monté de l'intérieur.

— Non, pas nécessairement, intervient son interlocuteur, un expert en cybersécurité dont les lunettes mangent le visage. Un cyberdétournement reste extrêmement plausible. Mon équipe a testé. »

Savannah avait raison : regarder ce machin relève de la torture.

Je refuse de les laisser souiller son image.

Pas alors qu'il existe une chance de la retrouver. Je ne peux m'y résoudre.

C'est peut-être pour ça qu'elle m'a demandé de n'en parler à personne. Je repense à la manière dont les journalistes ont déformé ses propos concernant le concert. Elle se doutait peut-être qu'ils en feraient autant avec cette lettre si je la leur montrais.

— N'importe quoi, je critique. Ils n'en savent rien.

— Bien sûr que non, confirme Savannah. Mais… nous non plus, pas vrai ?

Moi, si. Je crève d'envie de le lui dire. *Maman sait ce qui s'est vraiment passé.*

— Est-ce que tu fais confiance à maman ? je lui demande alors.

— Quoi ? Oui, mais c'est pas… Ça n'a rien à voir avec ça. Il s'est passé quelque chose. Une sorte d'accident.

— Non, je m'empresse de la dédire. Je crois que c'est autre chose. Je crois qu'elle est quelque part, qu'elle attend qu'on la retrouve.

Savannah, les yeux fatigués, me dévisage avec incrédulité.

— Violet, je crois que tu ne comprends pas…

Soudain, on frappe à la porte d'entrée.

Je me fige et laisse tomber mon téléphone par terre. Les pas de papa retentissent à l'étage.

Ma sœur et moi échangeons un regard plein d'un espoir hésitant.

— Attends, chuchote Savannah. Ça ne peut pas être maman.

— Qu'est-ce que tu racontes ? Qui d'autre veux-tu… ?

— Elle ne frapperait pas à la porte.

Je cligne des yeux pour refouler mes larmes. Ma sœur a raison.

Je vais ouvrir quand même. Si l'espoir peut réaliser nos rêves les plus fous, alors je trouverai maman sur le palier.

Mais ce n'est pas elle.

C'est une autre femme. Grande, vêtue d'un costume noir et d'une cravate rouge. De profonds yeux verts, sévères. Pas de sourire.

— Bonjour. Je suis l'agente Rosenfield, du FBI.

Chapitre trois

Jour 1, matin

Liste des choses que je ne veux jamais voir se reproduire :
- Disparition de maman.
- M'inquiéter de voir tomber des avions.
- Trouver un agent du FBI sur le pas de ma porte.

— On peut vous aider ? lance papa depuis le haut de l'escalier.

Il n'a à l'évidence pas bien dormi, mais au moins a-t-il pu se reposer un peu. Contrairement à ma sœur et moi. Ses cheveux sont en bataille, ses lunettes de travers, et il porte un vieux tee-shirt Jefferson Airplane couvert de taches.

Sans doute pas la tenue idéale pour accueillir une employée fédérale.

— Vous avez des informations concernant Jennifer ? ajoute-t-il.

— Est-ce que je peux entrer ? demande l'agente Rosenfield.

Ses cheveux châtains ramenés en une queue-de-cheval serrée mettent en valeur ses pommettes hautes.

— Vous l'avez trouvée ? j'essaie.

L'agente Rosenfield me jette un regard de biais, puis papa la conduit au salon et lui désigne le canapé. Elle ne s'assied pas.

— Nous n'avons pas retrouvé votre mère, répond l'agente Rosenfield. Pas encore. Mais nous espérions que vous pourriez nous fournir des informations utiles. Je suis aussi venue avec notre équipe d'experts, car nous avons des choses à récupérer.

— Faut-il vraiment que les filles assistent à tout ça ? l'interroge mon père en venant se poster devant Savannah et moi, comme si le fait de nous dissimuler pouvait suffire à faire oublier notre présence à l'agente Rosenfield.

— Ce serait mieux, répond-elle. J'aimerais rassembler le plus d'informations possible pour aider Jennifer. Légalement, je ne peux pas les y contraindre, cependant. Violet et Savannah peuvent monter.

Mon ventre se serre. On ne lui a jamais donné nos noms.

Papa nous désigne l'escalier.

— Dans vos chambres.

Savannah tourne les talons, mais je demeure campée sur place.

— Non.

Papa croise les bras.

— Violet.

— Je reste.

Il me regarde droit dans les yeux, mais je ne flanche pas. Notre premier affrontement.

Je n'ai pas envie d'être seule. Pas maintenant. J'ai peur de ce que je pourrais faire. Mon esprit bouillonne. Je crois avoir oublié toute notion de sang-froid.

— Dans ta chambre.

Il n'a pas compris. Papa ignore ce que je suis capable de m'infliger quand je suis contrariée. Nul ne le sait, à part maman. C'est le plus grand de tous nos secrets partagés.

— S'il te plaît, je plaide.

— Dans ta chambre, ou je te confisque ton téléphone.

— Très bien, prends-le, je crache.

— Nous n'avons pas de temps à perdre, intervient l'agente Rosenfield. C'est très important.

Je plisse les paupières.

— Oh ! Eh bien, excusez-moi, alors. Je ne pensais pas qu'on m'interdirait de participer à une conversation concernant ma propre mère.

Savannah me prend par le bras pour m'attirer vers l'escalier.

— Excusez-la, elle n'a pas dormi de la nuit.

— Arrête ! je siffle.

Savannah je-fais-deux-heures-de-muscu-tous-les-jours est hélas bien trop forte pour moi. Elle me traîne jusqu'au sommet des marches, mais elle s'arrête là. D'ici, on entend encore papa et l'agente, sans pouvoir les voir. Et n'importe quel bon machiniste sait qu'ils ne peuvent donc pas nous voir non plus.

Deux types avec un écusson « Collecte de preuves » cousu sur leur uniforme nous passent devant sans même un regard.

« Ne fouillez pas dans mes affaires ! » ai-je envie de leur hurler, mais je sais que je ne suis pas censée le faire. Je déteste savoir des inconnus fouiner chez nous, dans nos biens personnels. C'était mon lieu sûr.

— Ne t'attire pas plus d'ennuis que nécessaire, me chuchote Savannah.

— Tu es tellement plus intelligente que moi.

Je me fends d'un petit sourire narquois et me passe les bras autour des jambes.

— Non, seulement plus discrète.

— Elle est jolie, je commente.

— Tu peux éviter de baver sur toutes les femmes aux pommettes hautes pendant cinq minutes ? C'est une affaire sérieuse, me rabroue-t-elle. C'est une vraie obsession, chez toi.

Je ne relève pas son commentaire. C'est faux.

Bon, peut-être pas complètement.

Je m'efforce d'épier papa et l'agente entre les barreaux de la rampe. On faisait souvent ça, petites. Quand papa et maman se disputaient, Savannah et moi nous asseyions là pour les écouter. À l'époque, on pensait que c'était à cause de nous. Comme quand j'ai renversé mon assiette au dîner et qu'ils se sont enguirlandés pour savoir qui devait nettoyer. Le fait de les entendre m'avait servi de punition. Mais j'ai compris il y a quelques années à peine que je n'étais responsable de rien.

Ils se disputaient pour un oui ou pour un non.

Papa et l'agente Rosenfield discutent à bâtons rompus. Non, maman et lui ne sont pas divorcés. Oui, la procédure est en cours.

— Nous sommes séparés, précise papa.

C'est quand même douloureux.

— Avez-vous eu plus d'informations pour l'avion ? demande-t-il. Quelles qu'elles soient ?

— Rien de nouveau. L'US133 a décollé de Rio de Janeiro à 8 h 05 du matin. Il devait atterrir à JFK un peu avant 18 heures, heure locale. Aux alentours de 15 heures, le centre de contrôle d'US Modern a perdu tout contact avec l'appareil.

— Et vous êtes sûre que Jenn n'a envoyé aucun message ? Pas même un signal de détresse ? Et son copilote ?

— Aucun signal de détresse. À environ 15 h 15, le transpondeur s'est rallumé, mais pas assez longtemps pour envoyer sa position. Il s'est coupé aussitôt. La même chose s'est reproduite un peu plus tard.

Je fronce les sourcils. J'aurais dû être plus attentive quand maman nous racontait les aspects techniques de son boulot. Je ne connais ni ces mots ni leur utilité.

— Seuls les pilotes peuvent allumer et éteindre le transpondeur, me souffle Savannah. Il faut le faire manuellement. C'est le petit transmetteur qui permet aux contrôleurs aériens de repérer les avions.

Savannah a commencé à potasser pour l'école d'aviation il y a quelques mois. Elle rêve de devenir astronaute, et elle pense que ça pourrait être utile. Maman était surexcitée quand elle l'a appris.

— Et s'il y avait eu un problème électrique ou un truc dans le genre ? je chuchote. Quelque chose qui aurait éteint le dispositif.

— Mmm… Je ne suis pas sûre. Je vérifierai tout à l'heure dans mon manuel de vol.

Ça pourrait être un problème de câblage. C'est peut-être pour ça qu'elle n'a pas communiqué. En tout cas, il s'agit forcément d'un problème que maman ne savait pas résoudre.

Mais elle est pilote depuis vingt ans, depuis qu'elle a quitté l'armée. Nos murs sont couverts de médailles célébrant ses exploits. Elle sait tout réparer !

— Le dernier ping enregistré en provenance de l'appareil remonte à 15 h 15, quand l'avion survolait l'Atlantique à hauteur de Porto Rico, poursuit l'agente Rosenfield.

— À 15 h 15 ? Alors pourquoi n'en ai-je pas entendu parler avant 17 heures ? s'étonne papa.

— À cette heure-là, l'appareil était encore dans le territoire aérien sud-américain. Nous essayons d'obtenir davantage d'informations, mais il semble que le Boeing ait cessé d'émettre en pénétrant dans l'espace américain, il n'a donc peut-être pas été repéré.

— Comment peut-on ne pas repérer un avion ? aboie papa. Un énorme long-courrier, à notre époque ?

— Nous faisons de notre mieux, assure-t-elle.

— Dites-moi, y a-t-il au moins une chance que mon épouse aille bien ?

— C'est impossible à dire, monsieur Ashby. Nous rassemblons le maximum d'informations pour essayer de comprendre ce qui se passe. Cette affaire est pour le moins inhabituelle.

« Inhabituelle ». Un vol commercial porté disparu aux États-Unis, ce n'est effectivement pas banal.

Le manque d'informations me fait grincer les dents. J'ai besoin d'autre chose. Une chose à laquelle me raccrocher.

Nous sommes partis en vacances au Mexique il y a quelques années. J'ai paniqué parce que mon téléphone n'avait plus de réseau. Maman avait « accidentellement » oublié de modifier mon abonnement, et je me suis retrouvée coupée du monde réel pendant sept interminables jours.

C'est peut-être la même chose.

Je visualise maman sur une magnifique île tropicale aux eaux azuréennes, après un atterrissage risqué, mais réussi. Tous ses passagers sont sains et saufs, mais en l'absence de réseau cellulaire ils ne peuvent contacter leur famille. D'ici un jour ou deux, un avion de secours finira par les repérer.

Je dois y croire.

— Je n'arrive pas à y croire, dit Savannah.

— Tu sais si on capte bien, à Porto Rico ? je demande.

— Euh… quoi ?

— Laisse tomber.

Si je faisais part de ma théorie à Savannah, elle roulerait des yeux. Ma sœur ne croit qu'aux données scientifiques, alors que je ne vis que d'espoir, même si nous nous ressemblons sans doute plus que je ne veux l'admettre.

L'équipe d'experts redescend l'escalier en emportant des objets de la maison dans des sachets en plastique. C'est douloureux de se dire qu'ils s'emparent de biens de maman comme si ceux-ci n'avaient aucune valeur.

— Qu'est-ce qu'il y a là-dedans ? Qu'est-ce que vous faites ? s'emporte papa. Vous ne pouvez pas nous piquer nos affaires !

— Nous avons un mandat de perquisition, fait valoir l'agente Rosenfield. Nous avons récupéré l'ordinateur portable de votre épouse, entre autres choses.

— D'accord. Très bien. Elle n'a rien à cacher.

— Dans quel état se trouvait votre femme ? l'interroge l'agente Rosenfield. Mentalement ? Était-elle déprimée ?

— Bien sûr qu'elle est déprimée, réplique papa. C'est la crise économique, les calottes glaciaires sont en train de disparaître et on est séparés. Alors, oui, elle est déprimée, mais comme tout le monde. Si vous voulez savoir si elle l'était au point de se faire du mal ou d'en infliger à quelqu'un d'autre, la réponse est non. Jamais de la vie. Jenn a un grand cœur. Elle donne des tonnes d'argent à des associations de lutte contre les maladies cardiaques, parce qu'elle est persuadée qu'on y succombera tous. Alors, je lui dis que le cancer tue aussi, pas vrai ? File-leur aussi un peu de pognon. Mais non, elle ne veut pas. Elle tient à donner à ceux qu'elle estime susceptibles d'aider le plus grand nombre. Et elle parraine un gamin nommé Ben dans un orphelinat de l'Oregon ou un truc comme ça ! Le pauvre, il se retrouve sans parents à tout juste huit ans...

— D'accord, monsieur Ashby. Vous pensez donc que votre épouse était saine d'esprit.

— En bref, ouais, elle ne risquait pas de se flinguer en même temps que cent cinquante-cinq autres personnes.

Je secoue la tête.

— Quand maman rentrera, elle va être furieuse qu'on ait pu penser ça d'elle.

Un ange passe entre Savannah et moi. Le genre de silence gêné qui s'impose parfois quand des filles de mon âge organisent des soirées princesses et que je me pointe déguisée en grenouille. Elles échangent ce regard. Celui qui m'exclut. Parce que j'ai eu le tort d'être moi-même.

— C'est ça, finit-elle par répondre doucement.

— Arrête de te comporter comme ça, je m'emporte. Tu dois te convaincre qu'elle va rentrer.

— D'accord, d'accord. Crois-moi, j'aimerais qu'elle soit déjà là.

Enfin un point sur lequel nous sommes d'accord.

— Les recherches se poursuivent sur un vaste secteur, étant donné qu'on ne dispose pas de coordonnées GPS précises, explique la voix râpeuse de l'agente Rosenfield au rez-de-chaussée. Seize pays ont déployé des ressources. Je suis sûre que nous obtiendrons de plus amples informations bientôt.

« De plus amples informations bientôt. » Ce qui ne veut pas dire « Maman va rentrer à la maison », ni même « Nous allons trouver l'avion ».

Ça ne veut rien dire du tout.

— Pourrais-je m'entretenir en privé avec vos filles ? Juste quelques minutes. J'aimerais qu'elles sachent que, si elles disposent de la moindre information, elles peuvent me faire confiance, reprend la femme du FBI.

— Euh... ouais. D'accord.

Savannah et moi échangeons un regard. Elle file dans sa chambre, mais je tourne à gauche et fonce dans celle de maman.

La dernière fois que j'y ai mis les pieds, c'était avant la pièce, avant que tout s'écroule. En surface, je cherche une échappatoire, mais dans le fond, je suis en quête d'autre chose. Une chose en laquelle croire.

Le lit est défait. Je ne sais pas si c'est papa ou l'équipe de recherche qui a tout retourné. Maman fait toujours son lit bien proprement. Ils ont laissé ouverts quelques tiroirs de la commode et du bureau. Je les referme, avant de remettre de l'ordre dans les crèmes et parfums que l'équipe a renversés. Bourrins. Je fais glisser mon doigt sur le bois froid de sa coiffeuse, puis effleure sa boîte à bijoux. Peut-être que si je portais l'un de ses bracelets ou colliers, je la sentirais un peu avec moi. La force qu'elle me procure commence à me manquer. Un souvenir pourrait me redonner foi.

Une petite carte de visite beige repose devant le coffret : Dr Avery Madison, psychothérapeute. 25 Vanderbilt Avenue.

Euh. Pourquoi voit-elle une psy ? Les médias connaissent peut-être un élément que j'ignore.

J'entends frapper à trois reprises à la porte.

— Violet, tu es là ? demande papa.

Je glisse la carte dans ma poche.

— Ouais, je réponds.

C'est l'agente Rosenfield qui ouvre et pénètre de quelques pas seulement. Elle n'entre pas complètement, mais observe la chambre comme si la pièce pouvait, en soi, constituer un indice.

— Votre équipe a laissé un sacré bazar ici, dis-je en croisant les bras.

— Je suis désolée. (Elle lance un regard circulaire.) J'avais envie de vous parler.

— D'accord…

— Je voulais que vous sachiez que, si vous aviez quoi que ce soit à me dire, vous pouviez. Vous n'attirerez pas d'ennuis à votre mère ni à quelque autre personne impliquée. Comme… votre père.

— Ma mère n'a rien fait de mal, et mon père n'a rien à cacher. Je suis sûre que votre enquête l'établira.

Je repense au message qu'elle m'a laissé. J'ai envie d'avouer à Rosenfield que je détiens une preuve que maman a un plan, mais je n'en ai pas le droit.

— Je n'en doute pas. (Elle croise les bras.) Alors, Violet. En première. Une année difficile. Des envies pour l'université ? Vos notes prouvent que vous êtes une fille brillante. Vos résultats laissent cependant à désirer en histoire américaine.

Je tire un peu au flanc dans cette matière parce qu'elle m'ennuie à mourir. Et je déteste que cette agente sache autant de choses sur moi.

— Je n'ai pas encore réfléchi à la fac, et je hais l'histoire.

— Je vois, répond-elle. Votre sœur va faire ses études à Stanford, pourtant.

— Si elle est prise.

À moins que le FBI sache une chose que j'ignore.

— C'est vrai. C'est très loin d'ici, la Californie. À votre avis, comment le vivront vos parents ?

Je constate qu'elle utilise le mot « parents », au pluriel, et qu'elle emploie le futur simple. Comme si elle estimait qu'ils seront tous les deux là le jour où il faudra charger les affaires de Savannah dans la voiture et l'emmener à l'autre bout du pays. L'a-t-elle fait volontairement, ou s'agit-il d'un lapsus ?

— Ma mère l'a aidée à remplir ses formulaires, et mon père est originaire de San Francisco. J'imagine que ça leur convient.

— Comment vos parents réagissent-ils au stress, habituellement ? L'année a été difficile pour eux. La séparation, trouver les fonds pour financer l'université...

— Où voulez-vous en venir ?

Je hausse un sourcil. J'ai l'impression d'être Aladdin, en pleine conversation avec Iago. Quoi que je dise, elle va me piéger. Je ne me fie pas à son regard émeraude. Il y a une lueur dans ses prunelles que je n'arrive pas à interpréter.

— Je vous demande seulement si vous avez quelque chose à m'apprendre, répond-elle.

— Non.

— Vous n'avez absolument rien à me dire ?

— Rien du tout, madame.

— J'ai l'impression qu'on va se reparler bientôt.

Elle tourne alors les talons et sort de la pièce.

Je parcours du pouce le contour de la carte de visite cachée dans ma poche.

Rien à déclarer. Rien du tout.

La vérité est ici, quelque part, mais j'imagine que je vais devoir la découvrir seule.

Chapitre quatre

Jour 1, après-midi

Quand la sonnette retentit de nouveau, je retourne ouvrir. Grave erreur.

C'est Sarah Walsh, une amie de maman, avec un énième plat cuisiné. On en a reçu toute la matinée.

— Je viens juste déposer ça rapidement avant d'aller chercher mes enfants, me dit-elle. N'hésite pas à me dire si vous avez besoin de quelque chose, d'accord ? Je vous réserve toutes mes prières.

Je l'entends à peine à cause du nombre de journalistes amassés devant chez nous. On dirait une manif.

— Merci, madame Walsh. Vous voulez entrer ? je propose.

— Non, non, trésor. Il faut que j'y aille. Embrasse ton père et Savannah pour moi.

Les gens passent nous voir, mais personne ne veut jamais entrer. Comme si notre maison était une espèce de vortex et qu'en en franchissant le seuil ils risquaient de disparaître eux aussi à bord d'un avion.

Elle repart, le visage dissimulé sous son pull pour échapper aux objectifs. Les journalistes fondent sur moi quand sa voiture démarre.

Leurs questions me grondent aux oreilles comme un roulement de tonnerre.

— Votre mère l'a-t-elle fait exprès ?

— Violet, que signifiait ce texto ?

— À votre avis, où est passé cet avion ?

— Laissez-la tranquille ! Ce n'est qu'une enfant ! rugit papa derrière moi. Dégagez de ma pelouse, ou j'appelle la police.

— Merci, papa.

— C'est normal. Je suis juste un peu surpris de m'entendre crier si jeune des choses comme « Dégagez de ma pelouse ».

Je lui sais gré de vouloir me faire rire, mais, curieusement, cela me fait regretter d'autant plus l'absence de maman.

On rentre et se dirige vers la cuisine. Papa s'assied après une courte hésitation en face de Savannah, à la place qu'il occupait avant. Avant… de partir.

Je me demande ce que ça lui fait de revenir dans cette maison qui a été la sienne pendant vingt ans et qui, soudain, ne lui appartient plus. Ça doit être comme d'essayer d'enfiler son sweat préféré et de se rendre compte qu'il est trop petit.

Je suis pourtant heureuse qu'il soit là.

La ménagère des années 1950 qui sommeille en moi prend le relais, et je me retrouve à sortir ma préparation pour brownies et mes plaques de four.

Rien ne me permettra d'oublier ce qui se passe ou ne nous redonnera l'appétit, mais je ne connais pas un être humain qui déclinerait un brownie.

Et, honnêtement, j'ai surtout besoin de m'occuper. Mes mains doivent se mettre en action, mon cerveau continuer à réfléchir. Si je reste assise sans rien faire, je risque d'exploser.

— Que vous a raconté cette agente, les filles ? s'enquiert papa.

— Seulement qu'on pouvait tout lui dire, répond Savannah.

— Et vous n'allez pas le faire, pas vrai ?

Je hausse un sourcil.

— Qu'est-ce qu'on pourrait lui dire, de toute façon ?

La carte de visite de la psychothérapeute semble peser une tonne dans ma poche.

— Je ne sais pas. Si vous pensez que ça peut aider votre mère, dites-le. Mais si c'est pour faire rappliquer d'autres costards-cravates ici, je vais acheter une de ces sonnettes connectées.

Il ouvre le journal. L'US133 figure en première page, sous le gros titre : « Disparu ». Papa froisse aussitôt la feuille de chou et la jette dans la poubelle de recyclage. Elle rebondit sur le bord et retombe à côté.

— Saletés de fédéraux, peste-t-il.

Il s'est fait arrêter lors d'une manifestation pour le climat dans les années 1990. Une histoire de voiture de police volée… Je ne sais pas trop. Quoi qu'il en soit, il se méfie des flics de tout poil depuis cette période, tout en en faisant les héros des romans policiers qu'il écrit depuis des années.

— Tu tolères les œufs dans les brownies, hein ? je demande à Savannah.

— Oui. Merci.

Quand elle avait sept ans à peine, elle a eu une forme légère de leucémie. Par chance, elle s'en est tirée sans séquelles, mais elle ne supporte plus les produits d'origine animale crus. Un effet secondaire étrange de sa chimio.

— Je déteste les œufs, intervient papa.

— Tu détestes tout, je souligne.

— Oui, eh bien excuse-moi de t'avoir mené la vie aussi dure ! s'emporte-t-il.

Savannah lève les mains en signe de protestation.

— Euh, on pourrait éviter ? S'il vous plaît ? Maman a disparu, et on se comporte comme…

Le téléphone de la maison se met à sonner. Fort. Une fois. Deux fois.

Je lâche ma cuillère en bois et plonge pour décrocher. Savannah se relève d'un bond, papa s'élance.

C'est lui qui l'atteint le premier.

— Jennifer ? halète-t-il.

Mon corps tout entier se fige. La moindre molécule s'immobilise, se met à espérer.

— Oh. Salut. (Papa ne cache pas sa déception.) Non, non. Je suis content de t'entendre. Je pensais juste… Je sais que c'est impossible, mais…

Savannah se laisse retomber sur sa chaise. Je ramasse ma cuillère qui gît sur le carrelage, où ma pâte a giclé comme du sang sur une scène de crime.

En une journée, on reçoit une tonne d'appels ou de visites de la part de mes grands-parents, de mes oncles et tantes, de mes cousins. Tous sortent les mêmes banalités : ils espèrent que tout le monde tient le coup, ils pensent fort à nous. La moitié d'entre eux disent qu'ils sont désolés pour maman, les autres ne la désignent pas directement, expliquent seulement qu'ils ont été « navrés d'apprendre la nouvelle ».

Je programme la minuterie de mon téléphone pour la cuisson des brownies, tout en songeant au temps qui me file entre les doigts. J'ai fait des recherches, ce matin. Des tas. On peut survivre sans eau pendant deux jours, peut-être trois. Sans nourriture, on peut tenir deux semaines, même si ce n'est probablement pas agréable, loin de là.

Les accidents d'avion sont extrêmement rares, mais lorsqu'ils surviennent, il arrive qu'il y ait des rescapés. J'ai lu au moins une dizaine d'articles évoquant des survivants. Parfois même des pilotes. Il subsiste donc un espoir.

Je relis une énième fois les messages de ma mère. Je ne parviens toujours pas à croire que les journalistes aient à ce point déformé ses propos. Elle ne parlait que d'un simple concert, pas de sa mort.

Si ?

« Je suis désolée, ce n'est plus possible. Je t'aime. »

J'incline la tête, en me demandant si ces mots pourraient former une anagramme, ou si l'initiale de chacun pourrait former un message caché.

Je repense à la lettre qu'elle m'a laissée et la décortique à son tour.

Elle a peut-être mal calculé son coup ? Elle devrait quand même être rentrée, maintenant, si c'est un truc qu'elle a manigancé.

« Fais-moi confiance », me demande-t-elle en substance.

C'est dans mes cordes, pas vrai ?

— Tu devrais peut-être couper ton téléphone un moment ? suggère doucement Savannah.

Papa fait les cent pas entre la cuisine et le salon, tout en discutant avec tata Sue au téléphone. La dernière fois que je l'ai vu tourner en rond de la sorte, c'est quand Savannah effectuait sa chimio.

— Je ne peux pas, Sav. Je suis désespérée, j'admets. Je ne sais pas quoi faire.

— Nous non plus. Mais attendre que ton portable sonne ne sert pas à grand-chose.

J'essaie de m'imaginer être quelqu'un d'autre. N'importe qui. Une youtubeuse célèbre, qui pourrait envoyer un message à tous ses abonnés pour leur donner envie de retrouver maman. Les forcer à s'intéresser à son sort. Ces personnes-là ont tellement de pouvoir, alors que je me sens aussi impuissante qu'un souriceau.

— Maman ne t'a rien laissé, si ? je demande. Un message ou je sais pas quoi ?

— Non, répond-elle. Et à toi ?

Elle dit la vérité, je le vois dans ses yeux. Bleus et orageux, comme ceux de papa. Même leurs sourcils sont identiques.

— N-non, je bredouille.

On frappe deux coups rapides à la porte, puis un troisième un instant plus tard. Cette fois, je ne m'emballe même pas. C'est la manière de toquer d'Alex.

Quand je lui ouvre, elle me prend dans ses bras. Ses épaisses boucles brunes me chatouillent le nez.

— Je suis tellement désolée, me dit-elle.

Elle me l'a déjà écrit environ quatre-vingt-dix fois, mais c'est encore plus agréable de l'entendre de sa bouche.

Je referme la porte derrière elle.

— Merci d'être venue.

— Tu rigoles ? C'est normal.

Habituellement, elle se serait vautrée dans le canapé et on aurait joué à la PlayStation. Elle est ce que même les pires geeks baptiseraient une experte en jeux vidéo, malgré son œil de verre. Son compte Twitch rassemble plus de deux mille abonnés.

Mais aujourd'hui, elle traîne autour de l'escalier, comme si ma maison était pour elle un territoire inconnu.

Savannah pointe la tête hors de la cuisine.

— Salut, Al.

Alex lui fait un signe de la main.

— Coucou. Violet t'a dit que j'étais désolée pour votre mère ?

— Oui, répond aussitôt Savannah. Merci.

— Viens, on monte.

Je saisis la main d'Alex pour la conduire dans ma chambre. La porte se referme en grinçant.

L'un des tout petits avantages à l'absence de maman, c'est qu'elle ne risque pas de râler si je m'enferme seule avec quelqu'un. Papa ne sait pas trop quoi penser du fait que je sois bisexuelle. Quand j'ai fait mon coming out, il a juste répondu :

« Ah. OK. Super... Pas de rencard avant le mariage. »

Du coup, il est plus indulgent avec l'histoire de la porte.

Elle gravite autour de mes maquettes de navette, comme toujours. Une rangée de figurines spatiales datant des années 1960, à l'époque où les gens normaux se fichaient bien de l'exploration, repose sur ma deuxième étagère ; les rares personnes que j'autorise à les manipuler sont Alex, maman et parfois Savannah.

La seule chose qui compte plus à mes yeux que ma collection de navettes est mon étagère de livres. Ceux-ci sont triés par couleurs, mais la plupart d'entre eux sont tout écornés. Lire est mon échappatoire. L'occasion d'oublier qui je suis pendant quelques heures, de m'approprier la fin heureuse de quelqu'un d'autre.

— Alors, tu tiens le coup ? demande Alex en jouant avec l'une des figurines. Tu n'es pas obligée de faire semblant avec moi.

— Oui et non.

C'est la vérité. Je suis parfois convaincue que maman va téléphoner d'un instant à l'autre et, la seconde qui suit – comme maintenant –, les ténèbres me rongent comme des flammes avides.

— Tu peux développer ? insiste-t-elle.

— Mmm... peut-être.

— Je comprends que ce soit trop difficile d'en parler, mais ça pourrait te libérer d'un poids.

— Ouais. C'est plus que ça. Elle me manque, bien sûr. Mais j'ai aussi besoin de savoir ce qui s'est passé. Je n'arrête pas d'y penser.

J'envisage d'évoquer le contenu de la lettre, mais maman m'a demandé de n'en parler à personne. Donc, pas à Alex non plus. Le fardeau de ce secret me pèse sur les épaules comme une montagne de cailloux, mais si ça peut permettre à maman de rentrer plus tôt, je suis prête à le garder pour moi.

Ça ne m'empêche toutefois pas de m'inquiéter. Son plan ne semble pas se dérouler comme prévu, avec toute cette couverture médiatique, sans compter le cauchemar que ça nous fait endurer, à ma famille et à moi.

Et si quelque chose avait mal tourné dans son projet ?

Je m'assieds en tailleur sur le lit, où Alex vient me rejoindre. Onion se vautre devant nous. Je donnerais n'importe quoi pour être à sa place : il est aimé, bien nourri, bien reposé, pas en mesure de s'inquiéter. Enfin, il est quand même un peu stressé. Je gratte l'arrière de son oreille noire, et il soupire d'aise.

— J'ai plusieurs théories.

Je sors le carnet que je cache sous mon oreiller et dans lequel je consigne mes rêves. Ça peut paraître étrange, mais faire quelque chose, essayer de trouver la réponse à toutes ces questions, me donne une impression de maîtrise.

— OK, j'y vais. D'abord, et si maman avait une espèce de plan ? Un truc qu'on ne comprendrait pas, mais elle, si.

— Tu veux sérieusement qu'on parle de ça ? s'exclame Alex en écarquillant les yeux. Enfin, je pensais plutôt que tu allais me parler de… ce que tu ressens.

— Il faut que je vide mon sac.

Ce n'est pas comme si j'avais des dizaines de confidents prêts à m'écouter.

Oui, j'ai toujours pensé que les spéculations étaient une perte de temps et que les théories du complot étaient ridicules. Ça ne m'empêche pas de me demander ce qui a pu se passer au juste et quelles sont les probabilités que je ne revoie plus jamais la femme qui m'a appris à me tresser les cheveux ou à faire mes lacets. Mais je ne suis pas prête à m'aventurer sur ce terrain-là.

Alex croise les jambes et soupire.

— Bon, d'accord. Je ne sais pas si c'est très vraisemblable, pour être honnête. Quel genre de plan ? Tu veux dire qu'elle aurait fait ça exprès, pour une raison ou une autre ?

— Non ! Non ! je m'empresse de répondre.

C'est peut-être pour ça qu'elle m'a demandé de ne rien dire, parce que personne d'autre que nous ne pourrait le comprendre.

— Il faisait moche hier, près du Brésil. Elle a pu changer de trajectoire pour éviter une tempête, puis se poser en urgence sur une île loin de tout.

— Peu probable, mais sans doute possible. Dans ce cas, pourquoi elle n'aurait pas émis d'appel de détresse ?

— Mmm… peut-être que la foudre a frappé l'avion, ou un truc dans le genre ?

Ce n'est pas une excuse. Je sais que des éclairs touchent des engins sans arrêt, et que ça ne pose aucun souci.

— Ou alors c'est un problème mécanique qui l'a empêchée d'envoyer un SOS.

— C'est possible ? s'étonne Alex.

J'attrape mon ordinateur et l'ouvre aussitôt.

— Oui. Je l'ai lu sur un site quelconque.

— Pourquoi j'ai l'impression que l'URL ne se termine pas par un .gov ou un .edu ? soupire-t-elle.

Ma meilleure amie me connaît beaucoup trop bien.

Je me connecte à Reddit et ouvre le forum dédié à l'US133.

— Attends, il doit y avoir au moins quatre-vingt-cinq pages, remarque-t-elle.

— Tant mieux. Plus on aura d'infos, plus vite on pourra résoudre ce problème.

Et retrouver ma mère.

— Tu… Tu penses vraiment pouvoir résoudre ça toi-même ? Je ne dis pas que c'est impossible. Il me semble juste que ça relève peut-être de la responsabilité… de la police ?

— Ça les intéresse moins que moi, je réplique.

Et ils ne savent pas tout ce que je sais. Le fait que maman m'ait demandé de garder le secret m'oblige à enquêter seule.

On parcourt les quelques premières pages, des trucs que j'ai déjà lus, et Alex fait la moue.

Il existe des tonnes de commentaires concernant tous types de théories autres qu'un acte volontaire de maman. Une entrée citée plusieurs fois indique qu'une dénommée Ayesha Ahmad, une Américaine d'origine iranienne, se trouvait à bord. On l'accuse de terrorisme sans la moindre preuve, en se basant seulement sur ses racines. Alex et moi rédigeons un post depuis mon compte pour rappeler à tous ces gens à l'esprit étriqué de retirer leurs œillères.

Alors qu'on continue notre lecture, je la vois qui fronce les sourcils.

— Je ne comprends pas la moitié de ce qui est écrit. C'est quoi, un transpondeur ? Tu peux me traduire ça ?

— Je vais essayer.

Jusqu'à présent, maman et Savannah étaient les seules à comprendre le fonctionnement d'un avion. J'ai cependant lu tellement de choses à ce sujet ces dernières heures que je pourrais sans doute en piloter un moi-même.

Du moins sur un simulateur.

Les commentaires du forum ne me semblent pas non plus totalement limpides, mais j'en saisis assez pour piger. Savannah comprendrait encore mieux, vu qu'apprendre à voler fait partie des prérequis si elle veut devenir astronaute, mais je n'ai pas osé l'interroger. De toute façon, elle ne m'aurait jamais aidée. Pas là-dessus.

Je déroule le fil sur l'absence de signal de détresse.

Moblinguts : Le transpondeur s'éteint manuellement. Donc transpondeur éteint = ils ne veulent pas qu'on sache où ils sont.

BigLebowski : Exactement. La pilote l'a éteint avant de crasher l'avion, à moins qu'il ait été détourné. Par les Russes, peut-être ?

Banjokazooie64 : Alors pourquoi il n'y a eu aucune revendication terroriste ?

TallTrees889 : Ça va faire comme le *Titanic*, vous allez voir. On n'a pas la technologie pour le retrouver aujourd'hui, mais on finira par pouvoir le faire.

— Euh, combien de temps s'est-il écoulé entre le jour où le *Titanic* a coulé et celui où on l'a retrouvé ? je demande à Alex.

— Pas loin d'un siècle, je crois.

Cent ans ? Je dispose à peine de cent heures s'il s'avère qu'elle est coincée sur une île déserte sans eau ni nourriture, ou si elle a le moindre ennui. Je ne peux pas laisser s'écouler tant de temps.

JeanTouissant : Cliquez ici. Ça dit qu'un incendie d'origine électrique a pu couper le transpondeur. C'est totalement possible. Il est AUSSI possible que la pilote l'ait coupé pour s'écraser volontairement.

BigLebowski : Alors pourquoi pas de signal de détresse ? J'en ai marre des mensonges de la police. Elle l'a fait exprès, point barre. Tarée de connasse.

ThunderRoad68 : Et si on ne traitait pas les femmes de connasses ? Je connais la pilote personnellement, alors essayez de parler d'elle avec respect. C'est impossible qu'elle ait fait ça.

BigLebowski : Débilos.

ThunderRoad68 : On peut dire qu'on arrête de répondre à la personne qui prend comme pseudo un nom de film chiant que tout le monde fait semblant d'adorer ? Merci. Bref, voici un autre article disant que le transpondeur a pu subir un court-circuit. Pareil pour le signal de détresse.

— Tu as bien fait de poster ça, me dit Alex. Depuis quand as-tu changé de pseudo ?

Je cligne des yeux.

— Non, moi c'est elphaba243. Je pensais que c'était toi, ThunderRoad68.

— Quoi ? Non. J'ai un compte, mais je ne poste jamais.

Qu'est-ce que c'est que cette histoire ? Savannah ne s'inscrirait jamais sur un site pareil, et toutes les copines de maman n'utilisent Internet que pour montrer des photos de leurs enfants et/ou de leurs chiens. Mais papa… Lui et moi, on peut parler des heures des théories autour de la Zone 51, et il effectue des tas de recherches pour écrire ses polars. J'essaie d'imaginer ce que ça peut faire d'aimer quelqu'un pendant plus de vingt ans, de rompre, puis de le voir disparaître. Ça semble injuste. S'il la défend, c'est peut-être qu'il l'aime encore.

Je clique sur le profil de ThunderRoad68. Pas de photo, pas de bio. Seulement quelques réponses, la plupart d'entre elles pour défendre maman et rappeler aux gens de ne pas la juger trop vite. La grammaire est soignée dans chaque message.

— Tu es sûre que ce n'est pas toi, genre dans une phase de somnambulisme ? insiste Alex.

— Une ligne de plus au palmarès de mes maladies mentales.

Je lance une recherche Google sur le pseudo. Sans surprise, il n'y a presque aucun résultat.

On le retrouve sur un forum dédié aux problèmes d'anxiété et de santé en général, mais je ne peux pas lire les posts à moins de m'inscrire. Il faudrait que je demande à être membre, pas de problème, mais ils indiquent que les candidatures sont généralement acceptées sous une semaine. Je ne dispose pas de ce temps. Laver l'honneur de maman est une épreuve plus difficile à surmonter que je ne l'aurais imaginé, et, à chaque minute qui s'écoule, les soutiens dans l'opinion se font de plus en plus rares. Plus vite elle sera blanchie, plus vite on pourra tous se concentrer sur ce qui s'est vraiment passé.

Un autre lien renvoie vers une page inactive du site de la municipalité.

Cette personne habite donc dans le coin.

— Tu penses que c'est quelqu'un de l'école ? demande Alex. Ou un membre d'une de nos familles ?

— Déjà, il défend maman, donc ce n'est pas un gros abruti. Ça réduit la liste.

Pendant que je m'interroge sur l'identité de cet internaute mystère, Alex continue de dérouler la page.

Chaque théorie renvoie à de nouvelles questions, et je ne sais même pas répondre aux plus simples d'entre elles. C'est l'enfer. Si elle n'a pas eu l'occasion d'appeler au secours, c'est que quelqu'un lui a fait du mal. Ou qu'un dysfonctionnement l'a empêchée de le faire.

Je ne peux pas m'engager dans cette voie-là.

Je dois continuer à croire qu'elle va rentrer à la maison. Pas qu'elle a disparu volontairement ni qu'un terroriste l'a prise pour cible.

— Si ça peut aider, j'adore ta mère, déclare Alex. Et je ne la crois pas capable de faire du mal à qui que ce soit. Mais cette histoire de texto d'adieu qu'elle t'a envoyé ? De quoi s'agit-il ?

— Argh, c'est un malentendu.

Le simple fait qu'elle ait à me poser la question me déprime. Je serre les dents. C'est exactement pour ça que je fais ce que je fais : pour établir la vérité.

S'il y a une personne à qui je peux parler de la lettre, c'est bien Alex. Elle garderait ça pour elle. Une fois de plus, cette idée me traverse l'esprit, mais non. Maman m'a demandé de ne rien dire, et j'ignore encore pourquoi. Je dois m'efforcer de croire que tout va se dérouler ainsi qu'elle l'a prévu.

— T'imagines même pas à quel point j'ai envie de sauter dans un avion pour balayer l'Atlantique moi-même, dis-je.

— On peut carrément le faire.

J'ouvre une carte. L'avion a cessé d'émettre au large de Porto Rico, en plein océan. Sur la carte, ça n'a pas l'air si immense, mais c'est impossible d'imaginer ce que ça représente. Des kilomètres et des kilomètres carrés... d'eau.

Je fais une rapide recherche sur la tempête qui menace Porto Rico. Elle prend rapidement de l'ampleur.

Je ne sais pas trop quelles conséquences cela peut avoir sur les avions et les bateaux de recherche, mais ça ne doit pas les aider. L'appareil était à plus de quatre-vingts kilomètres de l'orage au moment de son dernier ping, mais ça reste bien trop près à mon goût.

— Le temps presse, je chuchote.

J'ai l'impression que tout le monde travaille trop lentement. Je sais qu'il y a des équipes de recherche, aériennes comme maritimes. Mais ça ne va pas assez vite à mon goût. Pas alors que tant de réponses m'échappent encore.

Je me sens impuissante.

Savannah donne deux légers coups de pied dans la porte avant de l'ouvrir. Elle apporte un plateau de brownies, noircis sur les bords. Il flotte derrière elle une vague odeur de fumée.

— Tu n'aurais pas oublié quelque chose ? me demande-t-elle en haussant un sourcil.

Oups.

— Désolée, je soupire.

Ça ne me ressemble tellement pas. Ce n'est pas pour me vanter, mais si je faisais le concours du meilleur pâtissier, j'arriverais au moins en finale. Bon, peut-être en demi-finale. En tout cas, je ne me ferais pas virer en phase de qualifs.

— C'est pas grave, Violet, me rassure Alex. Tu as d'autres soucis en tête.

Savannah dépose précautionneusement les brownies sur mon bureau. Les maquettes de navette vacillent sur l'étagère du dessus.

— Attention aux vaisseaux, je marmonne.

Ça fait mille fois que je le lui dis.

Elle lève les yeux au ciel.

— Qu'est-ce que vous faites ?

J'hésite et rapproche le portable de ma poitrine.

— Rien.

— En tout cas, ça doit être assez captivant pour que tu prennes le risque de mettre le feu à la maison.

Il faut toujours qu'elle exagère, même si je ne suis clairement pas la mieux placée pour critiquer.

— On essaie de comprendre ce qui a pu arriver à l'avion.

Savannah pince les lèvres, comme le fait maman quand elle s'apprête à me sermonner sur le désordre qui règne dans ma chambre. Je déteste leur air de ressemblance quand elles sont agacées. C'est comme une double punition.

— Tu penses que c'est une bonne idée ? demande-t-elle sur le même ton qu'une prof de maternelle rabrouant un élève tentant de se coller à un bureau.

Alex remue sur le lit, mal à l'aise, et jette un coup d'œil à son Apple Watch comme si elle avait un rendez-vous. Je doute que ce soit le cas.

— C'est toujours mieux que de rester assise à rien faire, je réplique avec un haussement d'épaules. Tu peux nous aider, si tu veux.

Savannah serre les dents, signe de colère manifeste chez elle.

— Vous aider ? Il n'y a rien à y faire. On ne peut rien faire de mieux qu'attendre.

Je pars d'un petit rire sarcastique.

— Je sais que je peux pas sauter dans un avion pour participer activement au sauvetage, mais je peux au moins tenter de discuter avec ceux qui sont sur place. Je peux essayer de laver l'honneur de maman, ce que tu n'as d'ailleurs pas l'air très pressée de faire.

— Je… Il faut que j'y aille.

Alex se glisse hors de mon lit sans produire le moindre son. Elle baisse la tête pour franchir la porte, sans un regard pour Savannah.

— Envoie-moi un texto ! je lui lance.

— Seulement si vous arrêtez de vous disputer ! répond-elle.

Dès qu'Alex est hors de portée, Savannah fait un pas en avant.

— Ce n'est pas mon boulot de contacter les chaînes d'info ou d'aller sur je ne sais quel site pour défendre maman, et ce n'est pas le tien non plus. Nous, on doit juste la pleurer, ce que j'aimerais pouvoir faire paisiblement, sans qu'on m'assaille de théories du complot. On dirait que tu as perdu la boule.

— Ça ne fait même pas vingt-quatre heures. Ce n'est pas le moment de faire son deuil.

Je rabats sèchement le capot de mon ordinateur et me lève pour planter mes yeux dans ceux de ma sœur. Ses mâchoires se détendent, et son regard habituellement froid s'adoucit.

— Tu sais qu'elle ne reviendra pas.

— Je n'en sais rien, et toi non plus. On peut survivre sans eau ni nourriture pendant quarante-huit heures, parfois même plus.

— Violet, elle ne reviendra pas.

Si elle me parle encore avec son petit ton condescendant de Mme Je-sais-tout, je jure que… *Je jure que…* Elle fait toujours ça. Dès qu'on se dispute, elle monte sur ses grands chevaux.

Les larmes me brouillent la vue.

— Ferme-la, Savannah.

— J'essaie juste de t'aider.

Elle tente de me toucher le bras, mais j'esquive. Il me semble apercevoir une lueur de culpabilité sur son visage, mais c'est sans doute mon imagination qui me joue des tours.

— Moi aussi, j'aimerais qu'elle soit là, mais faire comme si elle n'était pas morte ne…

— Elle n'est pas morte ! (J'ai le souffle court tant la colère me submerge.) Tu ne lui laisses même pas la moindre chance !

— Il n'y a aucune chance ! s'écrie Savannah. Elle est morte, Violet. (Sa voix se brise.) Personne ne peut survivre à ce genre d'accident. Tu sais à quelle température est l'océan ? Si l'avion s'est crashé dans l'eau, ils ont eu une heure, max, pour trouver un abri ou une source de chaleur. Et s'ils avaient trouvé refuge quelque part, ou s'ils s'étaient écrasés sur la terre ferme, on en aurait entendu parler.

— Tu n'en sais rien.

— Si ! C'est un fait ! Notre mère est partie. Et ta réaction rend ça plus difficile pour tout le monde !

Mon cœur tambourine contre ma poitrine. Je dois me retenir de toutes mes forces pour ne pas lui sauter dessus. Si elle voulait me faire du mal, elle aurait simplement pu me gifler. Ç'aurait été moins douloureux.

Papa arrive à son tour.

— Les filles, qu'est-ce qui se passe, ici ? Pourquoi vous hurlez comme ça ?

Un silence pesant tombe sur ma chambre. La chaude atmosphère familiale que j'ai ressentie tout à l'heure dans la cuisine a été remplacée par un froid glacial dans mes poumons.

— Violet, ma chérie, pourquoi tu pleures ? Prends un mouchoir.

Papa en tire un de la boîte posée sur mon étagère, mais, dans sa maladresse, il renverse ma maquette en céramique de l'*Enterprise* version 1976. Elle tombe sur le côté avec un bruit retentissant, laissant augurer le pire.

— Non !

Je me précipite vers l'étagère pour constater les dégâts, mais il est trop tard. Elle est fissurée sur toute la longueur.

— Je suis désolé, me dit papa avec sincérité en me tendant le mouchoir. Je t'en achèterai une autre demain, c'est promis.

J'arrive à peine à secouer la tête. On ne peut pas la remplacer. Bien sûr, on peut retrouver ce modèle n'importe où, mais maman me l'a offert pour mon onzième anniversaire, en me promettant qu'elle me ferait faire mon baptême de l'air.

Je n'oublierai jamais comme le ciel était bleu le jour où je l'ai traversé pour la première fois ni l'odeur de vanille qui se dégageait de maman.

Mon cerveau turbine à mille à l'heure et mon corps est tout tendu. Trop tendu.

Tendu tendu tendu trop tendu carrément trop tendu.

— Je crois qu'on devrait tous aller voir un psy, suggère papa. C'est trop lourd à gérer. Je vais essayer d'avoir un rendez-vous dès demain ou aussitôt que possible.

Non. C'est hors de question.

Je ne peux pas gérer ça. Rien de tout ça.

Je consulte l'horloge sur mon bureau. Il est désormais 15 heures passées. C'est encore pire. Ça fait officiellement vingt-quatre heures que maman a disparu.

— Excusez-moi.

Je me dirige vers la salle de bains. Je ne peux pas lutter contre mes vieilles habitudes. Je sais que c'est mal, mais c'est le seul moyen de retrouver un semblant de lucidité.

Je verrouille la porte et sors une épingle de nourrice du nécessaire de couture rangé sous le lavabo.

Quelque chose m'arrête. Je n'ai pas envie de faire ça. Pas vraiment. Je ne l'ouvre pas.

Je suis énervée, hyper effrayée. La seule chose que je maîtrise à peu près, c'est le contact de la pointe de cette épingle sur mon avant-bras, jusqu'à voir sourdre mon sang bien rouge. Chaque fois que je me taillade, la douleur cuisante m'apparaît telle une punition méritée pour ces sentiments trop grands pour mon corps.

Une petite voix dans ma tête me hurle : *Hé, ne fais pas ça !*

Cette voix ressemble beaucoup à celle de maman. Peut-être parce que, dans le passé, elle lui a appartenu.

Cela fait quarante-trois jours que je ne me suis pas scarifiée. Maman était au courant. Elle m'a un jour prise à l'écart pour me raconter qu'à elle aussi, il lui était arrivé de se faire du mal, quand elle ne parvenait pas à gérer la souffrance émotionnelle. La douleur physique était facile à encaisser ; la douleur mentale, beaucoup moins.

« Moi aussi, je faisais ça. Mais ce n'est pas la solution. Crois-moi.

— Je ne sais pas de quoi tu parles », lui ai-je répondu.

Maman m'a alors délicatement soulevé les poignets.

« Tu peux le cacher à n'importe qui d'autre, mais pas à moi. Je te connais trop bien. »

Mais si elle n'est plus là, à présent, qui pourra me comprendre ? Si j'en parle à quelqu'un, qui me verra telle que je suis au lieu de me considérer comme une personne cassée qu'il faut réparer ?

Elle n'est pas partie. Elle est toujours là.

Je fais claquer mon élastique à cheveux sur mon poignet. Fort. Ça pique.

Pas autant qu'une coupure, mais assez pour atténuer mes pensées, au moins quelques secondes.

Cela me permet de revenir à la réalité.

Je ne me suis pas scarifiée. Ma série de quarante-trois jours tient encore.

« Cinquante jours, m'a-t-elle dit. C'est une étape importante. Comme ça, tu sauras que tu peux vaincre ça. »

Je peux atteindre ce jalon des cinquante jours. Il le faut.

Chapitre cinq

Jour 2, matin/après-midi

Savannah est retournée à l'école dès ce matin.

Papa m'a dit que je n'étais pas obligée, alors j'ai préféré rester au lit. Sécher quelques jours de première ne va pas me tuer. Contrairement à ma sœur, je ne vais pas partir en combustion spontanée si je n'ai pas des notes parfaites au bac. J'aime bien l'école, j'aime bien apprendre, mais je ne vais pas prétendre être un petit génie capable de viser les meilleures universités comme Savannah. Et puis je n'arrête pas de repenser à hier soir. J'espère vraiment atteindre mes cinquante jours. La douleur de l'élastique est ce que je me suis infligé de plus grave, mais j'ai peur que ce soit trop semblable à la scarification. Quand maman rentrera, elle aura peut-être des conseils à me donner.

J'ai aussi besoin de temps pour élaborer mon plan. Savannah sera au club d'astronomie jusqu'à au moins

16 heures, et papa m'a dit qu'il devait rencontrer d'autres officiels gouvernementaux et de la compagnie aérienne dans la journée. Il s'en veut horriblement de ne pas rester à la maison avec moi, mais ça me convient. Ça me laisse au moins deux heures pour prendre le train et aller voir en ville la Dr Madison, la thérapeute de ma mère. Peut-être qu'elle pourra me fournir de nouvelles informations.

Esquiver les reporters n'est pas chose facile.

Quatre fourgons sont garés devant la maison, une équipe au grand complet. Je ne m'étais pas rendu compte jusqu'à présent que les chaînes d'informations sérieuses cherchaient de véritables pistes au lieu de faire le pied de grue devant chez moi. Il n'y a que des tabloïds pour s'imaginer qu'une adolescente de seize ans en train de pleurer ferait une bonne une.

Je garde le menton bien haut, chausse mes lunettes de soleil et me fends de ma meilleure imitation d'Audrey Hepburn.

— Violet, votre mère vous a-t-elle dit ce qu'elle comptait faire ?

— Que signifie son dernier texto à vos yeux, Violet ?

— Votre mère était-elle suicidaire ?

Je me racle la gorge et me fraie un passage sans leur accorder le moindre coup d'œil. Je n'ai pas besoin de leurs questions, même si je cherche les mêmes réponses qu'eux.

Je me dirige vers la gare, et ils finissent par cesser de me suivre. *Dans vos faces, les paparazzis.*

Une fois arrivée à New York, je me sens comme chez moi.

Je sais que c'est un peu cliché d'adorer cette grande ville sombre et crasseuse, mais voir ces gratte-ciel désigner l'infini me fait bondir de joie. Je ne sais toujours pas trop quelle carrière je voudrais embrasser, mais je sais que j'aimerais que ça se passe ici, au milieu des lumières scintillantes du quartier des théâtres.

Le cabinet est facile à trouver.

En descendant de l'ascenseur, je remonte un couloir clair et spacieux, où toutes les portes sont d'un marron identique. Je m'arrête devant le 5G.

J'avais prévu d'arriver à 12 h 50 précisément, et je suis pile à l'heure. La plupart des rendez-vous de psy durent cinquante ou soixante minutes, je me dis donc qu'en arrivant dix minutes avant l'heure j'ai de bonnes chances de trouver la Dr Madison seule. Je ne voudrais surtout pas interrompre la séance de quelqu'un.

— Violet ? Violet Ashby ?

Un type dans la salle d'attente me lorgne de pied en cap, et j'ai un peu honte de mettre une grosse seconde à me rendre compte que c'est Landon Davis, le garçon dans la classe de Savannah qui m'a écrit hier. J'aurais dû tilter en voyant sa casquette des Mets. Ici, on trouve surtout des supporters des Yankees, mais Landon aime cultiver sa différence.

— Coucou, lui dis-je. Qu'est-ce que tu fais là ?

— Oh, rien de spécial, je suis juste venu me renseigner sur le meilleur moyen d'adopter un kangourou.

Je le dévisage en clignant des paupières.

— Quoi ?

— Violet, je plaisante. Je suis sans doute ici pour la même raison que toi.

— Ah, oui.

Après tout, on est dans la salle d'attente d'une psychiatre, ça limite les possibilités.

Il plisse les paupières et incline la tête, faisant basculer de côté quelques boucles châtaines. Il porte une chemise de flanelle rouge, boutonnée jusqu'en haut mais aux manches retroussées.

— Tu peux t'asseoir, tu sais ? me suggère-t-il.

J'essaie de ne pas fixer des yeux les aiguilles à tricoter et la pelote rose qui reposent sur ses genoux.

Je n'avais encore jamais vu quelqu'un tricoter. Pas dans la vraie vie.

Ses doigts s'enroulent maladroitement autour de la laine, mais l'aiguille forme une boucle sans effort apparent. Observer ses mains, l'observer, lui, me cloue sur place.

— Je n'ai pas rendez-vous.

L'avouer à voix haute me permet de mesurer combien j'ai l'air bizarre. Ce doit être illégal de faire irruption dans un cabinet privé, non ? Est-ce que je pourrais me faire arrêter ?

— Je parie qu'elle te dégotera un créneau, avec tout ce qui se passe, répond-il.

Je hoche la tête et pose mon sac sur une chaise. Il pèse une tonne, avec mon livre et ma bouteille d'eau à l'intérieur.

— C'était sympa de m'envoyer un message pour ma mère.

Je l'ai toujours trouvé plutôt mignon, mais on n'est même pas amis. On est en bons termes, néanmoins. Du genre à se faire coucou dans les couloirs, mais on n'a jamais traîné ensemble.

— C'est normal.

Il fait craquer ses doigts en serrant les deux poings. Je ne peux m'empêcher de remarquer les veines sexy qui remontent le long de ses bras lisses, jusqu'à ses manches relevées. Ça se fait d'être attirée par quelqu'un alors que ta mère est portée disparue ? Non, sans doute pas.

— Tu tricotes ?

— Ouais. Enfin, j'essaie. Je commence juste, m'explique-t-il.

— Qu'est-ce que tu fabriques ?

— Euh, je sais pas trop. J'ai suivi un tuto YouTube pour faire une écharpe, mais c'est plus compliqué que ça en a l'air.

Je me fends d'un petit sourire affecté.

— En fait, ça semble même atrocement difficile.

Il sourit à son tour.

— Tu sais, la Dr Madison est très sympa, elle sait te mettre à l'aise.

— Tu es son prochain patient ? Je ne voulais pas m'imposer. Il me faudrait juste une dizaine de minutes…

— Tu rougis, s'esclaffe-t-il.

Oh, non. Je suis du genre à rougir quand on me demande l'heure. J'ai passé des plombes à effectuer des recherches sur comment limiter l'adénylate cyclase, dans l'espoir d'endiguer cet horrible phénomène. Résultat des courses : c'est impossible.

— Oh, arrête.

J'ai beau me plaquer les mains sur les joues, je les imagine se rapprocher peu à peu de la teinte des tomates.

— Pardon, je ne voulais pas te mettre mal à l'aise.

Son sourire s'étire, révélant deux incisives latérales de travers. Ça lui donne du charme, étrangement.

— En tout cas, non, je ne suis pas le prochain. J'ai rendez-vous à 14 heures.

— Il n'est même pas encore 13 heures.

— Je... j'aime bien être en avance. C'est une sorte d'habitude.

Qui est-ce qui rougit, maintenant ?

— Je comprends. Hé, attends : tu ne devrais pas être à l'école ?

— Rendez-vous d'urgence.

Son visage ne trahit pas le moindre embarras, ce que je trouve plutôt cool. Je ne pense pas que j'aurai un jour le courage de reconnaître ça avec une telle désinvolture. Mes cicatrices restent toujours cachées.

— Tu vas bien ? je m'inquiète.

— Ça va, j'ai juste des problèmes d'anxiété, répond-il avec la même nonchalance.

— Je suis désolée.

J'aurais aimé trouver quelque chose de plus aidant, lui dire que je comprends, mais ce n'est pas le cas. Je ne me suis jamais angoissée d'une manière qui me semble incontrôlable.

Je subis juste des accès de colère ou de déprime. Je ne sais pas si c'est comparable. Mais une saine conversation au cours de laquelle je ferais part de mes sentiments ? Je pense que j'aurais plus de chances d'épouser Betsy Wolfe[1].

— C'est pour ça que tu fais du tricot ?

---

1. Actrice et chanteuse américaine connue notamment pour ses rôles dans des comédies musicales. *(N.d.T.)*

— Ça m'aide, oui. C'est répétitif. Ça me permet de prendre du recul.

— Bien sûr. Ça se voit.

Attends. Des problèmes d'anxiété ? Ça me rappelle ThunderRoad68. La seule autre information que j'ai pu trouver sur ce pseudo est qu'il est également membre d'un forum centré sur l'anxiété.

L'envie est trop forte. Il faut que je sache.

— Hé, Landon, est-ce que tu… ?

— Vas passer l'audition pour le spectacle ? Oui. Toi aussi ?

Je cille, surprise par ce changement de sujet.

— Non. Je vais travailler sur les décors.

Il sourit. Ces dents de travers sont vraiment trop craquantes.

— Oh, super ! Ça ne t'empêche pas de jouer aussi, cela dit. Ça ne manque pas d'ustensiles qui chantent et qui dansent.

— Euh. Je n'y avais pas réfléchi.

Je lui mens, car il n'a pas besoin de savoir que je donnerais tout pour monter sur scène, ni que j'ai promis à maman de le faire un jour.

— Je pensais que ça t'intéressait, vu comme tu as tout déchiré en cours de théâtre l'année dernière.

— Tu te souviens de ça ?

J'ai interprété un monologue d'une comédie pas très connue. Chaque blague a fait mouche, et j'hallucine encore quand je pense à mes camarades morts de rire. Mais ce n'est pas la même chose de jouer devant la classe, d'autant qu'il n'y avait pas du tout de chant dans ces cours d'initiation. Me présenter au casting reviendrait à avouer que je n'ai pas envie de me cantonner aux coulisses. Un secret que je n'ai partagé qu'avec maman.

— Ouais, confirme-t-il. C'est dommage que tu ne montes pas sur scène.

Ses mains s'activent tandis qu'il crée de nouveaux rangs de mailles sur son écharpe. Je n'avais pas remarqué à quel point la couleur pivoine de sa laine est magnifique. Je trouve assez sexy un garçon qui n'a pas peur du rose.

— Où est-ce que tu te procures ta laine ?

— Parfois au magasin de loisirs créatifs, mais j'ai piqué cette pelote à ma mère.

Il redresse brusquement la tête pour me regarder. Ce dernier mot me broie la poitrine comme un étau.

— Pardon, s'empresse-t-il d'ajouter.

— Ce n'est rien. Je peux parler des mères des autres.

En fait, ça me semble horriblement injuste que tout le monde puisse évoquer sa maman sans être dévisagé. Ou pire encore, en sachant qu'elle les attendra chez eux après l'école.

Il inspire un grand coup et hoche la tête.

— Je suis nul en tricot, mais je suis encore plus mauvais pour faire la conversation.

— J'aime bien discuter avec toi.

— Moi aussi, avoue-t-il doucement. J'aime beaucoup ça.

La Dr Madison ouvre alors sa porte et nous considère tour à tour.

— Je peux vous aider ?

Elle ne ressemble pas du tout à l'image que je me fais d'une psychiatre. Avec sa silhouette de rêve, ses cheveux blonds ramassés sur le sommet du crâne et ses jolies ballerines, elle me fait penser à la fée Clochette. Avec des lunettes, et sans poussière de fée.

— Je, euh… *(Parle, parle, parle.)* Bonjour. Je me demandais si vous pourriez m'aider. Je pense que vous connaissez ma mère, Jennifer Ashby ?

La Dr Madison pince les lèvres et m'observe de la tête aux pieds.

Des années entières semblent s'écouler avant que sa réponse survienne. Si elle me jette dehors, je ne saurai jamais ce que maman avait vraiment en tête.

— Entrez. (Elle jette un coup d'œil à Landon.) Je vous reçois à 14 heures.

— Oui, madame, répond-il.

Elle me laisse pénétrer dans son bureau et ferme la porte derrière moi. La pièce est minuscule. J'essaie d'imaginer ma mère dans ce canapé en cuir marron, face au mur de miroirs et de plantes qui grimpent vers le plafond. Quelque chose ne colle pas.

La Dr Madison se pelotonne dans un fauteuil en face de moi.

— Êtes-vous Savannah ou Violet ?

Maman lui a donc parlé de moi. Est-ce que c'est bon signe ? J'imagine que la plupart des gens qui voient un psy évoquent surtout ce qui ne va pas.

— Violet. La plus jeune.

Je refuse de m'asseoir et m'approche plutôt de la fenêtre.

Celle-ci domine Vanderbilt Avenue, qui grouille d'activité. Maman a toujours aimé cette ville autant que moi, et a régulièrement laissé entendre de façon absolument pas subtile qu'on y aurait sans doute grandi si papa avait été d'accord et qu'on en avait eu les moyens.

Je me demande si contempler ces rues animées et pleines de monde, de vendeurs de hot dogs et de taxis l'apaise. Ou si, au contraire, ça ne fait qu'attiser son ressentiment à l'encontre de papa.

— J'ai été navrée d'apprendre pour votre mère, dit la Dr Madison. En quoi puis-je vous être utile ?

Je hoche la tête. Si j'avais reçu un dollar chaque fois qu'on m'avait dit ça, je pourrais d'ores et déjà financer les recherches moi-même. Je lui explique comment j'ai découvert sa carte de visite et ce qui m'amène ici.

— Je sais que maman ne s'est pas suicidée, et qu'elle ne l'aurait pas fait en emportant tant de monde. Je me demandais si… (Je déglutis.) J'espérais que vous pourriez m'aider à dire à tout le monde que ce n'est pas vrai.

La Dr Madison fronce les sourcils.

— Je suis désolée. J'aimerais vraiment pouvoir vous aider, ma belle, mais ce serait une violation du secret médical. Je n'ai pas le droit de trahir le contenu de mes séances.

Je m'attendais à une réponse de ce genre, mais ça ne m'empêche pas de serrer les poings.

— Même si vos patients sont…

Portés disparus ? Présumés morts ? Considérés comme des pilotes suicidaires ?

— Même dans ces circonstances ?

— Même pas.

— Y aurait-il des conditions particulières qui vous permettraient de me donner la moindre information sur ma mère ?

— Pas à moins que la loi m'y contraigne, répond-elle avec douceur. Par une assignation à comparaître, par exemple.

Je pianote une note sur mon téléphone : « Comment assigner quelqu'un à comparaître ? »

Quand je redresse la tête, je la vois qui fixe mon avant-bras. Je m'empresse de tirer sur ma manche pour cacher le bleu laissé par le coup d'élastique d'hier soir.

— Bon, d'accord. Merci pour rien, alors.

Même si ça me contrarie, je n'ai d'autre choix que de laisser tomber.

— Je suis sincèrement navrée, Violet. J'aimerais pouvoir faire plus. J'ai toujours apprécié mes conversations avec votre mère.

J'ai perdu trois heures de mon temps pour ça ? J'aurais pu me renseigner sur les pannes mécaniques ou les îles désertes au large de l'Amérique du Sud. Chaque minute gâchée est une minute que je ne consacre pas à retrouver maman.

— Vous ne pouvez vraiment rien me dire ? Je suis sa fille. Vous devez savoir à quel point nous sommes proches.

Elle reste muette. La colère me martèle les tympans.

Je dois frapper là où ça fait mal. Je m'en veux de faire ça, mais j'ai besoin d'informations.

— Vous devez savoir à quel point ce genre d'événement est traumatisant. C'est votre métier.

Je n'ai pas envie de me mettre à pleurer, ce n'est ni le moment ni l'endroit. Je réprime les larmes qui me brûlent les yeux. J'ai fait tout ce chemin pour rien. J'envisage de lui révéler le contenu de la lettre, mais ce n'est pas comme si le secret médical s'appliquait à moi. Je ne suis pas sa patiente.

— Je suis navrée, répète-t-elle.

Je la crois, mais ça ne m'avance guère.

— Rien du tout ? Vous ne pouvez même pas dire à une gamine effrayée si oui ou non sa mère a pu vouloir se faire du mal ?

Je ne sais même pas pourquoi je m'embête à insister. Elle cligne ses yeux bleus et sereins sans rien dire.

La colère m'envahit. Mon poignet me démange, réclamant une forme de soulagement.

Pas ici, pas maintenant. J'ai presque atteint les cinquante jours.

Je dois tenir le coup, au moins pour le plaisir de pouvoir fêter ça avec maman. Pour lui offrir une occasion de se réjouir à son retour.

Je consulte l'horloge posée sur le bureau. Je n'arrive pas à croire que ça va faire trois jours pleins sans maman. C'est impossible que le monde continue de tourner, de se précipiter vers cette limite des soixante-douze heures au-delà desquelles une personne rescapée d'un crash aérien risquerait de succomber à la soif.

— Laissez tomber.

Je retourne vers la porte, sentant la rage s'écouler dans mes veines. Que peut valoir une psy qui reste assise sans rien faire alors que je suis sur le point de me taillader ?

La Dr Madison se lève en faisant tinter ses bracelets, qui dégringolent le long de ses bras.

— Attendez. Légalement, je ne peux transmettre des informations sur mes patients que si je les crois susceptibles de se faire du mal ou d'en infliger à quelqu'un d'autre.

— D'accord. Et vous refusez de m'aider parce que… ? je m'interromps, la main posée sur le bouton de porte doré. Vous n'en avez parlé à personne parce que vous ne l'en pensiez pas capable.

— On peut en déduire ça.

Je lâche la poignée.

Ça… voilà qui change les choses.

— Oh, je souffle.

Une absence d'information presque aussi valable qu'une bonne information. Un vide donnant une forme en creux.

Elle se rassied en croisant les jambes.

— Moi aussi, j'ai regardé le journal. C'est difficile d'en savoir si peu. Je ne peux imaginer combien ça doit l'être pour vous.

— Ce n'est pas vraiment l'éclate.

— Ça se comprend.

J'essaie une fois encore de m'imaginer maman ici. Le canapé des patients est légèrement plissé. S'agit-il de sa place habituelle ou est-elle plus du genre à se poster à la fenêtre ? Me sentir telle une étrangère dans la vie d'une personne que je pensais connaître par cœur me donne l'impression de relire mon album pour enfants préféré mais de me rendre compte qu'il a perdu de son lustre. Ça n'a aucun sens.

— Avez-vous envisagé de parler de tout cela avec quelqu'un ? Êtes-vous bien entourée par votre famille ou vos amis ? me demande la Dr Madison de sa voix suave.

Je comprends pourquoi maman a décidé de la consulter.

Mais ça ne signifie pas que je veuille en faire autant. Je vois clair dans son petit jeu du « Je suis là pour vous ». J'ai seulement besoin d'aide pour retrouver ma mère. Je n'ai pas le temps de libérer la bête de ma santé mentale. Ce serait comme si BB-8 affrontait Dark Vador tout seul.

— Je peux vous servir de ressource, si vous le souhaitez, reprend-elle. Parfois, quand la vie devient trop difficile, il est plus que normal de vouloir réclamer de l'aide. Et je serais ravie de vous conseiller d'autres thérapeutes. Parfois, parler à quelqu'un peut faire une grande différence.

— Je vais très bien.

Mon cerveau n'est qu'un immense réservoir effrayant. Mieux vaut qu'il demeure hermétiquement clos.

— Êtes-vous en sécurité, Violet ?

— Comment ça ?

— Vous vivez une situation extrêmement difficile. Cela peut être compliqué à gérer. Certaines personnes peuvent être tentées de se faire du mal ou d'en infliger à d'autres.

Je plisse les paupières. Est-elle au courant ? Non. Maman vient ici pour parler d'elle, pas de moi.

— Je vais bien.

Je scrute mon reflet dans le miroir derrière la Dr Madison. En louchant un peu, j'espère pouvoir apercevoir maman sur le canapé près de moi. Ou à ma place.

Rien.

— Merci quand même, dis-je. N'hésitez pas à me recontacter si vous pensez à des informations que vous pouvez me donner.

La Dr Madison se relève.

— Comptez sur moi. Je vais guetter cette assignation. Et je suis sincère : j'ai très envie de vous aider.

Pendant un instant accablant, j'ai envie de tout lui déballer.

De lui dire que j'ai failli interrompre ma série hier soir. Que j'ai parfois l'impression de hurler au milieu d'une pièce bondée sans que personne m'entende.

Mais cet instant s'écoule, et je tourne la poignée avant de refermer doucement la porte derrière moi.

Chapitre six

Jour 2, après-midi/soirée

En arrivant à la maison, je crève d'envie de parler de la Dr Madison à quelqu'un.

Je viens de découvrir tout un pan de la personnalité de maman. Depuis combien de temps consulte-t-elle une psychothérapeute ? Quelques semaines, quelques mois ? Plus que ça ?

Je plonge la main vers mon sac pour en sortir mes clés avant d'éprouver un atroce sentiment, le même que lorsque je viens de battre des œufs pour faire un gâteau et que je me rends compte qu'ils sont périmés depuis une semaine.

Je ne risque pas de trouver mes clés dans mon sac parce que. Je. N'ai. Pas. Mon. Sac.

Ohbordeldebordeldebordel !

Je tambourine à la porte, dans l'espoir que les coups ainsi portés dissiperont la douleur de savoir que j'ai perdu mon portefeuille avec ma carte bleue et toutes mes cartes cadeaux. Pis encore : mon autobiographie de Malala Yousafzai en version poche. Une personne si courageuse que je comptais m'en inspirer en relisant son livre. Je me griffe l'avant-bras, me détestant d'être aussi distraite.

Savannah vient m'ouvrir avant que mes ongles entament la peau.

— Hé ! Qu'est-ce qu'il y a ? s'inquiète-t-elle.

— J'ai perdu mon sac.

Je n'ai sur moi que ma carte de train et quelques dollars. J'entre dans la maison en tapant des pieds et m'efforce de prendre de grandes inspirations. Au moins, j'ai toujours mon téléphone, mais chaque fois que je perds quelque chose, j'ai l'impression d'être une ratée.

— Oh, ça craint. Tu as besoin d'argent ?

— J'en ai un peu, mais merci.

J'apprécie la proposition, mais je ne lui pardonne pas pour autant. Je lui en veux à mort pour hier soir, et j'ai une mémoire d'éléphant. Je ne lui pardonnerai jamais d'avoir insisté si cruellement pour dire que maman était morte, sans même lui accorder le bénéfice du doute.

Je remarque alors que Savannah porte un short et un débardeur, pas ses habituelles fringues J. Crew, et les cernes qui soulignent ses yeux sont plus noirs que mon humeur.

— Tu n'es pas allée à l'école, aujourd'hui ? Ou tu as juste séché le club d'astronomie ?

Elle contemple ses pieds.

— Si, j'y étais, mais… j'ai vomi en troisième heure, et Mlle Chapman m'a renvoyée à la maison.

— Ça va ?

Je hausse les sourcils. Même Onion, allongé en haut de l'escalier, la dévisage d'un air incrédule.

— Ouais. Ça va. J'ai mangé quelques-uns de tes brownies cramés hier soir. Je pense que mon bide me l'a fait payer.

Elle se fend d'un sourire sincère et, l'espace d'une seconde, elle me fait penser à moi. On ne se ressemble pas du tout – la blonde aux yeux bleus et la brune aux iris sombres –, mais on partage un même ADN. Et on a un passé commun.

— Comment le club va faire, sans son intrépide présidente ? je demande.

— On a fait un Zoom.

Évidemment.

— Attends, Sav, tu aurais le numéro de Landon Davis ?

— Euh… possible. (Elle va chercher son téléphone sur la table basse et passe en revue ses contacts.) Pourquoi ?

Je ne peux pas lui parler de la Dr Madison. Ce serait trahir Landon, et elle m'en voudrait de savoir que j'enquête sur maman dans mon coin.

— J'ai son Insta, mais je suis pas sûre qu'il le regarde tout le temps, je réponds. Je l'ai croisé tout à l'heure et on a discuté un peu. Il se rappellera peut-être si j'avais encore mon sac.

— Oh. Tu es allée où ?

— Nulle part de particulier… Dehors.

— C'est précis, au moins.

Savannah m'envoie le numéro de Landon avant de s'affaler dans le canapé. Elle se tient le ventre en gémissant.

— Tu vas bien ? je m'inquiète. Tu veux une bouillotte ? Ou une poche de glace ?

— Nan, ça va. Merci.

J'envoie un texto à Landon pour savoir si mon sac est resté chez la psy.

Je dois reconnaître que je ne suis pas mécontente d'ajouter son nom à mes contacts. Sans doute à cause de ses satanées manches retroussées. Ou de la manière dont ses mains s'agitaient si gracieusement pendant qu'il tricotait. Je les revisualise, si habiles. Les imagine sur moi. Sur mon…

Ping !

Waouh. Je me suis un peu emballée, sur le coup.

LANDON : Désolé, je suis déjà parti. Je l'ai pas vu là-bas.

Meeeeeerde.

Je tire sur mes pointes de cheveux. Pourquoi ce genre de trucs arrive toujours au pire moment ? Comme si je ne me sentais pas déjà assez mal.

Savannah repousse une mèche derrière son oreille.

— Écoute, je suis désolée pour…

On entend la clé tourner dans la serrure.

Papa pose sa sacoche dans l'entrée comme s'il s'agissait d'une paire de chaussures, puis envoie valser ses mocassins d'un coup de pied. Il n'est que 17 heures. La plupart du temps, avant tout cela, papa restait écrire à la bibliothèque ou au café du coin jusqu'à environ 20 heures. Mais ça, c'était avant, et là nous sommes dans l'après. Je ne suis pas certaine d'être capable de m'habituer un jour à l'après.

— Coucou, mes filles préférées.

Son sourire est trop large. Il se trame quelque chose.

— Comment ça s'est passé, aujourd'hui ? je lui demande. La police t'a dit quelque chose ?

— Et si vous commenciez par aller vous asseoir ? suggère-t-il en désignant le canapé.

Nous restons debout toutes les deux. Je suis bien trop nerveuse pour me poser. Et puis, je sais ce que ça veut dire, maintenant : ça veut dire que de mauvaises nouvelles vont nous tomber dessus à la vitesse d'une balle de base-ball lancée par un professionnel.

— J'ai rencontré des gens – *des tas de gens* –, mais il n'y a malheureusement pas vraiment de nouvelles. Rien qu'ils aient pu me dire, en tout cas. La plupart des éléments sont confidentiels.

Quand on pense qu'on a dû tout révéler au FBI, c'est tellement injuste. Ils ont même emporté les affaires de maman et, en contrepartie, ils ne nous expliquent rien. Ça me rend folle.

Papa se gratte l'arrière de la tête.

— Ils ont tout de même dit… La tempête est plus forte autour de Porto Rico. L'agente Rosenfield m'a confié que ça allait sacrément gêner les opérations. Et malheureusement, ça ne fait qu'empirer. Ça risque même de se transformer en véritable ouragan, et de devenir dangereux pour la population.

Je serre les poings. C'est terrible pour les habitants de la région.

— Et donc… ça veut dire qu'ils vont abandonner les recherches ?

Mon cœur bat à tout rompre sous l'effet de la colère. Comment peuvent-ils faire ça ? Ma mère est là dehors. Ainsi que cent cinquante-cinq autres personnes avec des familles, des amis et des animaux de compagnie, qui les attendent tous avec autant d'impatience que moi.

— Ce n'est pas ce qu'elle m'a dit, me rassure papa. Simplement qu'ils allaient suivre de près l'évolution de la situation et, si ça dégénère, poursuivre les recherches en tâchant de ne mettre personne d'autre en danger. Ils ne peuvent pas non plus risquer la vie des sauveteurs.

Ça ne me plaît pas du tout. J'ai vraiment l'impression qu'ils laissent tomber.

Je regrette plus que jamais de ne pas savoir piloter. Je pourrais monter moi-même dans un avion et sillonner l'Atlantique jusqu'à repérer tous les passagers, jusqu'au dernier.

— Comment tu te sens, Savannah ? s'inquiète papa. Tu veux que je te prépare une soupe ou autre chose ?

Elle lui décoche un sourire aussi naturel que le cul de Kim Kardashian.

— Ça va mieux. Violet a perdu son sac, par contre.

— Oh, non ! Tu as besoin d'argent ?

Papa sort son portefeuille.

— Non, je veux juste mon sac, je réplique dans un soupir.

— C'est parfaitement normal d'oublier des choses quand on est en situation de stress, m'affirme-t-il. Des tas d'études montrent…

— Hein ? s'étonne Savannah.

— J'ai commencé à lire ça.

Il nous désigne la table basse, où repose un livre relié à la couverture rouge : *Guide parental pour accompagner le deuil.*

En temps normal, j'aurais conseillé à mon père d'arrêter de regarder de mauvais talk-shows, mais en réalité, je suis touchée par son geste. D'habitude, il lit plutôt des polars pour savoir ce que fait la « concurrence », pas de la non-fiction.

— Merci, papa, dis-je donc gentiment.

— Et si tu peignais un peu ? suggère-t-il. Tu te sens toujours mieux, après.

Je n'ai plus pensé à ma peinture depuis deux jours, mais je pourrais essayer. Peut-être. Même si ça ressemble à une perte de temps.

— Tu pourrais préparer des croquis pour le spectacle ! s'exclame Savannah.

— Quel spectacle ? demande papa.

Je n'arrive pas à croire que j'aie oublié de lui en parler avec le chaos ambiant. Sauf que, bien sûr, je n'ai pas vraiment oublié – c'est juste que ça n'avait plus d'importance.

— Violet ne t'a pas dit ? Le metteur en scène lui a demandé de s'occuper des décors pour la comédie musicale de printemps, *La Belle et la Bête.* C'est la seule élève de l'histoire du lycée à avoir ce privilège.

— Comment tu le sais ? je m'étonne.

— Alex me l'a dit.

— Quand est-ce que tu as parlé à Alex ?

Papa me prend dans ses bras.

— Vi, c'est incroyable ! Tu as déjà des idées ? Je parie que oui. Laisse-moi deviner : tu vas faire arriver Belle sur un tapis volant ?

— Tu confonds avec *Aladdin*, fait Savannah en roulant des yeux.

— Je suis sûr qu'il y a aussi un tapis magique dans *La Belle et la Bête*. J'ai dû le regarder un million de fois avec vous deux, se justifie papa. Alors, un tapis volant ?

— Je ne suis même pas certaine de vouloir encore le faire, je marmonne.

Un silence de mort. Savannah et papa échangent un regard, puis me dévisagent. Ils font toujours ça. Ces deux-là n'ont pas besoin de parler pour communiquer. Ils se comprennent au niveau moléculaire. Je ne serais peut-être pas si jalouse si je n'avais pas connu ça avec maman.

— Tu dois le faire, insiste Savannah. Tu as tellement de talent. M. Tariq ne te l'aurait pas proposé s'il ne le pensait pas également.

— Ça te changerait les idées, renchérit papa. Dans le bouquin, ils expliquent que la distraction est la clé.

— Je sais. Seulement… ça ne me semble pas juste.

Il me pose la main sur l'épaule.

— Maman voudrait que tu le fasses. Elle sauterait de joie.

Je me tortille pour échapper à son contact. Je n'ai aucune envie de réfléchir à ce que maman voudrait. Mon avant-bras m'implore d'y enfoncer mes ongles. De l'entailler.

Au lieu de quoi je prends une grande inspiration et me dirige vers l'escalier.

— Je vais dans ma chambre. Peut-être peindre un peu.

— Génial ! Super idée ! lance papa. Et si tu te sens de peindre Belle sur un tapis volant, n'hésite pas.

Leurs voix s'estompent tandis que je monte les marches.

— Je crois que tu penses au personnage de *L'armoire*, dit Savannah.

— Je te répète, ma fille, qu'il y a un tapis magique qui danse dans ce film.

Je ferme la porte de ma chambre.

Autrefois, peindre me servait de refuge.

Je pouvais mélanger les couleurs, faire des erreurs, tout en sachant que tout irait bien. Parfois, je jugulais l'envie de me scarifier en peignant un cardinal rouge vif ou des pâquerettes d'un jaune agressif. Ça ne fonctionnait pas toujours, mais il arrivait que cela me serve de catharsis.

Cette fois, quand je m'empare du pinceau, ma toile reste vierge.

Je trace les contours de la scène, mais ne peux me résoudre à la remplir. Elle me toise, incomplète. Sans même m'en rendre compte, je croque ensuite un Boeing 747, les ailes déployées.

Plongeant en piqué.

Mes pensées sont accaparées par maman. Et l'ouragan en formation.

Et des avions tombant du ciel.

Et des assignations.

Il n'y a qu'une personne avec qui je peux parler de tout ça. J'envoie un message à Alex :

MOI : Tu sais qu'une agente du FBI est venue chez moi hier ?

ALEX : ????????

MOI : Au sujet de maman. Elle voulait savoir si j'avais des infos sur elle.

ALEX : Oh ! T'as dit quoi ?

MOI : Que j'en avais pas. Mais maintenant, je crois tenir un truc... Le FBI peut obtenir des assignations à comparaître, non ?

ALEX : Ils peuvent sans doute obtenir tout ce qu'ils veulent. Tu as quel genre d'info ?

MOI : Je t'en parlerai en personne. J'envisage d'aller la voir dans leurs locaux. Tu viendrais avec moi ?

ALEX : Bien sûr ! Tout ce que tu veux.

ALEX : Ça va ? Avec tout ça ?

MOI : J'essaie.

Le dîner de ce soir est sans doute le plus déprimant de l'histoire des dîners en famille.

Papa a réchauffé un plat cuisiné que quelqu'un nous a apporté, et on mange dans un silence absolu. Je garde les yeux rivés sur la chaise de maman, comme si je pouvais la faire revenir par la seule force de ma volonté.

Je passe le reste de la soirée à dessiner jusqu'à ce qu'il fasse noir. Quand j'éteins, ma chambre se retrouve plongée dans des ténèbres absolues. Mes rideaux sont tirés, car j'ai trop peur que des journalistes m'espionnent. Il ne manquerait plus que le monde entier voie en gros titre : « La fille de la pilote disparue montre ses nénés à tout le monde ! Ils sont petits, mais dans l'ensemble ça va ! »

Mon écran s'illumine quand je reçois un texto.

LANDON : Coucou. Je suis devant chez toi. Sors.

J'incline la tête, surprise. Je m'attendais plutôt à un message d'Alex.

Nouveau texto :

LANDON : Attends. Ça fait un peu flippant. Désolé. Mais j'ai ton sac.

Troisième message :

LANDON : Ça sonne bizarre aussi.

— Les filles ! s'écrie papa depuis le rez-de-chaussée. Il y a un garçon dehors. Pourquoi il y a un garçon dehors ? C'est une casquette des Mets qu'il a sur la tête ? C'est exprès qu'il porte des couleurs aussi criardes ?

Papa, qui est originaire de San Francisco, est naturellement fan des Giants. Il tolère à peu près les Yankees, mais le mélange bleu et orange des Mets lui reste en travers de la gorge.

Je descends en sautillant. La nuit est tombée, et j'ai l'impression de faire le mur, alors que je passe par la porte d'entrée.

— Tu pourrais dire à tes courtisans de se présenter plutôt pendant la journée ? me lance papa. Je comptais m'enfermer dans ma chambre pour écrire, mais je ne peux pas faire ça si n'importe quel garçon débarque chez moi.

— Ce n'est pas n'importe quel garçon, c'est Landon Davis, du lycée. Il a retrouvé mon sac.

— Ah. D'accord. Alors il peut entrer. (Papa agite la main et emprunte l'escalier pour gagner la plus grande chambre.) S'il t'a volé quoi que ce soit, fais-le-moi savoir. Assure-toi qu'il ne t'ait pas piqué des tampons.

— Pourquoi il ferait un truc pareil ?

— Je fais des tas de recherches pour mon bouquin, et j'ai vu sur ClickTok…

— Sur quoi ?

— ClickTok ? TikTok ? Bref, j'ai vu une vidéo où des ados s'enfonçaient des tampons dans…

— C'est bon, je ne veux même pas savoir.

LANDON : Il y a des tas de caméras dehors. On peut se retrouver ailleurs ? Je suis du côté du flamant rose de ton voisin. Il est intéressant.

MOI : Fais le tour, je te rejoins derrière.

Je n'aurais jamais cru être un jour impatiente de passer devant cette hideuse décoration de jardin.

Je traverse le salon, puis la cuisine, pour gagner la porte de derrière. J'aperçois Landon courir sur la pelouse du voisin. Il porte un short de basket et un tee-shirt blanc. Ses cheveux sont toujours dissimulés sous sa casquette des Mets. Il doit avoir plu à un moment de l'après-midi, car l'herbe est humide et une brume légère flotte dans l'air. Les nuages semblent menacer de réitérer l'expérience.

Landon porte mon sac à main marron sur l'épaule, ce qui m'évoque l'image de ces grands types costauds qui promènent le minuscule chihuahua de leur copine.

Je lui adresse un signe, qu'il me retourne en bifurquant vers moi. Esquiver les paparazzis est en soi une petite victoire, qui rend cet instant un peu plus spécial. Il n'appartient qu'à nous deux.

— Malala Yousafzai, hein ? lance-t-il en me rendant mon sac. Je ne voulais pas fouiner, mais tu sais ce que c'est. Dès que je vois un livre, il faut que je regarde le titre.

— Une femme incroyable. Tu devrais lire son bouquin si ce n'est déjà fait. Merci beaucoup. Tu n'imagines pas à quel point j'étais en panique. Je croyais que tu étais déjà parti ?

Il glisse les mains dans ses poches.

— Oui, mais j'y suis retourné. J'ai perdu mon portefeuille, un jour. Ça craint. Je voulais venir plus tôt, mais il fallait que je couche mon petit frère.

— En tout cas, merci de me l'avoir rapporté. Sincèrement.

— T'inquiète. Ça va te paraître étrange, mais ça te dirait d'aller faire une balade ?

Je cligne des yeux.

— Quoi, ça se fait encore ?

Il part d'un rire timide. J'ai toujours pensé que les gens réservés étaient les plus dignes de confiance. Quelque chose dans leur manière de sourire en regardant leurs pieds me donne envie de me rapprocher d'eux.

— C'est pas grave, si tu peux pas. J'allais passer à l'épicerie pour acheter de l'eau pétillante. Ça m'aide à dormir.

— Tu as des problèmes d'insomnie ?

— Euh… ça arrive. Quand je suis vraiment angoissé, tu vois ? Dans ces cas-là, je suis incapable de fermer l'œil.

En toute sincérité, j'ignore ce que ça peut être. Rester debout toute la nuit, à sentir sans doute son cœur battre dans sa poitrine, à s'inquiéter pour des trucs qu'on ne peut pas maîtriser.

En revanche, je sais ce que c'est de se sentir si triste qu'on a l'impression que notre poitrine va se déchirer, parfois sans raison particulière. C'est difficile à expliquer, et c'est pour ça que je ne me suis jamais donné la peine d'essayer, mais peut-être… peut-être que lui comprendrait. Surtout en ce moment. Tant que maman ne sera pas rentrée à la maison, je sais que je vais passer mes nuits les yeux rivés au plafond.

— Alors… on va faire un tour ? redemande-t-il.

Je jette un coup d'œil aux nuages, puis me détourne rapidement. Je ne peux pas regarder les étoiles, pas encore.

— Il ne va pas pleuvoir ?

— Peut-être. C'est ça qui est drôle.

Pourquoi pas ?

Si la vie m'a bien appris une chose ces derniers jours, c'est qu'elle est brève. On traverse rapidement le jardin de deux de mes voisins de droite pour ne pas être vus. Ils ont déjà éteint pour la nuit. Les ombres nous pèsent lourdement dessus, et je suis soulagée qu'il n'y ait pas de clôtures autour de nous.

On coupe jusqu'au bout du pâté de maisons, puis on bifurque vers la rue principale. Je n'arrête pas de jeter des coups d'œil derrière moi pour voir si les journalistes nous suivent, mais on est tranquilles.

Pour une mi-septembre, les températures sont étonnamment douces ; il n'y a même pas la moindre brise. Toutefois, la touffeur de l'air liée à la pluie fraîchement tombée indique que le temps est à l'orage.

— Regarde les étoiles, dit-il. C'est un peu couvert, mais on en voit quelques-unes.

Je ne lève pas les yeux. Je ne suis pas montée sur le toit depuis la disparition de maman. C'est pourtant une habitude pour me calmer avant d'aller me coucher. La seule chose qui m'apaise quand j'ai envie de me taillader. Mais si je regarde le ciel, j'ai peur de ne plus jamais vouloir regarder le sol. De continuer à chercher.

Ou alors, j'ai simplement peur de ce que je pourrais y découvrir. Ou de l'absence de découverte.

— C'est magnifique.

Et je parie que ça l'est.

— Alors qu'est-ce que tu as pensé de la Dr Madison ? demande-t-il.

— Elle est sympa. Mais ce n'est pas moi qui la consulte.

— Oh. Tu as donc une sœur jumelle ? Avec le même sac ?

Il se fend d'un sourire satisfait.

— C'est la psy de ma mère. J'essayais juste d'obtenir des informations.

— Pour aider ?

— Ouais. Pour aider.

J'espère que, dans ces deux mots, Landon a entendu le fond de ma pensée. Ce que je voulais dire vraiment, c'est : *Merci de ne pas me juger. Merci de ne pas me trouver naïve de garder espoir. Merci de croire.*

Il remet les mains dans ses poches, et son petit doigt m'effleure le poignet.

Je dois avoir un faible pour les auriculaires, désormais, car les poils de mon poignet se hérissent.

Au bout de la rue principale, toutes les maisons sont plongées dans l'obscurité, même si la lampe de certains porches s'éclaire à notre passage. Nous marchons en tandem, dans le même tempo.

— Comment Savannah gère tout ça ? s'enquiert-il.

Tous les garçons auxquels je parle finissent par m'interroger sur ma sœur. Bon, d'accord, il y a des exceptions, mais quand même. Heureusement que je suis attirée par tous les genres, cela me laisse tout un pan qui n'intéresse pas ma sœur hétéro.

— Mieux que moi, je dirais.

Je suis surprise de le reconnaître si facilement. La nuit a cette faculté de rendre les gens honnêtes. Comme si nos secrets allaient rester sous le couvert de l'obscurité.

— Elle n'en parle pas beaucoup, elle vit sa vie.

— Je vois le genre.

Alors que nous nous orientons vers le principal boulevard qui conduit en ville, où de pâles lueurs clignotent encore depuis les enseignes demeurées allumées, nous prenons sur la droite pour pénétrer dans l'épicerie.

Landon choisit une bouteille d'eau gazeuse et me demande si je veux quelque chose. Je réponds que non, tout en lorgnant un paquet de Reese's. Ces biscuits au beurre de cacahuètes enrobés de chocolat sont mon péché mignon.

En sortant, je me tourne vers lui.

— Honnêtement : est-ce que tu étais amoureux de Savannah quand on était plus jeunes ?

Landon part une nouvelle fois de ce rire gêné, trop sincère et mignon. Il part de la poitrine et pétille hors de ses lèvres roses et douces.

— Pas amoureux-amoureux. Disons que je l'aimais bien.

— Ah. Je vois.

— Je préfère les brunettes.

Je suis une brunette, ai-je envie de crier, mais il me semble qu'il n'est pas aveugle. Je ne sais pas si son honnêteté calme mes ardeurs ou, au contraire, les attise.

L'air extérieur semble en tout cas plus chaud que précédemment. Nous marchons toujours côte à côte, nos bras se frottant de temps à autre.

— Mais les coups de cœur ne veulent pas dire grand-chose à cet âge-là. Je crois que j'ai dû en pincer pour toutes les filles de ma classe.

— Pareil. C'est l'un des avantages à être bisexuelle.

Il m'observe en coin, comme tout le monde quand je fais cette annonce. Je suis fière de ce que je suis, mais la bisexualité donne parfois l'impression de courir avec les chevilles attachées. Si tu sors avec un garçon, on dira de toi que tu es plutôt hétéro. Mais si tu sors avec une fille, en fait, tu es homo. Tu ne peux pas gagner. Ça devient juste plus difficile d'en parler.

— Tu le savais, pas vrai ? Quand je sortais avec Lauren Meadows, l'année dernière ? Une rupture tout à fait banale, mais qui a semblé intéresser tout le monde ? Et là, en début d'année, j'ai plus ou moins fréquenté un mec d'une autre école, mais c'était juste une aventure.

— En fait, je ne pensais pas que tu étais bi. Je te croyais lesbienne. Du coup, merci pour ce résumé succinct mais instructif de ta vie amoureuse. Je m'appliquerai à prendre des notes, la prochaine fois.

— Et toi, tu comptes me faire un résumé succinct mais instructif de ta vie amoureuse ? je demande en arquant un sourcil.

— Bien sûr. Ferme les yeux.

Je m'exécute. Cette fraction de seconde d'incertitude est palpitante. Va-t-il me montrer un graphique de ses rendez-vous ou une photo de sa petite amie ? À moins qu'il se penche vers moi pour…

Non. Ça serait bizarre. Et je n'ai pas de temps à consacrer à ça pour le moment.

Au lieu de quoi, il pose ses mains douces et chaudes sur mes yeux.

— Qu'est-ce que tu vois ? Voilà l'état de ma vie amoureuse.

— J'en doute.

J'éclate de rire tandis qu'il retire ses mains.

Il rosit légèrement, et j'en fais autant. Saleté d'adénylate cyclase.

On reprend la route en silence pendant plusieurs minutes. Un silence confortable, cependant, comme mon cardigan préféré.

— Hé, je finis par dire.

Sous le couvert de l'obscurité, je ne suis pas mal à l'aise de lui poser la question. S'il ne me donne pas la réponse espérée, je ne risque rien à la faible lueur des réverbères.

— Je voulais te demander, tout à l'heure : c'est toi, ThunderRoad68 ?

— Si je suis quoi ? Tu veux parler de la chanson de Springsteen ?

— C'est une chanson ?

— Tu connais Bruce Springsteen ? pouffe-t-il. *Thunder Road* est l'une de ses chansons les plus connues.

— Oh. Quelqu'un sous ce pseudo a posté un truc pour défendre ma mère, et je me demandais si ça pouvait être toi.

Landon s'arrête pour me dévisager, l'air perplexe. J'ai ma réponse.

— Laisse tomber, dis-je.

Entre le message sur le forum lié à l'anxiété et celui dans le groupe de la ville, ça paraissait logique, mais j'imagine que ça correspond à plus de monde que je le supposais.

— Désolé. Je ne sais pas de quoi tu parles. (Il tortille ses mains devant lui, comme s'il essayait de tricoter dans le vide.) Si ça peut te réconforter, je ne pense pas que ta mère soit responsable.

— Alors, à ton avis, il s'est passé quoi ?

Il se gratte la tempe.

— Je n'en ai aucune idée. J'ai vu des reportages aux infos, mais je n'y comprends pas grand-chose. Les journalistes parlent de cyberpiratage, comme si quelqu'un avait pu prendre le contrôle de l'appareil à distance. Et… j'imagine que c'est plausible, car je ne vois pas comment ta mère aurait pu faire ça volontairement.

— Exactement. Et le cyberpiratage en lui-même est tout nouveau. Il n'existe aucun précédent pour ce genre de choses. J'ai vu en ligne que le gouvernement pourrait être en train de négocier secrètement avec des terroristes ou des cyberpirates.

J'essaie de ne pas trop insister. Je n'ai pas envie qu'il me classe dans la catégorie des complotistes convaincus qu'il n'y avait aucun passager à bord des vols détournés le 11-Septembre ou que la Terre est plate. Mais là il s'agit de ma vie. De ma mère. Qu'il pense qu'elle n'a pas pu se crasher volontairement me met du baume au cœur.

— Moi non plus, je ne sais pas trop ce qui a pu se passer. Mais je sais qu'elle ne se serait pas écrasée délibérément. Et ça peut paraître dingue, mais je pense qu'elle va bien.

C'est forcé.

— Ta mère était toujours si gentille, reprend-il. Je me souviens d'une fête d'anniversaire organisée chez toi pour Savannah, il y a un bail. On avait tous peint nos propres masques, mais le mien avait un air bizarre. Je ne suis pas aussi doué que toi en arts plastiques. Alors elle m'a aidé à en confectionner un nouveau.

Je ne peux m'empêcher de sourire. Je ne connaissais pas cette anecdote. Je ne me rappelle même pas l'anniversaire en question. Mais je suis heureuse que Landon ne l'ait pas oublié, même s'il a dit que maman « était » gentille, alors qu'elle l'« est ».

On finit par revenir à la maison.

Les reporters sont rentrés pour la nuit, ils se disent sans doute qu'on dort tous à poings fermés. Un calme paisible que je n'avais pas ressenti depuis plusieurs jours règne autour de chez moi.

La bouille minuscule d'Onion apparaît à la fenêtre, m'invitant à entrer.

— Merci pour mon sac, dis-je à Landon.

— J'ai aussi trouvé ça.

Il tend la main et me glisse un sachet de Reese's.

— Comment tu as fait ça ?!

— Tu as tourné la tête un instant. Je t'avais vue les lorgner.

Il sourit.

Oh, mon DIEU. Je suis morte.

— C'est trop mignon, dis-je un peu plus bas que je l'aurais souhaité.

Landon hoche la tête.

— Tu me rembourseras en me prêtant ton bouquin quand tu l'auras fini. Et si tu veux prendre rendez-vous avec la Dr Madison, fais-moi signe. On pourrait être copains de salle d'attente.

— Bien sûr. *(Non, aucune chance.)* Rentre bien.

Il avance de deux pas, puis s'arrête. Des grillons stridulent dans le chêne sur ma pelouse.

— Hé, dit-il. Ça va peut-être te paraître bizarre, mais je pense quand même que tu devrais passer l'audition pour le spectacle.

— Impossible. J'essaie encore de comprendre cette histoire avec ma mère.

— Je sais. C'est d'autant plus logique. Moi aussi, j'ai peur. Je sais pas chanter, mais j'en ai envie. Je me mentirais à moi-même en affirmant le contraire.

— J'ai pas peur, je mens alors.

— Ah, d'accord. (Il arbore un petit sourire.) Comme tu veux.

Comment ce garçon parvient-il à me réchauffer sans même me toucher ?

— Bonne nuit, Violet, me dit-il avant de reprendre la route de chez lui.

J'entre sans bruit dans la maison, posant délicatement un pied devant l'autre. J'ai juste fait le tour du pâté de maisons, mais papa me poserait un milliard de questions s'il avait vu un garçon me raccompagner. Je n'ai pas envie d'en faire toute une affaire.

La première marche ne grince pas. La seconde non plus. Alors que j'atteins la troisième…

— Qu'est-ce que tu faisais ?

Je me plaque la main sur la bouche pour ne pas hurler. Ce monstre de Savannah plane devant la porte de la salle de bains, comme Mister Babadook.

— Rien du tout.

Un grondement de tonnerre retentit derrière nous. J'imagine que la pluie a finalement décidé de tomber.

— Tu étais où ? C'était Landon Davis ?

— Il a retrouvé mon sac. Je l'avais laissé à la bibliothèque.

Ce mensonge m'échappe bien trop facilement.

— Oh. C'est chouette. (Elle se frotte les yeux.) Hé, papa voulait que je te demande : tu préfères des roses ou un mélange de fleurs ?

— Pour quoi ?

Elle serre les dents.

Oh. *Oh.*

Je ne veux pas de cérémonie. Rien du tout. Ça fait à peine quelques jours.

— Peu importe, je marmonne.

Savannah se replace une mèche de cheveux sur l'oreille.

— OK. Tu sais à quoi ça m'a fait penser ? Tu te souviens du jour où maman nous a montré comment faire des fleurs en origami ? J'étais archi nulle, mais les tiennes ressemblaient à de vraies fleurs ! C'était vraiment super.

Une réminiscence de maman : ses mains me lissant les cheveux avant de les tresser, mes doigts pliant une feuille rose pour former des pétales. Je suis assise sur ses genoux, Savannah sur ma gauche. Maman a laissé mon origami sur la porte du frigo pendant des semaines. Le monde était si calme, à l'époque.

Je serre si fort ma poignée de porte que mes phalanges blanchissent. Je ne sais même pas si j'éprouverai un jour ce même sentiment.

Comment Savannah peut-elle parler de maman comme si elle avait déjà perdu tout espoir ? Comment ose-t-elle ?

— Choisis les fleurs que tu veux.

J'ai refermé ma porte avant même de finir ma phrase.

Une fois dans ma chambre, je reprends mes recherches.

Papa et Savannah ont déjà accepté de ne pas retrouver maman, mais pas moi. Leur déni me donne des forces. Je fais confiance à maman pour rentrer, pourquoi pas eux ? Je frappe un peu trop fort la touche Entrée dans la barre de recherche.

Demain sera le troisième jour. On ne peut pas survivre sans eau plus de trois jours, et avec l'ouragan qui se prépare… Je n'ai pas l'impression que les autres soient, comme moi, engagés dans une course contre la montre. C'est comme si personne n'avait conscience que l'échéance approche à grands pas.

Peut-être qu'ils ont atterri quelque part, en sécurité, mais qu'ils ne sont simplement pas en mesure de communiquer…

Il faut que je me raccroche à cette possibilité. J'ai besoin d'y croire.

Il me faut quelque chose de tangible.

Je me dirige à pas de loup vers la chambre de mes parents. Papa dort déjà, alors je veille à ne pas faire de bruit. J'ouvre doucement la porte de leur dressing. Papa a emporté la plupart de ses affaires, ce sont donc surtout les vêtements de maman. Un côté de la penderie est désespérément vide.

Je repère le cardigan brun clair préféré de ma mère et en caresse la manche. Elle le portait le jour où j'ai eu mon permis de conduire probatoire. Je me rappelle l'avoir étreinte très fort après avoir réussi l'examen, et qu'elle m'a emmenée manger une glace au chocolat à côté.

« Ce n'est pas parce que tu as ton permis que tu peux prendre la voiture quand tu veux, m'a-t-elle dit.

— Je sais. Je demanderai toujours avant, j'ai répondu.

— Ça va me manquer de t'emmener partout », a-t-elle conclu dans un soupir.

J'ôte le gilet de son cintre et l'enfile. C'est le seul vestige de maman que je peux étreindre pour le moment. Quand je glisse les mains dans les poches, quelque chose de pointu me pique le doigt.

De petites ailes d'avion, un badge. Je suis frappée par la brillance de l'or et la forme de l'emblème. Je n'en suis pas certaine, mais il me semble l'avoir déjà vu sur son uniforme. Dans l'autre poche, une photo froissée et un collier en forme de M.

Je le soulève à hauteur d'yeux. La chaînette en argent est ornée de brillants fantaisie. Ma mère ne porte pas beaucoup de bijoux, mais je ne l'ai jamais vue avec celui-ci. Un M ? Sans doute pour Mark, le prénom de papa. Ou pour Modern Airline, sa compagnie aérienne ? Non, ce serait bizarre. Les employeurs n'offrent pas ce genre de babioles.

Sur la photo, maman semble très jeune. Ses cheveux lui arrivent aux épaules, alors que je les ai toujours vus très courts. Elle serre dans ses bras un homme que je ne reconnais pas, debout devant un avion de chasse. Un type grand, assez beau, qui n'est clairement pas mon père. Au dos, maman a écrit : « Juin 1991 ».

Pas très instructif, Mère.

Des bruits de pas en provenance de la chambre. Mon père.

— Hé. Tout va bien, là-dedans ?

Je m'empresse d'empocher les ailes et la photo.

— Ouais. Dis, ça t'embête si je porte ça ? je demande en lui montrant le collier.

Il cligne ses yeux assoupis.

— Euh. Si tu veux. Pourquoi pas ?

— Quand l'as-tu offert à maman ?

Papa s'approche pour me prendre le bijou des mains.

— Jamais.

Chapitre sept

Jour 3, matin

Pour la première fois de ma vie peut-être, papa nous a préparé un petit déjeuner complet, à Savannah et à moi.

Des œufs et du fromage, des bananes en tranches, la totale. Il a même fait rissoler du bacon, ce qui explique à moitié que je sois sortie du lit. J'en verse une pleine cuillerée dans mon assiette.

— C'est en quel honneur ? je m'enquiers.

— Un papa n'a plus le droit de préparer le petit déj à ses filles quand elles traversent une passe difficile ? réplique-t-il.

Savannah se sert un peu du thé vert contenu dans un thermos noir.

— Et… ? Tu mijotes quelque chose.

— Et je voulais vous demander votre avis, parce que j'ai des coups de fil à passer aujourd'hui, admet-il.

Préférez-vous que votre thérapeute soit un homme ou une femme ?

Je repose ma fourchette.

— Il est bien trop tôt pour discuter de ça.

— Je sais, je sais. Mais comme je vais prendre rendez-vous aujourd'hui, autant me le dire maintenant.

— Moi, n'importe quel genre me convient, répond Savannah.

Je lui lance un regard mauvais. Pourquoi tout semble si facile pour elle ? Les fleurs pour la cérémonie ? Des roses ! Balayer toutes mes questions ? Aucun problème !

Je ne peux même pas consulter la Dr Madison. Pourtant, quitte à choisir un psy, autant opter pour la plus susceptible de m'apporter des informations. Toutefois, elle m'a très clairement fait comprendre qu'elle n'enfreindrait aucune règle éthique.

— Je n'irai pas, je réplique.

Papa ferme le four et pivote face à moi.

— Si. Je sais que ça ne te plaît pas, et je te comprends très bien. Si tu veux poursuivre cette conversation plus tard, OK pour moi. Mais je vais prendre un rendez-vous, et tu poseras ton cul sur ce divan. (Il se tourne alors vers Savannah.) Vous poserez. Au pluriel.

— C'est n'importe quoi.

Je m'enfonce les ongles dans le bras sous la table. J'appuie de plus en plus, jusqu'à ce que les extrémités blanches menacent de percer la peau.

Cinquante jours, Violet. Tu y es presque.

Si je pouvais atteindre cet objectif, j'arriverais peut-être à pousser jusqu'à soixante-quinze. Puis à cent. Et peut-être à jamais.

Je repose mes mains sur la table et enfourne d'énormes bouchées d'œuf et de bacon pour me changer les idées.

Tout ça est si injuste.

Je contemple le siège vacant à la table du petit déjeuner, en me demandant pourquoi maman met si longtemps à reparaître. À 15 heures aujourd'hui, nous atteindrons la barrière fatidique des soixante-douze heures. Mon ventre se serre par anticipation.

— On en reparlera dans la voiture, d'accord ? Mais il faut qu'on y aille. Je ne veux pas être en retard.

Savannah finit son thé et repousse son assiette à moitié pleine.

— Tu vas laisser tout ça ? s'étonne papa.

— Je ne me sens pas très bien, marmonne-t-elle.

Je tends le bras pour attraper son assiette.

— Dans ce cas, file-moi ton bacon.

— Encore tes soucis d'estomac ? s'inquiète papa.

— C'est sans doute seulement mes règles.

— Ah, d'accord. Je suis passé à la pharmacie hier et j'en ai profité pour acheter des tampons, j'ai vu qu'on n'en avait presque plus. J'espère que j'ai pris les bons. Cette vidéo TikTok m'a vraiment fait flipper. Je ne comprends absolument pas pourquoi des garçons se les fourrent dans...

Savannah toussote et reprend une gorgée de thé.

Je soupire et fais mine de ne pas trouver ça adorable qu'il ait acheté cela pour nous tout en finissant mon assiette.

— On n'a pas fini la conversation sur la thérapie, je déclare en braquant ma fourchette sur papa.

Il la saisit et la jette dans le lave-vaisselle.

— Ma décision est prise.

Je suis Savannah jusqu'à la voiture et monte à côté d'elle tandis qu'elle prend le volant.

— Il était obligé de nous balancer ça avant notre retour à l'école ?

— Ton retour à l'école. J'y suis allée hier, me rappelle-t-elle.

— On t'a renvoyée à la maison parce que tu as vomi. Ça ne compte pas.

Elle me jette un regard de biais.

— Tu t'es levée du pied gauche, aujourd'hui.

— Je n'ai peut-être pas digéré cette histoire de roses hier soir.

Je croise les bras et regarde par la fenêtre. L'idée même d'avoir à discuter me fatigue. Aucun mot ne suffirait à expliquer à ma sœur ce que je ressens. C'est comme si on ne parlait pas la même langue. J'en ai assez de rêver d'une relation faite de blagues que nous seules pourrions comprendre et de souvenirs communs. Je sais que cela n'arrivera pas.

— Hé, écoute…

Savannah s'arrête au feu rouge. Elle me pose la main sur l'épaule, ce que je ne me rappelle pas l'avoir jamais vue faire. Sa paume est plus chaude que je l'aurais cru.

— Je… je suis…

Incapable de demander pardon ? ai-je envie de cracher. *Une jeune Maléfique ?*

— Tout va bien se passer, aujourd'hui, reprend-elle. Et si tu as besoin de moi, n'hésite pas.

Je hoche la tête.

— D'accord.

Ce n'est pas d'elle que j'ai besoin. Et personne ne semble capable de trouver la personne qui me manque.

— Écoute, tu veux te faire pardonner ? Alors, rends-moi un service.

Elle me jette un nouveau regard en coin.

— Je n'ose même pas te demander quoi.

— Dépose-moi à la bijouterie. Celle avec la vendeuse blonde aux cheveux crêpelés.

Savannah hausse un sourcil.

— Quoi ? Pourquoi tu as besoin de bijoux, subitement ?

Je sors le collier et la photo rangés dans ma poche.

— Tu as déjà vu maman porter ça ? C'est vraiment le sien, tu penses ? Et ce type, tu sais qui c'est ?

Savannah regarde les deux objets, puis reporte les yeux sur la route.

— Aucune idée.

— Voilà. Alors, dépose-moi.

— Il n'est même pas encore 8 heures. Ça ne doit pas ouvrir avant 9 ou 10 heures. Qu'est-ce que tu vas faire, en attendant ? T'asseoir sur le bord du trottoir ?

— Si je dois en arriver là.

Pour une fois, Savannah fait ce que je lui demande. J'imagine qu'elle s'en veut de s'être comportée comme un véritable démon avec moi ces derniers jours.

Je n'ai qu'une heure à patienter, et je commande un thé au café d'à côté.

Comme j'ai déniché le collier avec la photo, je suppose qu'ils ont un lien l'un avec l'autre. Je peux me tromper, mais je n'ai pas de meilleure piste.

À son arrivée, la bijoutière, Mme Elmwood, semble surprise de me trouver ici si tôt. Elle s'est à peine installée derrière le comptoir que j'ouvre la porte de la boutique.

— Bonjour. Tu es l'une des filles Ashby, c'est ça ?

— Oui. Désolée de vous tomber dessus de bon matin, mais j'ai besoin de votre aide.

— Je suis navrée pour ta mère. Elle est justement passée ici l'autre jour. Je n'arrive pas à croire qu'elle ait disparu si soudainement.

— Elle est venue ? je m'étonne.

— Oui. Deux jours avant l'accident, je crois.

J'essaie de ne pas grimacer. Jusqu'à preuve du contraire, il n'y a pas eu d'accident. Ni épave, ni débris, ni rien. Le pire dans tout ça est bien sûr la disparition de maman. Et juste après, ce sont toutes les suppositions.

— Qu'est-ce qu'elle est venue faire ? Elle cherchait un bijou ?

— Elle n'était pas là pour acheter, me détrompe Mme Elmwood. Elle voulait vendre. Plusieurs pièces.

Vendre ? Je n'ai pas passé en revue les affaires de maman, j'ignore s'il manque quoi que ce soit de précieux. Pourquoi voulait-elle se débarrasser de certaines pièces ?

— Des tas de gens viennent ici pour vendre avant de… (Mme Elmwood incline la tête.) Tu sais. C'est courant. Ça facilite la vie de la famille.

Je serre les dents. Rien n'est facile pour ma famille, et je n'aime pas du tout ce qu'elle insinue.

— J'ai téléphoné à la police quand j'ai appris la nouvelle, reprend-elle. Ils ont dit aux infos qu'ils étaient preneurs de tout nouvel élément. C'est mieux que tu le saches.

Génial. Je réprime la tentation de la gifler. *Donnez-leur d'autres raisons de croire que c'était fait exprès !*

— Peu importe. Je voulais vous demander si elle avait acheté ceci ici, et quand.

Je dépose le collier sur le comptoir. Il tinte légèrement sur la vitrine.

Mme Elmwood le porte à la lumière.

— Il faisait partie du lot, l'autre jour.

Mon cœur se met à tambouriner.

— Vraiment ? Elle l'a acheté ici ?

— Non, mais il était emmêlé avec ses autres bijoux. Elle l'a mis à part en disant qu'elle ne voulait pas s'en défaire, que c'était un cadeau d'un petit copain d'école.

Un petit copain d'école ? Maman n'a connu qu'une relation sérieuse au lycée, et une autre à la fac. Aucun des deux garçons n'avait un nom en M. Mais bon, c'est déjà quelque chose. C'était peut-être un surnom ou une simple amourette.

Elle l'observe une nouvelle fois à la lumière.

— C'est une pièce plus ancienne, un peu passée de mode. Je n'en ai plus vendu de tels depuis le début des années 2000, je pense.

Avant ma naissance, donc.

Je récupère le collier. Pas moyen que j'aille à l'école maintenant. J'ai des photos de classe à parcourir.

— Merci ! je lance d'une voix joyeuse en quittant la boutique.

Je prends un covoiturage jusqu'à la maison. Ça vaut largement les vingt-cinq dollars que je dépense. Je ne voudrais pas que Savannah ou qui que ce soit sache ce que je fais. L'école attendra. Pour la première fois, j'ai l'impression de progresser enfin.

En plus, maman m'a demandé de garder le secret.

Dès mon retour à la maison, je fonce parcourir les photos de classe de ma mère. Je m'assieds sur la moquette grise de sa chambre et passe en revue les noms de ceux qui ont signé son album de terminale.

« Passe un super été ! »

« Grâce à toi, les cours de maths n'étaient pas si nuls »

« T'es trop, Jenn !! »

Tous ces petits mots me font sourire, et je me demande comment tous ces gens ont réagi en entendant le nom de maman à la télé. Cela dit, je ne trouve pas de garçon dont le nom commence par un M. J'examine chaque photo individuelle, sans remarquer personne qui puisse ressembler à une version plus jeune du militaire qu'étreint maman.

Je passe alors à son album de fac. Je ne savais même pas qu'il y en avait encore à l'université. Celui-ci est bien plus petit et dépouillé que celui du lycée. Toujours aucun message d'un garçon dont l'initiale est un M ni de photos ressemblant au mystérieux militaire.

Ne reste que Facebook. Je déteste ce site de vieux, mais maman s'y connecte de temps en temps. C'est même le seul réseau social qu'elle utilise.

Je vais chercher son portable, mais m'arrête net. L'équipe de l'agente Rosenfield l'a confisqué l'autre jour. Je ne connais pas son mot de passe, mais j'essaie de le deviner en me basant sur ceux que j'ai configurés pour elle à partir de mon téléphone.

SavannahViolet0406.

ChienOnion255.

FleursCerisiers0406.

Ah, enfin. C'était SavannahViolet255. Heureusement que mes parents sont des billes en technologie.

J'arrive sur la page d'accueil de Facebook. « Bonjour, Jenn ! Que voulez-vous dire ? »

Si seulement je le savais.

Je ne m'autorise pas à consulter les photos. Je ne suis pas encore prête. Je souffre déjà de son absence, ça ne ferait qu'empirer la situation.

Je commence par passer en revue sa liste d'amis. Je note tous les noms d'hommes dont le nom ou le prénom commencent par un M. L'un d'eux me saute aux yeux : Miles Miller.

Je pose mon stylo. Pourquoi est-ce que cela m'évoque quelque chose ?

Je clique sur son profil. Ce n'est pas mon mystérieux militaire, mais dès que j'aperçois son visage je me rappelle pourquoi je connais son nom.

Des cheveux blonds bien coiffés, d'épaisses lunettes noires. Je l'ai vu aux infos le jour où l'avion a disparu. C'est le fondateur d'une entreprise de cybersécurité.

« Un cyberdétournement reste extrêmement plausible, disait-il. Mon équipe a testé. »

Se peut-il qu'il fasse partie du plan dont m'a parlé maman ?

Je dois retrouver ce Miles Miller.

Chapitre huit

Jour 3, après-midi

J'envoie un message à Miles. Est-il le mystérieux petit ami ? Il est aux antipodes de papa. Miles a l'air coincé, et aux infos il passait un peu pour un M. Je-sais-tout, un Elon Musk en herbe. Papa est plus du genre hippie, faussement bohème.

En attendant une réponse, je poursuis mes recherches sur lui et son entreprise. Lui aussi a servi dans l'armée. Dans les années 1990, comme maman.

Je me précipite en bas, où sont rangés les albums photo. Maman n'en conserve pas beaucoup de cette époque. Elle n'aime pas trop en parler, alors on ne lui pose pas de questions.

Mais je finis par repérer Miles. Il figure sur un cliché avec leur unité tout entière, et sur un second avec maman et quelques autres. J'examine l'album à deux reprises en quête du mystérieux militaire, sans succès.

Une réponse arrive enfin. Il m'avoue qu'il a paniqué en trouvant un message « de la part de Jenn », mais qu'il serait ravi de discuter avec moi.

« Mais il faut qu'on fasse ça en tête à tête, précise-t-il. Ils surveillent tout ce que je raconte en ligne ou au téléphone. »

« Ils » ?

Je ne suis pas naïve. Même si ce type est un ami de maman et qu'il veut me voir dans un lieu public, je ne suis pas tranquille. En des circonstances normales, je ne ferais jamais un truc pareil, mais le temps joue contre moi.

D'ici quelques heures, nous aurons atteint la limite des trois jours. La zone sombre dans laquelle mes pensées n'osent s'aventurer.

Je ne peux plus perdre un instant.

S'il sait quelque chose, quoi que ce soit, je tiens à le découvrir. D'autant plus s'il connaît bien maman et peut m'aider à blanchir son nom.

J'ai presque envie de demander à mon père de m'accompagner ou s'il connaît ce Miles, mais il ne comprendrait pas. Savannah non plus. De toute façon, elle ne sécherait jamais l'école pour ça. Il y a bien Alex, mais je sais que le casting pour la comédie musicale approche et qu'elle doit être occupée. Et puis je lui ai déjà demandé de m'accompagner voir le FBI.

Reste une dernière personne susceptible d'accepter de m'aider.

MOI : Aloooors, dans l'hypothèse où j'aurais besoin d'un service, ça pourrait t'intéresser ?

LANDON : Dans l'hypothèse où tu aurais besoin d'un service, je serais hypothétiquement ravi de t'aider. C'est quoi ?

Je lui explique brièvement de quoi il retourne.

LANDON : Donc, si j'ai bien compris, tu veux que je t'accompagne voir un vieux type que tu ne connais pas et que tu as rencontré en ligne ?
MOI : ... plus ou moins, ouais !
LANDON : lol OK. Je ne veux pas que tu y ailles seule. Alors compte sur moi. Je n'ai pas cours en dernière heure, on pourrait se retrouver au parc à 14 heures ?
MOI : Tu es parfait.

Je rougis. Est-ce que je viens vraiment de lui envoyer ça ?

Mais bon, c'est un peu vrai. Gentil, mignon, tricoteur, prêt à rencontrer un inconnu au parc avec moi.

Landon doit forcément être une espèce de tueur en série, c'est juste que personne ne s'en est rendu compte.

MOI : Enfin je veux dire : parfait, ça me va !

Pas de réponse. J'essaie de ne pas cogiter là-dessus, étant donné qu'il est sans doute en classe.

Mais bon.

Quelle imbécile je fais.

*

J'arrive au parc quelques minutes avant 14 heures. Le collier et la photo sont bien en sécurité dans la poche de mon jean. Miles est déjà là, assis sur un banc, à l'ombre d'un chêne. Il est trop occupé à consulter son téléphone pour remarquer ma présence. Ses lunettes trop grandes reposent au bout de son nez pointu.

— Coucou ! me lance Landon.

Il me rattrape en trottinant. Ses joues sont légèrement rosies.

— Désolé, je suis un peu en retard. M. Tariq voulait parler des auditions.

— Ah ouais ? je demande avec un large sourire. Tu vas tenter le coup ?

— Mmm, peut-être. Je ne suis pas très bon chanteur, mais j'ai toujours voulu essayer. Bref ! Comment ça se passe ? Tu vas bien ?

— Ça va.

C'est un mensonge. Ça ne va pas du tout. C'est comme si chaque molécule de mon corps crépitait d'électricité, à cause de l'approche des fameuses soixante-douze heures.

— Merci d'être venu. Le type est juste là.

Landon jette un coup d'œil vers Miles, puis se retourne vers moi.

— OK, je suis prêt, dit-il comme s'il s'apprêtait à partir au combat.

Il bombe le torse et serre les poings.

— Miles ? je demande en m'approchant. Bonjour. Je suis Violet.

Il se lève pour serrer ma main tremblante.

— Violet ! Waouh. On dirait ta mère. Avec les cheveux plus sombres. Mais tout aussi belle.

— Merci.

Quand j'étais plus jeune, on me disait sans arrêt que je ressemblais à maman, mais ça n'arrive plus trop. J'espère que ça ne veut pas dire que je ne lui ressemble plus.

— Je me demandais si vous accepteriez de m'aider, dis-je tout de go.

— Ah, tu es donc au courant pour le cyber-détournement ?

Landon et moi échangeons un regard avant de nous retourner vers Miles.

— Comment ça ? je m'enquiers dans un souffle.

— Assieds-toi.

Il se décale sur le banc.

Mes jambes se dérobent presque sous mon poids quand je me laisse tomber près de lui. Landon reste debout. Il se tient là, les bras croisés, comme un garde du corps. Un garde du corps qui tricoterait des écharpes roses et souffrirait d'anxiété.

— Je vous ai vu en parler aux infos, j'admets. C'est à ça que vous faites allusion ?

— Oui. Tu connais mon entreprise, pas vrai ? Ajax Systems ? Je suis l'un des experts de ce pays en cybersécurité, et ma boîte a une notoriété internationale.

Je ne sais pas ce que ça représente au juste d'avoir créé une start-up spécialisée en cybersécurité de notoriété internationale, mais ça sonne plutôt bien. Ça donne l'impression que Miles sait de quoi il parle.

— Je pense que l'US133 a été détourné à distance par une force étrangère, développe-t-il. À moins qu'il s'agisse d'une menace domestique. En tout cas, les preuves sont là. Ça a déjà été fait.

— Pardonnez mon ignorance, mais de quoi parlez-vous ? intervient Landon. Je n'avais jamais entendu le terme cyberdétournement avant l'autre jour.

— En 2016, le département de la Sécurité intérieure a piraté un Boeing 757 stationné sur une piste du New Jersey. Ils l'ont fait décoller par radiocommunication. (Le débit de Miles est rapide et saccadé, comme s'il n'avait pas le temps d'exprimer toutes ses idées.) Le public n'a eu vent de ce détournement que quelques années plus tard, en 2018, car le gouvernement savait que ça provoquerait la panique et voulait résoudre les failles avant de rendre l'information publique. Mais, bien sûr, mon équipe était au courant depuis bien plus longtemps. Même le wifi embarqué peut servir à détourner un appareil, en s'y prenant bien. Alors on s'est mis à chercher des menaces venues du sol comme de l'appareil lui-même. Et celle-ci était juste sous notre nez depuis tout ce temps.

Landon pianote rapidement sur son téléphone.

— Il a raison, c'est arrivé, chuchote-t-il.

Je n'ai jamais entendu parler de cette affaire, et maman ne l'a jamais mentionnée. Mon souffle s'accélère. C'est donc vrai ? Quelqu'un aurait donc pu pirater l'ordinateur de bord depuis le sol ? Je pense à toutes les conséquences que cela implique. Pour maman, pour ses passagers… Je ne comprends pas pourquoi quelqu'un ferait un truc aussi horrible.

— Et donc, vous pensez que c'est ce qui est arrivé l'autre jour ? Mais pourquoi aurait-on fait une chose pareille ? je m'étonne.

— Eh bien, je ne peux pas me prononcer sur les mobiles d'une personne malveillante. Tout ce que je sais, c'est que, à notre époque, ne pas retrouver un avion de ligne américain en plusieurs jours est pour le moins… inhabituel.

Je repense à d'autres cas similaires. Le vol MH370 reste introuvable, bien des années plus tard. Le vol Air France 447 a été repéré cinq jours après sa disparition. Aucun de ces deux événements n'a connu l'issue que j'espère, mais ils prouvent malgré tout que les recherches n'aboutissent pas toujours en un claquement de doigts.

Nous n'en sommes qu'au troisième jour, mais ça me semble déjà trop long. C'est comme si mon cerveau avait été remplacé par une horloge. Je ne suis pas dans mon état normal, je ne peux que compter les minutes qui défilent à une allure infernale.

— Réfléchissez, reprend Miles. Mon hypothèse est que le gouvernement sait pertinemment où se trouve cet avion. Ce n'est pas pour te faire peur, mais je pense que quelqu'un l'a fait atterrir à distance et réclame une importante rançon en échange. Les autorités le cachent, bien sûr, pour ne pas provoquer la panique. Vous vous souvenez des premières semaines de l'épidémie de coronavirus ? Le chaos absolu. Les rayons des grandes surfaces étaient vides. L'économie s'est cassé la figure. Le 11-Septembre ? Ah, vous n'étiez peut-être pas nés, si ? Bref, en tout cas, ça a causé une panique générale, et le gouvernement a retenu la leçon. Pensez à tous les vols annulés et à l'argent qu'ils auraient perdu en révélant avoir une nouvelle fois laissé une faille de sécurité aussi énorme être exploitée.

J'ai l'impression que ma tête est pleine à craquer d'informations nouvelles. Quelque part, cela me semble assez logique. Mais serait-il vraiment possible de cacher un événement d'une telle ampleur au grand public ? Une telle menace pour la sécurité de tous ?

— Et les passagers ? demande alors Landon. Ils ont des téléphones portables, pourquoi aucun n'aurait appelé au secours ?

— Cela te surprendra peut-être, petit être de la génération Z, mais tous les endroits du monde ne disposent pas d'un réseau cellulaire. De plus, l'océan est relativement vaste. Et n'oublie pas qu'ils seraient pris en otage.

— Vous... pensez donc que ma mère est retenue en otage ? j'articule lentement.

Je déteste la perspective de la savoir effrayée, mais cela signifierait au moins qu'elle est vivante. Pas crashée au milieu de l'Atlantique glacial.

— C'est mon hypothèse, oui, confirme Miles. Je suppose que les pirates ont dû tenir à ce que tout le monde reste à bord en attendant que la rançon soit versée. L'avion a pu être détourné vers une île déserte, par exemple. Après quoi les ravisseurs ont pu prendre le contrôle physique de la situation.

J'imagine ma mère et cent cinquante-cinq autres personnes, prisonnières sur une île lointaine. Ont-elles à manger et à boire ? Les pirates doivent vouloir les maintenir en bonne santé, j'imagine. Je l'espère.

— Je connais ta mère. On n'entretenait pas des contacts très réguliers, mais je sais de quel genre de personne il s'agit, affirme Miles. Elle ne ferait jamais une chose pareille volontairement.

— Oui ! Complètement, j'abonde.

— Ça me met en rage que les médias soutiennent le contraire, reprend-il. C'est une perte de temps et d'énergie colossale.

Enfin.

Enfin quelqu'un qui pense, comme moi, que les choses vont peut-être s'arranger. C'est comme un rayon de soleil après un orage. Je réprime la tentation d'étreindre Miles, cet inconnu étrange. Tout ce que je voulais, c'était trouver une personne aussi convaincue que moi qu'elle ne l'avait pas fait exprès et qu'elle allait peut-être bien. Même si les détails sont encore flous. Même si ça ne semble pas tout à fait couler de source.

— Et j'étais dans l'armée avec elle, comme tu le sais. C'est une pilote talentueuse. Bien sûr, il y a toujours des accidents, mais elle est aussi douée et combative que les meilleurs, affirme-t-il.

— Je suis désolé, mais j'ai quand même un peu de mal à y croire, admet Landon. Ça ressemble plutôt au genre de truc… qu'on verrait dans un film. Pas dans la vraie vie.

— Et pourtant, c'est déjà arrivé, affirme Miles. Mon entreprise se consacre tout entière à arrêter des pirates de ce genre et à en apprendre davantage sur ces groupuscules. En 2017, la Russie a piraté notre réseau électrique. On entend presque quotidiennement que des usines de conserves ou des hôpitaux sont victimes d'attaques informatiques. Les failles qui existent dans nos systèmes sont inquiétantes. Ça s'est déjà produit, je pense que cela s'est produit de nouveau dans ce cas précis et, si le gouvernement ne prend pas les dispositions nécessaires, cela se reproduira à coup sûr.

Landon sort une nouvelle fois son téléphone et le consulte en fronçant les sourcils. J'imagine qu'il vérifie toutes les informations que vient de nous livrer Miles.

— On a eu de la chance avec le piratage électrique, poursuit celui-ci. Vous vous imaginez vivre sans lumière, sans électricité ? Si cela durait, des gens mourraient, l'économie s'effondrerait. Ça nous renverrait des années en arrière. Voilà pourquoi vous n'entendez jamais parler de ces affaires-là. La peur.

J'arrive à peine à me concentrer sur ses paroles. Je m'imagine encore maman sur son île déserte, aux mains de dangereux pirates. La savoir effrayée, affamée, loin de nous me met la chair de poule. Je suis la dernière personne à qui elle a parlé avant sa disparition. J'ai l'impression de subir ce poids plus que n'importe qui.

— Je ne serais pas surpris d'apprendre que ta mère connaissait toutes ces failles. Jenn est une personne intelligente, ajoute Miles. Et on en a déjà discuté, il y a de ça quelques années.

Ma mère n'est peut-être pas à la pointe de la technologie, mais elle pige sans doute les choses plus vite que la plupart des gens de sa génération. Est-ce ce qu'elle voulait me dire dans sa lettre ?

« Ce n'était pas censé se passer comme ça. Je te demande juste de me faire confiance. Ce n'était pas mon plan initial, mais j'en ai vraiment un. »

Savait-elle que cela surviendrait ? Ça ne tient pas la route. Si elle l'avait su, pourquoi aurait-elle couru ce risque ? Je n'y comprends rien, mais elle me demande de lui faire confiance, et je ne compte pas la décevoir.

— Vous travaillez là-dessus avec le gouvernement ? je l'interroge.

— Ils m'ont contacté et nous avons longuement discuté. C'est tout ce que je peux dire à ce propos.

J'essaie de ne pas laisser l'espoir me submerger. J'ai envie de croire en l'hypothèse de Miles. De me dire que maman va bien, et que des tas d'informations ne sont pas révélées au grand public pour ne pas semer un vent de panique.

Mais s'il se trompait ?

Je m'efforce de ne pas y penser.

— Je voulais aussi vous demander autre chose. (Je sors le collier de ma poche pour le lui montrer.) Ça vous rappelle quelque chose ? L'avez-vous offert à ma mère ?

Miles le regarde à peine.

— Non, pas du tout. Pourquoi ?

Je lui explique que Mme Elmwood, la bijoutière, m'a dit qu'il lui avait été offert par un petit copain d'école, mais que je n'ai pas trouvé d'autre garçon dont le nom commence par un « M ».

Miles pouffe doucement.

— Si je devais parier, je dirais que l'homme que tu cherches s'appelle Matthew Bryant.

Matthew Bryant. Ce nom ne m'évoque rien. Rien du tout.

— Est-ce que c'est lui ? je suggère en montrant la photo à Miles.

— C'est bien ça, confirme-t-il.

Chapitre neuf

Jour 3, après-midi

Je finis tout de même par étreindre Miles. Je suis obligée.

Il m'informe qu'il n'est pas resté en contact avec Matthew Bryant ni beaucoup d'autres collègues de l'époque, et qu'il ne peut donc pas m'apprendre grand-chose à son sujet et ne possède pas ses coordonnées. Tout ce qu'il sait, c'est que, d'après la rumeur, maman et ce Matthew ont été en couple et qu'il les voyait flirter souvent *(beurk !)*. Miles me souhaite bonne chance, et Landon et moi repartons de notre côté. Il me propose de me déposer à la gare pour que j'aille rejoindre Alex.

Cette rencontre m'a redonné courage avant d'aller trouver l'agente Rosenfield. J'ai désormais deux choses à lui réclamer : des informations sur Matthew Bryant et l'assignation à comparaître pour la Dr Madison.

— Tu es sûre que ça va ? s'inquiète Landon en bouclant sa ceinture.

Il s'assure que j'en fasse autant avant de mettre le contact. L'intérieur est étonnamment propre et bien entretenu pour une voiture d'ado. Pas un emballage de fast-food en vue. Seulement des carnets et des papiers divers sur la banquette arrière.

Et un nounours beige ayant connu de meilleurs jours.

— Il est à mon frère, s'empresse-t-il de se justifier. Je te le jure.

— C'est ça, je m'esclaffe. Quel âge a ton frère ?

— Neuf ans.

— Sacrée différence d'âge.

— Ouais. Je m'occupe souvent de lui. Je vais le chercher à l'école et ce genre de trucs, pour permettre à mes parents de souffler un peu. Ils ont des horaires de dingues. Mais sérieusement ? Je veux être sûr que tu vas bien avant de te déposer. Ça doit être difficile à encaisser, tout ça.

— Ça pourrait aller plus mal, j'imagine. J'ai envie de croire Miles. Depuis le premier jour, je suis convaincue qu'elle va bien. Ça fait plaisir d'entendre quelqu'un du même avis.

Landon hésite un instant.

— Je comprends… C'est juste… Tout ce qu'il a raconté semble bizarre. Comme si ça ne pouvait pas être réel. Je ne voudrais pas qu'il te donne de faux espoirs.

Je regarde les arbres défiler par la fenêtre. Des masses vert et marron indistinctes.

— Ça semble un peu tiré par les cheveux, j'admets. Mais toute cette situation est assez folle. Alors, honnêtement, je le crois. Ma mère ne ferait jamais un truc comme ça volontairement.

Il hoche la tête. Je vois bien qu'il n'adhère pas à la théorie de Miles, mais peu importe.

Il n'a pas lu la lettre de maman. Il ne sait pas ce que je sais. Personne ne le sait.

— Merci de m'avoir accompagnée, je dis. Je le pense sincèrement. Heureusement que ce n'était pas un pervers, mais ça m'a rassurée que tu sois là.

Je ne suis pas encore prête à l'avouer, mais la présence de Landon me procure toujours cette sensation. Comme un feu bien chaud par une journée glaciale. Bon sang, il conduit même prudemment. Deux mains sur le volant, placées à 10 h 10.

— Je suis content d'avoir pu t'aider !

Il se range sur le parking de la gare. Alex est déjà là, sur le quai. Le vent joue avec ses boucles.

Landon me considère de ses grands yeux marron.

— Dis-moi si tu as besoin d'autre chose, d'accord ? Je n'ai encore jamais conduit en ville et... je risque de gerber si je dois essayer, mais je viendrai vous chercher si besoin.

Un garçon prêt à braver pour moi la circulation new-yorkaise est une perle rare.

— Merci.

Je suis prise par l'envie subite de lui déposer un baiser sur la joue. Je me retiens – je suis déjà passée pour une barge avec cette histoire de cyberdétournement.

Je me contente donc de lui tapoter l'épaule maladroitement. Deux longues caresses. Comme une mamie.

Je suis condamnée au célibat.

Landon attend que j'aie rejoint Alex pour reprendre la route.

— Coucou ! me lance-t-elle avec un sourire. J'adore ton gilet. Je pourrais te l'emprunter ? C'est le vêtement idéal pour essayer de ressembler à Belle l'air de rien. Tu vois ce que je veux dire ?

Je considère mon cardigan bleu clair.

— Oui, si tu veux. Je passerai sûrement au casting. M. Tariq me l'a proposé il y a quelque temps.

Le jour des auditions pour la comédie musicale de l'école est un peu l'équivalent des Oscars pour Alex : une fois par an, elle s'en fait une montagne pas possible jusqu'à ce que tout soit terminé. Je sais qu'elle décrochera un gros rôle dans *La Belle et la Bête*, mais elle est vouée à faire une crise de nerfs ou deux.

Ah, les comédiens.

Je suis tout de même un peu jalouse. Ça doit être marrant de s'imaginer dans un rôle et de devoir mémoriser toutes les répliques au cas où. Je ne parle pas du tout pour moi. Ce n'est pas mon genre. Par exemple, jamais je ne chante l'intégralité de la bande-son de *Rent*, tous les rôles, juste au cas où on ait un jour besoin de moi pour remplacer Maureen ou Roger…

— Tu vas tout déchirer, je lui assure.

— J'ai intérêt, mais je ne veux pas en parler avant, ça porte la poisse.

Alex croit en des tas de superstitions. Par exemple, elle ne prononce jamais le titre d'une certaine pièce de Shakespeare dans l'enceinte d'un théâtre ou n'effectue jamais certaines vocalises. Je n'ose remettre en doute ses croyances.

— Alors, me dit-elle doucement, qu'est-ce que tu comptes dire à cette nana du FBI ? Tu as du nouveau ?

Je n'arrive pas à croire qu'il se soit passé tant de choses depuis notre dernière conversation. Je lui parle de la Dr Madison, de la photo, du collier, tout. Je ne m'attends pas à avoir un coup d'avance sur les fédéraux avec ces informations, mais ils vont sans doute simplement me dire que maman est morte, et je ne suis pas prête à l'entendre.

J'ai besoin de convaincre l'agente Rosenfield de réclamer cette assignation ; sinon, je piraterai son ordinateur pour le faire moi-même. C'est la seule chose qui me fasse encore tenir debout. Je sais qu'il est ridicule de garder espoir, mais je ne peux me résoudre à laisser tomber la seule personne qui m'ait toujours soutenue.

Je veux regarder le ciel pour voir s'il est effectivement sans nuages, mais je ne le peux pas. Pas encore.

Le train entre en gare dans un rugissement assourdissant. On s'assied l'une en face de l'autre, afin de pouvoir toutes deux regarder par la fenêtre.

— Il faut que je fasse une recherche Google sur ce Matthew Bryant. Tu commences par la page cinq, j'attaque par la première, je décide.

Depuis que j'ai entendu ce nom il y a une demi-heure, il me tarde de me lancer dans cette quête. Jusqu'à présent, Google ne m'a pourtant été d'aucune utilité. Il semble que Matthew Bryant soit un nom assez banal. Quand je précise « Matthew Bryant

50 ans », rien de plus ne ressort. Il en existe au moins dix dans la région : des ingénieurs, des médecins, des plombiers.

Quand j'ajoute « armée », plusieurs profils LinkedIn apparaissent. Je les montre à Alex.

— Aucun d'eux ne ressemble au type de la photo, remarque-t-elle.

— Oui, mais elle a été prise il y a une trentaine d'années. Tu ne crois pas qu'il a changé ?

— Si, sans doute, reconnaît-elle. Cette histoire est tellement étrange.

— M'en parle pas. Mais, je ne sais pas… D'une certaine manière, discuter avec Miles n'a fait que confirmer ce que je ressentais déjà. Je pense vraiment qu'il y a eu un cyberdétournement et que maman va bien. Je ne peux pas le prouver, mais je sais au fond de moi qu'elle n'est pas… que ce n'était pas un accident, et encore moins un crash volontaire.

Elle se rencogne dans son siège.

— Ce serait sans doute le moins pire des scénarios, reconnaît-elle dans un soupir. Et donc, si ce n'est pas Landon qui a publié ces messages sur les forums, qui ça peut être, à ton avis ?

— Aucune idée. Il va falloir que je fasse d'autres recherches sur ce pseudo.

Ça pourrait être un inconnu, qui ment en prétendant la connaître personnellement. Mais d'une certaine manière, ces posts semblaient sincères.

Je me demande si maman manque autant à papa qu'à moi. Ça fait bizarre de se demander ça. Bien sûr, je l'ai connue toute ma vie, mais papa est avec elle depuis encore plus longtemps. Et ces deux gars dont je viens d'entendre parler, Miles Miller et Matthew Bryant, la fréquentaient déjà avant ça. Cela signifie-t-il qu'ils la connaissent tous mieux que moi ?

— J'espère que Landon ne m'a pas prise pour une folle quand je lui ai demandé son aide.

— Qu'est-ce que ça peut faire ? raille Alex. Tu as peur qu'il ne t'adresse plus la parole ?

— Oh, arrête.

Je roule des yeux.

— C'est trop chou qu'il t'ait accompagnée voir ce cybertaré, ajoute-t-elle.

— Oui. Il est vraiment sympa. Je n'arrive pas à croire qu'on fréquente la même école depuis si longtemps et qu'on ne se soit presque jamais parlé avant.

— Je crois que je le suis sur Insta.

Elle se penche en avant pour me montrer son téléphone et clique sur le profil de Landon. On le voit surtout jouer de la guitare, seul ou avec des amis. Je suis tellement de monde que je n'ai jamais remarqué ces photos.

Une notification apparaît alors au sommet de l'écran.

MEUF CANON : Tu passes, tout à l'heure ?

Je cligne des yeux. Je suis allée de surprise en surprise ces derniers jours, mais je ne m'attendais sûrement pas à ça.

— C'est qui, MEUF CANON ? je parviens à articuler. Tu sors avec quelqu'un ?

— C'est… Ouais… Plus ou moins…

Elle se tortille dans le fond de son siège.

— Ah bon ? C'est sérieux ?

— Euh… plus ou moins. Assez sérieux, je dirais. Elle me plaît vraiment, et je suis sûre à quatre-vingt-dix-huit et demi pour cent que c'est réciproque.

— Tu as une petite copine ? je m'écrie. Et pourquoi je ne suis pas au courant ?

Voir Alex amoureuse est un phénomène inédit. L'année dernière, elle a eu un coup de cœur pour une fille d'une autre école, particulièrement belle, mais pas particulièrement intéressée par Alex.

J'ai envie que ma pote soit heureuse, et l'imaginer le cœur brisé ne me plaît pas. Elle est du genre à repousser son premier baiser pour qu'il soit parfait – feux d'artifice, petite pluie romantique après un pique-nique – et elle n'est pas prête à transiger. Personnellement, ça m'impressionne.

— Ça semble tellement secondaire par rapport à tout ce que tu vis, murmure-t-elle. C'est insignifiant.

Je lui saisis la main.

— Al, carrément pas. Parle-moi de cette fille.

— Passer du cyberdétournement d'avion à mes histoires de cœur fait bizarre.

Elle part d'un petit rire.

— Oh, allez. Comment elle est ?

— Super intelligente, répond-elle. Belle. Blonde. Des jambes incroyables.

J'arbore un petit sourire narquois.

— Tu kiffes les jambes.

— Oui. Complètement.

On se ressemble comme deux gouttes d'eau gays.

— Alors, tu me la présentes quand ?

Elle triture le revêtement en tissu du siège.

— Euh… Je préfère attendre que ce soit officiel entre nous.

Je hausse les sourcils.

— Mais juste à moi ?

Jusqu'à présent, elle me présentait tous ses coups de cœur avant que ça devienne sérieux pour que je puisse leur faire du charme. L'idée était de devenir copines pour que je leur dise du bien d'Alex et les pousse à sortir avec elle. Un plan qui pourrait être infaillible si elle ne s'échinait pas à craquer pour des filles qui ignorent totalement son existence. Ou des filles hétéros.

— Je sais, je sais. Mais je ne voudrais pas l'effrayer. Tu comprends, hein ?

— Bien sûr.

Et effectivement, je comprends. Même si je ne peux m'empêcher de me demander si elle ne rechigne pas à la présenter à la fille dont la mère aurait tué cent cinquante-cinq personnes. Mais qu'Alex cherche un peu de normalité, ça ne me choque pas. Je donnerais cher pour connaître ça moi-même.

— Ce n'est pas ça, s'empresse-t-elle d'ajouter. Vraiment.

— OK, si tu le dis.

— Non, Vi, il faut que tu me croies. Ce n'est pas ça.

Son ton est suffisamment sincère pour me convaincre.

Mais ça pique quand même.

— D'accord, je dis.

— C'est juste… C'est pas pareil. Je n'ai pas envie d'en parler. Mais parle-moi de Landon, toi.

— Non, merci.
— Oh, allez ! Attends, laisse-moi te tirer les cartes.
— Quoi ? Non ! On est dans un train. En plus, j'ai pas envie d'un tirage pourri.
Je ne suis pas certaine de pouvoir supporter d'autres mauvaises nouvelles.
— Aucun risque.
— Tu n'en sais rien.
— Violet, s'il te plaît, pour une fois. (Elle sort son jeu de tarot de son sac, dispose les cartes sur ses genoux, ainsi qu'un cristal de quartz.) En plus, on ne va rien demander de négatif. (Un sourire espiègle étire ses lèvres.) Je veux juste voir si tu es amoureuse.
— Oh, pitié.
Comme si j'étais en état de gérer une relation en ce moment. J'ai déjà du mal à m'habiller le matin…
— Choisis-en une, dit-elle. On va faire simple.
J'obtempère. Encore une fois : je ne crois pas en ces trucs. Mais bon, il y a peut-être une Prêtresse des Avions Perdus ou un truc dans le genre.
— Ah. La Tour. (Elle hoche la tête.) Je m'en doutais.
La carte affiche une espèce de donjon médiéval assiégé. Le feu et les flammes ne signifient généralement pas : « Maman va rentrer bientôt ».
— Ça veut dire que quelque chose a bouleversé ton harmonie habituelle, explique-t-elle. La foudre représente ce changement. Mais ça indique aussi un réveil. Une vérité. En gros, ma chérie, suis ton instinct.
— D'accord.
J'essaie de ne pas lever les yeux au ciel. Tu m'étonnes que quelque chose a bouleversé mon harmonie. Tous

ceux qui ont vu les infos ces derniers jours auraient pu m'en dire autant.

— Ça veut aussi dire que tu cherches à acheter une maison. Tu cherches à acheter une maison ?

— Je suis payée sept dollars cinquante de l'heure pour vendre des cornichons. Donc, non, je n'ai pas l'intention d'acheter une maison.

— Mmm, répond-elle. Alors, ouais. De la destruction naît la création. Sois la tour, Violet.

— Je vais faire de mon mieux.

Le train arrive à Grand Central.

Je me lève, mais le train a un sursaut, et je perds l'équilibre. Je ne me sens pas trop l'âme d'une tour.

*

Le bureau du FBI est un bâtiment en verre du quartier financier, typique des années 1970.

Alors qu'Alex et moi empruntons l'ascenseur avant d'aller nous asseoir dans une salle d'attente gigantesque meublée de sièges en cuir et de fausses cascades, je me demande comment tous ces hommes et femmes d'affaires qui nous passent devant vont dans leur vie. Un avion a disparu avec ses cent cinquante-six passagers, mais les entreprises continuent de tourner et les réceptionnistes de noter les noms des visiteurs. J'ai du mal à comprendre et, d'une certaine manière, je suis un peu jalouse.

Même d'Alex, qui fait ses devoirs de maths près de moi.

— Savannah ne va pas venir, si ? demande-t-elle sans relever le nez de son équation du second degré.

Est-ce que le pape est juif ? Est-ce que les calottes polaires se portent comme des charmes ?

— Non. Et je ne pense pas qu'elle sache que je suis ici, alors ne lui dis rien.

Alex roule des yeux.

— Ah. Vous avez déjà essayé de communiquer, toutes les deux ?

— Non, ce serait déplacé.

— T'as raison.

L'agente Rosenfield apparaît dans un couloir derrière la réceptionniste. Costume noir, cravate noire, regard intense. Plus intimidante, tu meurs.

— Bonjour, Violet. Amie de Violet, ajoute-t-elle.

— Alex, précise celle-ci en tendant la main.

Le regard approbateur qu'elle accorde à l'agente Rosenfield n'est absolument pas discret. *Pouah.*

— Formidable.

Cependant que l'agente Rosenfield nous mène dans le couloir, elle jette un coup d'œil par-dessus son épaule, comme si elle cherchait quelque chose.

— Est-ce que votre père est en route ?

— Ouais, mais il va être en retard. Il travaille. (Je commence à devenir vraiment douée, en mensonges – c'est à peine si j'éprouve un soupçon de honte.) Mais il m'a donné ça pour vous.

Je lui tends un document à la signature falsifiée.

Quand je lui ai envoyé un texto pour lui signaler que je souhaitais lui faire part de certaines informations, elle m'a répondu par un e-mail accompagné d'une autorisation parentale. Il ne m'échappe pas que je suis sans doute en train d'essayer de mentir aux personnes les plus intelligentes du monde, mais il est hors de question que je révèle à papa que j'ai des ragots sur maman. Il en a déjà assez bavé.

— Parfait.

Par chance, elle y jette à peine un coup d'œil.

Nous traversons un open space, et je me sens assaillie par une puissante énergie.

Cette pièce est une entité vivante. Des voix surexcitées résonnent de tous côtés tandis que des tonnes d'écrans projettent des reportages ou des images haute définition. Une infinité de câbles voyagent dans tous les sens. Je meurs d'envie de les suivre jusqu'à la prise.

Je vois parfaitement comment je pourrais représenter ça sur une scène de théâtre. Ou même un plateau de cinéma.

— Cool, je chuchote.

— Je confirme, répond l'agente Rosenfield avec un sourire, le premier sourire sincère que je vois sur ses lèvres.

Son bureau est aux antipodes de l'espace partagé : silencieux, bien ordonné, minuscule.

Je lorgne les cadres qui ornent sa table. Ni photos de mariage ni portraits d'enfants. Seulement l'agente Rosenfield serrant la main à un ancien président et au gouverneur de New York, puis un cliché la montrant près d'une femme en hijab au bord d'un lac.

Alex et moi nous asseyons en face d'elle. Je décline sa proposition de thé ou de café, mais Alex demande un chocolat chaud.

L'agente Rosenfield finit par s'installer en joignant les mains.

— Alors, qu'est-ce que vous aviez à me dire ?

— Rappelle-toi que tout ce que tu diras ici restera confidentiel, me souffle Alex.

— Non, la dédit aussitôt l'agente Rosenfield. Pas du tout. Loin de là.

C'est bien ce que je craignais, mais je suis heureuse qu'Alex ait abordé le sujet.

— Donc… si je vous apprends quelque chose que vous ignoriez, vous pourriez vous en servir contre maman ?

— Si nécessaire, oui, confirme l'agente Rosenfield.

Je me mords la lèvre. Je m'en doutais aussi. Néanmoins, tout cela est bien trop important pour faire machine arrière.

— D'accord. Mais avant que je vous raconte tout, j'aimerais vous demander quelque chose.

— Essayez toujours.

— Dites-moi tout ce que vous savez de cette affaire.

— Impossible, refuse-t-elle.

— Pouvez-vous au moins me dire si vous penchez pour un cyberdétournement ? Je sais que vous vous êtes entretenus avec Miles Miller. Je sais qu'il est mêlé à ça, d'une manière ou d'une autre.

— Écoutez, c'est moi qui dirige cette enquête. Et si je veux m'assurer qu'elle se déroule correctement, je ne peux pas vous en révéler les détails. C'est une affaire extrêmement sensible.

— Mais je suis de la famille ! C'est de ma mère qu'on parle ! Et le temps presse !

J'essaie en vain de ne pas crier dans un bureau du FBI. Je n'ai aucune envie de me faire arrêter. Mais merde, ils traînent tous des pieds comme si ça n'avait aucune importance.

— Il pourrait très bien s'agir d'un cyberdétournement. Auquel cas vous ne pourriez pas remonter une adresse IP ou... j'en sais rien, la retrouver ?

Ne pleure pas, ne pleure pas, ne pleure pas, je m'intime en refoulant mes larmes.

— Je sais que votre famille est concernée, et je sais à quel point vous aimeriez avoir des informations, me répond l'agente Rosenfield avec douceur. J'ai conscience de tout ça, mais vous devez comprendre que cette enquête ne reste pas confidentielle sans raison : c'est pour la rendre plus efficace. Je peux vous parler de la logistique, si vous voulez.

— D'accord, je dis en me renfrognant. Allez-y pour la logistique.

Elle me résume les faits : avion porté disparu dans l'Atlantique à hauteur de l'Amérique du Sud, temps dégagé mais un orage en formation au loin, pas de signal de détresse, transpondeur détraqué qui s'allume et s'éteint à deux reprises en quinze minutes. Cinq continents ont dépêché navires et avions pour les recherches, sans rien trouver pour le moment.

Le comportement du transpondeur a perturbé le repérage radar, si bien que la zone de recherches est bien plus vaste qu'elle aurait dû. Un avion à pleine vitesse aurait pu parcourir près de deux cent cinquante kilomètres en un quart d'heure.

— Et il y a cette tempête en approche, Violet, ajoute d'une voix douce l'agente Rosenfield. Si les prédictions météo sont exactes, ça va vraiment perturber les recherches. Ça a d'ailleurs déjà commencé, puisqu'elles n'ont pas pu se dérouler sans risque aujourd'hui. Dans les jours à venir, elle va vraisemblablement se transformer en ouragan.

— Ça veut dire qu'ils vont complètement arrêter de chercher ?

La peur fait trembler ma voix.

— Pas nécessairement, mais en toute honnêteté, ça va considérablement compliquer les choses.

Je contemple mes mains en m'efforçant de retenir mes larmes. Je n'ai pas entendu la moindre bonne nouvelle depuis le début de cette histoire.

— En parallèle, reprend-elle, le département de la Sécurité intérieure cherche à disculper tous les passagers. Cela signifie qu'ils mènent une enquête approfondie sur chacun pour s'assurer qu'aucun d'eux n'est responsable de la disparition de l'appareil. Pour l'instant, ils en ont blanchi une vingtaine.

— Une vingtaine ?

Ce n'est rien du tout. Il en reste plus de cent. À cette allure d'escargot, il leur faudra un mois entier pour les passer tous en revue.

Je ne dispose pas d'autant de temps.

Maman non plus.

Je pense à tous ces disparus. À leur famille, à leurs amis. C'est inimaginable. Le fait de savoir que ma famille et moi ne sommes pas seules dans cette galère rend la situation encore plus difficile. Ce genre de souffrance ne devrait pas avoir à être partagée.

— C'est beaucoup trop lent, je commente.

Mes ongles se sont enfoncés d'eux-mêmes dans mon poignet. Ce n'est qu'en percevant la douleur que je me rends compte de ce que je fais, et je m'empresse de laisser pendre mes mains le long de mon corps.

— Je sais que c'est frustrant, reprend l'agente Rosenfield. J'imagine très bien ce que vous traversez.

— Vraiment ? intervient Alex d'une voix ferme, malgré son visage livide. Violet est en train de vivre un enfer. Sa mère a disparu, et elle ne sait ni pourquoi ni comment. Vous ne connaissiez pas Mme Ashby, mais moi, si. Je la connais. (Elle avale une gorgée de chocolat.) Quand j'avais neuf ans, j'ai eu un accident de voiture et j'ai perdu mon œil gauche. Tout le monde a flippé comme c'est pas possible et s'est mis à me traiter différemment, même mes parents. Comme si j'étais devenue une petite chose fragile, plus capable de rien. Tout le monde, sauf Mme Ashby.

» Elle a changé mes pansements après l'opération et m'a traitée exactement comme avant. Elle m'a dit que je pouvais y arriver, et m'a remis la manette de jeux entre les mains. Sans elle, je n'aurais peut-être plus jamais joué aux jeux vidéo ni compris que je voulais en concevoir. Et, honnêtement, j'aurais sans doute lâché tout le reste.

Mes doigts tapotent mon poignet, menacent de s'enfoncer de nouveau.

Alex repousse une mèche derrière son oreille.

— Ce n'est pas le genre de femme qui tuerait cent cinquante-cinq personnes. Alors, imaginez qu'elle ait fait partie de votre vie et se retrouve tout d'un coup désignée comme criminelle ? Voilà ce que Violet est en train de vivre.

Waouh. Pour une fois, moi et ma grande bouche demeurons muettes.

Cela fait six ans qu'Alex a eu cet accident, et elle ne m'a jamais parlé de ça. J'imagine les mains délicates de maman refaisant son bandage, apaisant ses craintes. Elle en faisait autant avec moi quand j'avais peur.

Je saisis la main d'Alex sous la table.

Elle presse la mienne en retour.

Je sais qu'elle me soutiendra toujours, mais la voir plaider ma cause me donne de la force. Ces derniers temps, je me suis souvent sentie seule, elle vient de me rappeler que je ne le suis pas.

— J'admire votre résilience, Alex, et j'admire aussi votre courage, Violet. Je suis navrée que vous ayez à subir tout ça. Alors, laissez-moi vous révéler quelque chose de personnel : je sais ce que vous ressentez. (Elle tapote son stylo hors de prix sur son bureau en bois.) Cette enquête ne devait pas m'être attribuée. C'est moi qui l'ai réclamée. Mon amie, ma très, très bonne amie, était à bord de ce vol. Elle rentrait chez elle après être allée pratiquer un acte médical au Brésil.

» C'est une femme avec qui j'ai grandi, et vers qui je me tournais chaque fois qu'un professeur nous demandait de nous mettre par deux. Et c'est encore le cas maintenant que nous sommes adultes. Je n'ai presque pas fermé l'œil depuis que c'est arrivé. Et quand je sais que mes collègues la soupçonnent de terrorisme, je suis partagée entre l'envie de tout plaquer et le besoin de prendre sa défense, car je sais que personne d'autre ne le fera. Me lever le matin est pour le moins… difficile. (Son visage grave ne laisse rien transparaître.) Je dois découvrir ce qui lui est arrivé. Voilà ce qui m'anime aujourd'hui. La vérité ne se présente pas toujours sur un plateau d'argent. Parfois, il faut savoir se battre pour aller la chercher.

Les battements de mon cœur résonnent à mes oreilles. Je ne m'attendais pas à cela. Pas du tout. À ce courage, à ces mots si sincères qu'ils me glacent jusqu'à l'os. Je lui envie cette assurance. J'aimerais me savoir capable de résoudre ce mystère.

Elle fait pivoter la photo de son bureau – celle au bord du lac, avec la femme en hijab – dans notre direction.

— Vous avez peut-être entendu parler d'elle ? Ayesha Ahmad.

En effet. Pas en bien. Les journaux se sont montrés horribles avec elle aussi. Chaque fois que les commentateurs émettent des hypothèses sur les passagers susceptibles d'avoir détourné l'appareil, son nom ressort toujours le premier.

— Oh. Je… je suis désolée.

Elle hoche la tête.

— Je ne savais même pas qu'elle était à bord jusqu'à ce que son mari m'appelle pour solliciter mon aide. C'est un médecin formidable. Une personne incroyable. Pendant quelques années, elle voulait devenir vétérinaire, mais elle ne supportait pas de voir des animaux souffrir, mourir. Alors elle a décidé de se tourner plutôt vers les humains. C'est ce qu'elle a toujours dit : qu'elle voulait se rendre utile. C'est peut-être pour ça que nous nous sommes si vite liées d'amitié. Je ne sais pas. Elle vaut tellement mieux que moi. (Elle replace la photo dans sa position d'origine et la contemple un moment.) Bref, je comprends donc en partie ce que vous traversez. Pas tout, bien sûr.

Pas le fait de perdre sa mère. (Elle soutient mon regard.) Je ne prétends pas tout savoir. Toutefois, je suis sincère dans ma démarche, et je pense que nous pouvons nous entraider.

Pas étonnant que cette femme travaille pour le FBI. Je comprends subitement comment les fausses confessions peuvent survenir. J'ai envie de plonger mes yeux dans ses grandes prunelles vertes et de lui raconter toute mon histoire.

— C'est ce que je pense aussi. (J'avale ma salive.) Qui est Matthew Bryant ? je reprends.

Elle cille.

— Comment le connaissez-vous ? Votre mère vous en a-t-elle parlé ?

— Non. J'ai trouvé une photo d'eux ensemble, et j'ai creusé un peu.

— C'est une pièce centrale de mon enquête, avoue-t-elle. Avant le décollage, votre mère a eu une conversation téléphonique de trois minutes avec un numéro renvoyant à ce nom. Ils ont souvent échangé.

Mes mains tremblent si fort que je peine à sortir la photo de ma poche.

— C'est lui ?

L'agente Rosenfield considère le cliché.

— Oui, c'est bien lui. La photo n'est pas très récente.

— Il est écrit « 1991 » au dos.

— Mmm. Je peux la garder ?

— Euh… Non ?

— Désolée. Ce n'était pas une vraie question. Il s'agit d'une preuve, à présent.

Elle m'ôte la photo des mains.

— Attendez !

Je prends rapidement un instantané de l'original avec mon téléphone. Au moins, ils ne pourront plus me l'enlever.

— J'ai le droit, non ?

Elle place le cliché dans un sac scellé.

— Oui. Je suis navrée, je déteste faire ça.

— Si vous le dites, je maugrée.

J'ai des photos de maman plus jolies que celle-ci, mais voir le FBI me priver d'un nouveau morceau d'elle m'est douloureux. Nous avons officiellement dépassé les soixante-douze heures, à présent. Chaque minute qui s'écoule l'entraîne un peu plus loin de moi.

— Qui est cet homme ? j'insiste. Et pourquoi est-ce qu'elle lui a parlé juste avant le décollage ?

— J'ai bien peur que ce soit confidentiel, répond-elle d'une voix douce.

Cela signifie-t-il que maman serait complice de quelque chose ?

Non, non. Il s'agissait sans doute d'une conversation tout ce qu'il y a de plus banal. Je parie que maman connaît des tas de gens. Elle ne serait pas capable de citer tous mes amis, alors pourquoi pourrais-je le faire avec les siens ? Non, ça ne la rend pas coupable pour autant.

Néanmoins, cela ravive la flamme de la colère qui couve en moi. Je ne suis finalement pas la dernière personne à qui elle a parlé avant… avant tout ça. À cause de notre échange de textos, je le croyais pourtant.

C'est ridicule, mais cela me donnait l'impression d'être importante. D'être connectée à elle. Cela faisait de moi la seule personne capable de la sauver.

J'ai dû me tromper une fois de plus.

— Je vois, je marmonne.

— Et donc, c'est ça que vous êtes venue me demander ?

— Ouais. Mais il y a autre chose.

Je contemple mes pieds en hésitant à lui faire part de mon idée concernant l'assignation de la Dr Madison. Ils ont déjà mené leur enquête sur maman. Ils sont sans doute déjà au courant de tout. Le simple fait de le suggérer me semble inutile, voire contreproductif – et s'ils retournaient contre elle ce signe d'une faiblesse psychologique ? Oh, elle était dingue, elle a donc tué cent cinquante-cinq personnes. Ou pire : je pourrais ignorer quelque chose, une chose qui lui donnerait l'air coupable.

Mais si je n'en parle pas, je risque de laisser filer le seul élément de vérité en sa faveur.

— Avez-vous interrogé la psychiatre de ma mère ? je demande. Si vous l'assignez à comparaître, la Dr Madison sera obligée de vous révéler le contenu de ses séances avec elle.

— Oui, nous l'avons contactée. Votre mère la consulte depuis plus d'un an, à en croire ses relevés bancaires. Mais obtenir une assignation peut prendre beaucoup de temps, et c'est une denrée dont nous manquons cruellement. C'est une procédure d'autant plus complexe lorsqu'elle concerne des informations sensibles.

— S'il vous plaît, je chuchote. La Dr Madison sait que ma mère ne ferait de mal à personne. Je vous en prie, laissez-la vous le dire elle-même. Peu importe le temps que cela prendra.

— Je n'ai pas dit que je n'allais pas le faire, simplement que cela ne résoudrait pas notre problème d'un coup de baguette magique. (L'agente Rosenfield fait glisser un document vers moi.) J'ai rempli la demande hier.

Et pourtant, ce bout de papier me fait l'effet d'être notre baguette magique.

Chapitre dix

Jour 4, matin/après-midi

Le matin suivant, l'air de ce mois de septembre est enfin imprégné d'un froid automnal. Même les feuilles d'arbres semblent avoir adopté la teinte des pommes goldens presque du jour au lendemain.

Cette fois, je décide de me rendre à l'école. Mon travail d'enquête de ces derniers jours m'a éreintée et, honnêtement, j'aspire à une forme de normalité. Comme si retrouver ma routine pouvait me ramener maman.

En plus, papa m'a autorisée à sécher l'histoire, et Savannah m'a proposé de me déposer.

— Contente que tu aies accepté de m'accompagner, aujourd'hui.

Elle est prête à partir, avec son jean et son pull à col en V. Elle porte même de l'eye-liner, ce qui ne lui ressemble pas, vu que je suis à peu près sûre qu'elle n'en possède pas.

— À moins que tu comptes encore me demander de te déposer devant je ne sais quelle boutique ?

Je lui fais signe de se taire. Je ne veux pas que papa l'apprenne.

— Non non, je vais au lycée.

On dit au revoir à papa, qui s'est assuré que nos déjeuners soient prêts ; il nous a même ajouté une barre de céréales chacune, au cas où. Je m'en veux encore plus de lui avoir menti au sujet de mon absence à l'école cette semaine.

— Tu es sûre que tu es en état ? je demande à Savannah dès que nous sommes dehors. Tu n'avais pas bonne mine, hier.

— J'ai un contrôle de maths, répond-elle.

Le soleil me réchauffe agréablement la peau.

— Je crois qu'ils comprendraient si tu séchais, étant donné les circonstances.

Plusieurs de mes professeurs m'ont envoyé des messages attentionnés, m'annonçant qu'ils ne s'attendent pas à me revoir jusqu'à ce que je me sente prête à revenir et me disant de ne pas me soucier des devoirs.

— Pas à Stanford, me détrompe-t-elle.

Elle déverrouille sa berline gris métallisé et s'installe au volant. Sa voiture est vieille et cabossée, mais bon, elle fait le job. J'ai investi de nombreuses heures de travail à l'épicerie pour que nous puissions la partager.

— Je vois. Et, malheureusement, il n'existe pas d'autre université que Stanford sur cette terre.

— Exactement.

Savannah n'est pas encore officiellement acceptée, mais on a visité le campus en famille et on est tous tombés sous le charme. Et nous avons tous promis de garder tous les doigts croisés jusqu'à ce que la lettre d'admission fatidique lui parvienne par courrier.

Elle met le contact et nous prenons la route.

— Waouh, il y a moins de caméras, aujourd'hui, commente-t-elle.

Il n'y a plus que deux fourgons de presse devant la maison, ce qui contraste considérablement avec l'agitation médiatique de ces derniers jours.

Quand j'ai regardé les infos hier soir, les présentateurs parlaient de l'orage tropical qui se déchaînait sur Porto Rico. C'est tout juste s'ils ont évoqué l'US133. Je suis contente de retrouver un semblant d'intimité, mais je me demande si ce désintérêt de l'opinion ne va pas rendre ma quête de réponses encore plus difficile. Encore une fois, j'envie ceux qui parviennent à penser à autre chose, ceux dont la vie peut continuer comme avant. Un avion de ligne a subitement disparu, et certains parviennent encore à aller travailler et à faire la vaisselle ?

D'un autre côté, ils n'ont perdu personne. Leur mère n'était pas à bord.

— Je sais, je marmonne.

Et si maman et ses passagers allaient bien – que ce soit sur une île déserte ou aux mains de pirates – avant le passage de cet ouragan ? Je me sens une nouvelle fois complètement impuissante ; pis, j'ai l'impression d'être seule au monde.

— Ça ne t'inquiète pas du tout, de partir l'année prochaine ? je demande.

Savannah hausse les épaules.

— Un peu.

— Vraiment ? Tu as pourtant l'air super excitée.

— C'est le cas, mais je ne connais personne en Californie. Vous serez tellement loin, les parents et toi.

Je ne peux m'empêcher de sourire en constatant qu'elle met maman dans le lot. C'est peut-être un simple réflexe, mais peu importe.

— Tu vas adorer. Tu n'auras que des vingt partout, tu vas devenir la plus jeune astronaute de l'histoire, et tous tes petits copains astronautes se bousculeront pour être envoyés dans l'espace en même temps que toi.

Elle hésite.

— Merci pour ta confiance.

— Je ne sais pas ce que je vais faire sans toi, j'admets.

Elle part d'un petit rire.

— Tu rigoles ? Tu vas t'en sortir comme une cheffe. Tu seras tellement occupée entre l'école et le théâtre que tu ne remarqueras même pas mon absence.

Je me force à rire à mon tour, même si je sais pertinemment qu'elle se trompe sur toute la ligne. Ma sœur me manque déjà, alors qu'elle est encore là.

*

Après les cours, je rejoins Alex dans la salle de musique. Des vitrines exposent les trophées obtenus lors de festivals de théâtre.

— C'était super, hier, me dit-elle. J'avais l'impression d'être une espionne en entrant dans ce bâtiment.

— Oui, pareil !

— J'espère vraiment que cette agente Rosenfield pourra t'aider.

— Moi aussi.

C'est ce que je désire plus que tout. À chaque minute qui s'écoule, maman s'éloigne un peu plus de moi, comme un ballon de baudruche lâché en plein air. J'ai besoin de la sentir proche. Même si, au bout du compte, il s'avère que je dois la laisser partir, j'ai besoin d'être près d'elle maintenant, au moins le temps de prouver son innocence.

Je frotte du pouce les ailes de son badge remisé dans ma poche.

— Mais, hé, aujourd'hui, c'est ta journée, d'accord ? On parlera de ma mère une autre fois. Tu vas tout défoncer pour ton audition.

— Ou alors je vais oublier toutes mes répliques, me mettre à vomir et mourir.

Je roule des yeux.

— Ou tu vas tout défoncer. Tu veux qu'on se trouve une salle pour que je te fasse répéter une dernière fois ?

— Je veux bien, oui.

J'ai entendu Alex chanter « Partir là-bas » de *La petite sirène* environ un millier de fois. D'ailleurs, je crois que je n'aurai plus jamais besoin de revoir ce film. La voix d'Alex est comme une délicate brise de mer, et je sais qu'elle incarnerait à la perfection l'une des triplées. Le rôle de Belle va sans doute revenir à Brittany Thompson, une fille à la voix magnifique qui rafle tous les premiers rôles depuis l'école élémentaire.

Alex a quand même promis d'arrêter définitivement les cours si elle n'est pas retenue pour jouer Belle. Quoi qu'il en soit, en tant que fan officielle de théâtre, le jour des auditions reste l'une de mes journées préférées de l'année. Cela m'excite d'essayer de deviner qui va obtenir quel rôle, et voir mes camarades donner tout ce qu'ils ont revient à les disséquer sous leur forme la plus brute.

Nous nous dirigeons vers l'une des deux salles de l'aile réservée à la musique. Ces pièces sont censées être insonorisées, mais les immenses parois vitrées doivent demeurer visibles à tout moment à cause de malheureuses histoires de fornication survenues l'année dernière.

Je suis encore trop loin pour voir au travers, mais j'entends déjà une voix entonner « Bitch of Living », de *L'éveil du printemps*. Le chanteur s'en sort plutôt bien : ça ne porte pas beaucoup, mais il charrie une tonne d'émotions. Si j'étais metteur en scène, je le rappellerais.

— Il est doué, je chuchote.

— Il n'est pas dans la bonne tonalité, et je doute qu'il sache que cette chanson traite de masturbation, réplique Alex, la mine sévère.

— Vous ne serez pas en concurrence tous les deux, je lui rappelle.

Elle se détend alors.

— Ah, oui. Il est pas mal.

On se rapproche de deux pas, et le chant s'arrête. Un garçon en chemise de flanelle verte se tourne vers nous. Bien sûr, il s'agit de Landon.

Il ouvre la porte, les joues écarlates.

Je souris et réprime l'envie de le prendre dans mes bras.

— Landon ! Je ne savais pas que tu savais chanter !

Quand il contemple ses pieds avec ce sourire timide, je jure – je *jure* – que les lèvres de ce garçon auront raison de moi.

— Ouais, bof, pas vraiment. Je suis plutôt guitariste. Mais je me suis dit que j'allais tenter le coup.

— Tu postules pour la Bête ou pour Gaston ?

Alex attaque toujours à la jugulaire.

Il tire sur ses manches.

— J'aimerais juste être dans la pièce. Et toi, Violet, tu vas passer l'audition, finalement ?

— Nan. Je suis meilleure en coulisses. (Je coule un regard vers Alex.) Et pour le soutien moral.

— Tu pourrais me servir de soutien moral aussi ? Ce truc me fait beaucoup trop peur.

Il tend le bras pour repousser une mèche qui me tombe sur l'épaule. Je n'aime pas du tout le frisson que me procure le contact de ses doigts sur ma peau.

Mon corps n'est pas du même avis.

Alex le frôle en passant et me traîne derrière elle.

— Euh, pardon, mais j'ai besoin de la salle de répète. On se voit sur scène, Landon.

— À plus.

Il nous adresse un signe de la main en s'éloignant.

— Tire une carte. Je veux savoir si tu es amoureuse, lance Alex en sortant son jeu de tarot.

— Quoi ? Non !

— Il semblait vraiment très mal à l'aise en ta présence.

— Eh bien, il…

Je m'interromps. Il ne m'incombe pas de révéler à Alex que nous nous sommes rencontrés dans la salle d'attente d'une psy et qu'il m'a fait part de son anxiété. Je ne comptais pas en faire un secret, mais un mur semble s'ériger entre Alex et moi.

— Peut-être un peu, j'avoue.

— Et c'est quoi cette histoire d'audition ? s'enquiert-elle. Tu comptais passer le casting ? Ce serait excellent !

— Il a mal compris.

Comment pourrais-je rivaliser avec la voix et le charisme d'Alex ? Impossible. Je ne vois pas l'intérêt de monter sur scène pour me ridiculiser. Et même si je le faisais, pour qui est-ce que je jouerais ? J'ai promis à maman qu'elle serait ma première spectatrice, je ne pourrai pas monter sur les planches tant que je n'aurai pas trouvé le moyen de la ramener à la maison.

— Alors viens répéter, Belle, je dis.

*

Nous nous rendons toutes deux à l'auditorium. Alex trouve sa place, et moi M. Tariq. Il a un carnet et un stylo à la main, et porte une cravate ornée de notes de musique. C'est sa cravate « Bonne chance, tout le monde », ainsi qu'il nous l'explique chaque fois que se tient une audition.

— Assieds-toi où tu veux, m'indique-t-il. Prends des notes. Peut-être qu'un des candidats t'inspirera un décor. Si c'est le cas, dis-le-moi.

D'accord.

Je vais me mêler à la foule et m'installe près d'Alex.

J'ai besoin de ça. Besoin de faire comme si j'étais une lycéenne normale qui n'a rien de mieux à faire. Même si tout part en vrille dans mon monde.

La première à se présenter est Alex. Elle s'approche du micro et porte la main à sa gorge à la manière d'une cantatrice.

— Alex Marquez, mezzo-soprano, en classe de première, née le 26 janvier 2006. Mon idole est la légendaire Idina Menzel, mon style vocal est proche de celui de Lea Michele, je prends des leçons de chant depuis maintenant trois ans.

— On sait qui tu es, Alex, la rassure M. Tariq. Tu peux commencer.

Sa voix vogue jusqu'au fond de la salle quand elle se lance. Lorsqu'elle ferme les yeux pour les notes les plus hautes, on dirait une vraie princesse Disney. Sa présence scénique est incroyable. Je croise les doigts pour elle durant toute sa performance.

Quand elle a terminé, elle vient se laisser tomber près de moi.

— Si je finis en ustensile de cuisine dansant, je me suicide.

— Tu ferais la meilleure fourchette qu'on ait jamais vue, je chuchote.

— Va te faire fourchetter, rétorque-t-elle.

Landon passe le suivant. Il monte sur scène et recoiffe ses cheveux en arrière d'une manière qui ne me met absolument pas la chair de poule.

Il s'humecte la lèvre supérieure du bout de la langue avant d'articuler :

— Salut. Je vais vous chanter « Waving through a Window », tirée de *Cher Evan Hansen.*

— Il a changé de chanson, murmure Alex. J'espère qu'il ne m'a pas entendue tout à l'heure.

Honnêtement, Landon chante comme on le ferait sous la douche. Rien de très impressionnant, pourtant la grande confiance qui émane de sa voix me fait tourner la tête.

Il ne quitte pas le public des yeux pendant son tour de chant, et lorsqu'il explique qu'il aimerait parler mais que personne ne l'entend, sa sincérité me met les larmes aux yeux. Je sais exactement ce que ça fait d'être paralysé par l'attente malgré tout ce qu'on peut exprimer.

C'est précisément ce que je vis depuis quatre jours.

Je sors précipitamment mon carnet. Quelque chose dans ses mots m'évoque une voussure semblable à celle que j'imaginais pour les pétales de rose dans la bibliothèque de la Bête. Une forme pas tout à fait circulaire. Sans doute la manière dont il s'est impliqué dans ces notes, cette chanson. De la même manière que mon art consiste à puiser une part de moi pour l'exhiber au reste du monde.

— Qu'est-ce que tu fais ? me chuchote Alex.

— Je prends des notes.

— Super, répond-elle avec une pointe d'heureuse surprise.

Quand tout le monde est passé, M. Tariq se lève en joignant les mains puis distribue des textes surlignés à une dizaine d'élèves, dont Alex et Landon.

— J'aimerais que certains d'entre vous lisent quelques passages. Landon, peux-tu lire le rôle de

Lumière ? Et Ashley, veux-tu bien prendre celui de Plumette ?

Ashley est dans ma classe, et j'essaie d'oublier le fait qu'elle est bien plus belle que moi, avec ses longs cheveux noirs détachés, quand elle monte rejoindre Landon sur scène.

— Plumette ? C'est laquelle, une des triplées ? s'étonne-t-elle en feuilletant son texte.

— Non, c'est le plumeau, chuchote Landon.

— Oh.

Ashley roule des yeux.

— Elle plaisante ? je souffle à M. Tariq.

Qu'est-ce que ça peut faire, que Plumette ne soit pas le premier rôle ? Elle a des répliques et doit être très drôle à incarner. Elle est un peu écervelée, mais tout de même adorable, et elle dit nombre de reparties hilarantes. En plus, son costume sera sans doute scintillant et paré de plumes.

— Tout le monde a le droit de jouer les divas, répond-il dans un haussement d'épaules.

Je ne suis pas de son avis.

— Ça promet, chuchote Alex.

— Mais il n'y a que trois lignes sur cette page, se plaint Ashley. Comment voulez-vous que je montre que je sais jouer avec trois répliques ?

— Facile. Tu les dis en jouant bien, je déclare un peu trop fort.

Landon dissimule un ricanement derrière son texte.

— Fais de ton mieux, lui lance M. Tariq.

Ashley soupire et entame sa lecture avec Landon. Sans grand enthousiasme, si je peux me permettre.

— Ah, Plumette !

Il lit avec un sourire dans la voix, puis essaie de lui saisir la main, mais échoue. La deuxième fois, il parvient à l'attraper et fait mine de l'embrasser. Ses lèvres ne touchent pas la peau d'Ashley, n'empêche qu'une onde de jalousie irradie dans ma poitrine.

Ashley lit la réplique évoquant ses mains transformées en plumes, mais elle le fait sans charisme ni intonation. Sans talent. Si elle était branchée à un électroencéphalogramme, celui-ci serait certainement plat. En toute objectivité, bien sûr.

Alors qu'ils poursuivent leur lecture, Landon ne décolle jamais les yeux de son texte. Je me demande s'il est trop impressionné par tous ces regards rivés sur lui pour oser se libérer. Il y a une étincelle en lui, je le sais. Je l'ai perçue quand il a chanté. Mais il semble incapable de la faire rejaillir sur scène.

Quand ils ont terminé et qu'il se tourne vers la table du metteur en scène, je lève les deux pouces à son intention.

— Faites une nouvelle tentative, mais avec plus d'enthousiasme, déclare M. Tariq. Ne vous embêtez pas avec l'accent ou la scène en elle-même. J'aimerais avoir un aperçu de votre imagination. Essayez de penser plus grand.

— Je pourrais lire une autre scène ? demande Ashley. Peut-être avec Belle ? Pardon, mais celle-ci est vraiment très courte. J'ai du mal à imaginer quoi que ce soit avec un personnage aussi minuscule.

— Un personnage minuscule, pardon ? Plumette est un super rôle.

Je n'ai pas pu m'en empêcher. La diarrhée verbale est ma spécialité, surtout quand personne ne m'a rien demandé.

— Ferme-la, Violet, me souffle Alex. Laisse ma rivale s'enfoncer toute seule.

— Je ne peux pas me concentrer si votre assistante n'arrête pas de parler, se plaint Ashley.

Je me lève.

— Je ne suis pas assistante-metteuse en scène, je suis technicienne. Tu le saurais si tu avais jeté une fois un œil derrière le rideau pour savoir qui t'éclaire la scène depuis trois ans.

Ah, les comédiens.

Ashley reprend sa lecture, encore plus nulle qu'avant. Je bouillonne de tout mon être. Je sais exactement comment corriger chaque erreur qu'elle commet. Son ton n'est jamais le bon : trop caractériel, sans le moindre humour. Ça perturbe Landon, qui, je dois le reconnaître, est... loin d'être brillant cette fois.

Je suis incapable de me concentrer sur le reste de la répétition. Personne d'autre ne fait de lecture pour Plumette, ce qui signifie sans doute que le rôle va lui revenir et qu'elle va le saboter. Non que je me soucie de sa carrière d'actrice ni du fait qu'elle va sentir les lèvres sans doute délicieusement douces de Landon sur sa main cinq soirs par semaine au cours des répétitions, mais je ne veux pas le voir pâtir de la contre-performance de sa partenaire.

M. Tariq se lève pour donner congé à tout le monde.

— Merci à tous. Landon, Violet, vous pourriez rester un moment ? (Il se tourne vers moi et me tend un texte.) J'aimerais que tu tentes une lecture de Plumette.

— Moi ?

— J'ai besoin de revoir la scène avec quelqu'un d'autre. D'un œil neuf, si tu préfères.

— Euh… D'accord.

Je monte sur scène, où m'attend déjà Landon. Il m'adresse un sourire de travers. De près, je vois à quel point ses mains tremblent. Je constate aussi combien ses taches de rousseur sont adorables sous la lumière chaude des projecteurs, mais je dois en faire abstraction pour le moment.

— Tu le tiens, je chuchote.

Il acquiesce et entame la lecture. Sa posture se métamorphose quand nous nous approchons l'un de l'autre. Il se redresse et écarte les bras de façon plus volontaire, à présent, comme s'il soutenait réellement de lourdes chandelles.

Le moment venu, il me prend la main et l'embrasse pour de vrai. J'essaie de ne pas penser à la douceur de ses lèvres ni au regret de ne pas les sentir s'appesantir davantage. Il feint alors d'éternuer en réaction aux plumes que je n'ai pas sur les doigts. Il le joue si bien que je crois un instant qu'il éternue pour de vrai.

— Mes plumes !

J'y vais à fond et retire ma main comme si les lèvres de Landon étaient gelées.

Nous continuons avec le feu. Pendant quelques minutes, je me sens désincarnée, comme étrangère à ma situation. Je vis l'instant. J'oublie jusqu'à l'existence de l'US133. Seuls l'ici et le maintenant existent encore. Il y a des jours que je n'avais plus ressenti cela.

Et quand je regarde dans les yeux de Landon à la fin de la scène, je sais qu'il a éprouvé la même chose. Durant ce court laps de temps, nous étions seuls au monde.

Les quelques camarades qui se sont attardés dans la salle se mettent à applaudir.

— C'était trop génial ! lance Alex depuis son siège.

Je ne m'étais même pas rendu compte qu'elle m'avait attendue.

— Excellent travail, tous les deux, confirme M. Tariq.

Landon me tend la main pour m'aider à descendre de scène. Je ralentis un peu le pas pour profiter au maximum de la chaleur de sa peau sur la mienne. Je me dérobe à son regard, car je ne veux pas qu'il voie combien mes joues sont rouges.

— Trop top, meuf, me dit Alex. Je ne savais pas que tu avais ça en toi.

— Honnêtement, moi non plus.

Mon cœur bat encore la chamade. Je n'arrive pas à me concentrer sur autre chose que ce que je viens d'accomplir. Sortir ainsi de mon corps a été une expérience puissante.

Il me faut quelques minutes pour l'assimiler. Je reprends donc mon crayon et me remets à esquisser des roses.

Avant de partir, Landon vient me voir avec un immense sourire aux lèvres.

— Violet, merci infiniment. Je n'y serais jamais arrivé sans toi.

— Bien sûr que si !

— Non. Sérieusement. J'étais tellement tendu avant que tu montes sur scène. Et tu as été géniale ! Waouh. Sérieusement, j'espère que tu auras le rôle.

Cette saleté d'adénylate cyclase s'attaque une fois de plus à ma figure.

— Je ne crois pas avoir vraiment passé l'audition. Je montrais juste à M. Tariq un autre point de vue.

— Ah bon ? C'est… trop dommage. On se serait bien amusés.

Landon se décompose. La déception remplace cette joie sur son visage, et j'ai l'impression d'avoir malencontreusement donné un coup de pied à Onion.

Mes joues me cuisent encore un peu plus.

— Mais bon, je vais y réfléchir, je lâche.

Je ne peux pas le décevoir. Il a été tellement brillant.

— D'accord. Bref, encore bravo, en tout cas.

Il m'adresse un léger sourire avant de sortir de l'auditorium.

Alex se plaque la main sur le cœur.

— Le véritable amour existe.

— Oh, arrête. Mais c'est vrai qu'il m'a filé des Reese's, l'autre jour.

— Attends, sérieux ? C'est tes biscuits préférés !

— Je sais !

— Oh, mon Dieu, c'est trop adorable. Vas-y, tire une carte.

— Tu es insupportable.

Je n'ai sincèrement aucune envie de reconnaître que je suis très curieuse de savoir ce que révélerait mon tirage.

— Je vais rentrer m'enfermer chez moi en attendant la publication des résultats, annonce Alex. Appelle sur la ligne fixe, si besoin.

— OK, je réponds, mais je me suis déjà replongée dans mes croquis.

Il faut que j'arrive à dessiner ces roses. Elles sont encore trop circulaires. Elles doivent sembler plus naturelles, avec les pétales bien effilés.

— Tu as été formidable, Violet, me félicite M. Tariq. Ta mère serait très fière de toi.

Cette dernière phrase me sort de ma transe.

Le serait-elle vraiment ? Je me sens soudain ridicule de penser au rouge de mes roses et à la brillance des faux vitraux pour une comédie musicale alors que maman a disparu. C'est comme chercher le fermoir d'une boucle d'oreille alors qu'on en a aussi perdu le diamant.

— Je crois que la décoratrice adorerait voir ça pour la réunion. Essaie de trouver un échantillon de couleur, si tu peux.

— Mmm, d'accord.

Je repose mon crayon et considère la scène désertée.

— Ta lecture était fantastique. Si tu veux auditionner, tu peux y retourner pour lire autre chose.

— Oh. Euh… Non, merci.

C'est une décision trop importante pour être prise sur un coup de tête. Il m'est plus facile de décliner, même si j'en meurs d'envie.

— Tout va bien ? s'inquiète-t-il.

Je ne sais pas, ai-je envie d'avouer. Toute cette histoire avec maman est tellement inimaginable. Pourtant, j'ai réussi à l'oublier complètement quand j'incarnais Plumette, en me concentrant sur l'histoire et rien d'autre.

Il me pose la main sur l'épaule.

— Il n'est pas simple de créer quand rien ne va dans la vie, mais c'est le meilleur moment pour le faire. C'est là qu'on en a le plus besoin. Mais sois un peu indulgente avec toi-même. C'est difficile, de souffrir autant.

Je lui souris.

— Merci, monsieur Tariq.

— De rien. Appelle-moi si tu as besoin de quoi que ce soit. Je laisse la salle ouverte au cas où tu veuilles rester un peu.

Il se dirige alors vers la sortie, et je me retrouve seule avec moi-même.

Cette fois, je suis cependant incapable de me remettre à dessiner. Mon esprit est bien trop occupé.

— L'art n'a plus d'intérêt sans toi, je déclare à voix haute. Tu me manques.

Ma voix résonne dans la salle vide.

Je tapote mon crayon sur mon carnet. Ce n'est pas comme si j'espérais une réponse, mais quand même, un signe aurait été bienvenu. Les gens prétendent toujours en recevoir de la part de leurs chers disparus… Pourquoi pas moi ?

Peut-être parce qu'elle n'est pas vraiment partie.

Mon estomac se met soudain à gargouiller bruyamment. Je n'ai pas dû manger assez ce midi.

La voix de Landon retentit dans le fond de la salle :

— Violet ? Tu as parlé ?

— Oh, non. C'est juste mon bide qui fait des explosions atomiques.

Trop sexy. J'aimerais être de ces filles qui savent toujours quoi dire. Mais non, il faut que je sois celle dont le ventre réclame du rab de frites. Ce qui…

me semble être la pire des idées. Depuis le début de toute cette histoire, je n'ai rien avalé qui ressemble de loin à un légume.

Landon pouffe doucement.

— Alors, tu veux aller prendre une glace ou quelque chose ? C'est moi qui offre. Tu ne dois pas oublier de manger.

Je lève les yeux vers les projecteurs. Les signes peuvent sans doute adopter différentes formes.

— Avec grand plaisir.

Chapitre onze

Jour 4, fin d'après-midi

— Trempe tes frites dans ton milk-shake, me dit Landon.

— Quoi ? Sûrement pas, dans du ketchup seulement, je réponds.

Il y a une semaine, si quelqu'un m'avait dit que je traînerais devant un McDonald's avec Landon Davis, juste en tête à tête pour la troisième fois, j'aurais pris ça pour une blague.

Nous n'avions jamais vraiment discuté, et voilà que nous nous retrouvons assis à quelques centimètres l'un de l'autre sur un banc à l'extérieur, nos jambes s'effleurant régulièrement. Nous faisons face à l'entrée du restaurant, pour observer les clients tout en mangeant.

Landon plonge une grosse frite bien salée dans son milk-shake au chocolat, avant de la porter lentement à ses lèvres.

— Tu sais pas ce que tu rates. L'excellence.

— Bon, d'accord, fais goûter.

Il plante alors l'une de ses frites dans ma vanille et me la présente devant la bouche. J'essaie de ne pas prendre en compte le fait que ses doigts ne se trouvent qu'à quelques centimètres de mes lèvres. Cela me rappelle notre scène, quand il m'a délicatement embrassé le dos de la main.

— OK, waouh. C'est magique.

— Je t'avais dit.

C'est même plus que magique : je me sens comme une personne normale.

Mon cœur gît en mille morceaux sur le sol, mais cette sortie banale avec un ami est précisément ce dont j'avais besoin pour en recoller les fragments, ne serait-ce que quelques minutes. J'ai l'impression d'être de retour aux auditions, où je pouvais me contenter d'être moi-même sans me soucier du reste. D'exister, tout simplement.

— Alors, tu tiens le coup, avec tout ça ? J'ai été surpris de te voir revenir à l'école, me dit-il doucement. Enfin, je me doute que ça ne doit pas être facile, mais…

— Eh bien… non, je réponds franchement. Je ne vais pas très fort. Je suis terrifiée, mais j'ai toujours le sentiment qu'elle est encore là.

Je contemple mes mains. L'avouer à voix haute semble à la fois ridicule et légitime.

— Tu dois trouver ça bizarre.

En réalité, j'ai surtout envie de croire dans le message de maman. De me convaincre qu'elle a un plan, et que tout cela s'expliquera plus tard. Mais honnêtement ? Je commence à craindre qu'il se soit passé autre chose.

— Ça n'a rien de bizarre, affirme gentiment Landon d'une voix suave, comme du caramel versé sur de la crème glacée. Chacun gère les choses à sa manière.

— Elle ne peut pas être partie, Landon. (Je ne sais pas trop qui de lui ou de moi je cherche à convaincre.) Il y a tant de raisons, tant de théories avancées. Tu as entendu ce qu'a dit Miles. Je ne peux pas laisser tomber.

« Fais-moi confiance », disait peu ou prou le message.

J'essaie.

Il pose une main hésitante sur mon épaule.

— OK. Je... Je ne suis pas très doué pour aborder ce genre de sujets. Mais je sais écouter.

— Merci.

Je pose la joue sur sa main.

Il se rapproche un peu de moi. Il me semble percevoir la chaleur émanant de son corps. En ce jour de septembre un peu frisquet, c'est assez réconfortant, comme d'être installée devant un feu ronflant.

La télé à l'intérieur du McDo attire mon attention. Ce ne sont pas des images de l'US133, mais de la tempête tropicale au-dessus de Porto Rico, désormais rebaptisée ouragan Molly. L'agente Rosenfield avait raison : ce gros nuage menaçant enfle au large de la Floride, et les gens évacuent par milliers. À côté de la volute blanche qu'ils montrent, l'ouragan Maria paraît minuscule. Imaginer les vagues puissantes provoquées par le gros temps me fait froid dans le dos.

Landon suit mon regard.

— C'est une sacrée tempête.

— J'espère que tout le monde pourra partir à temps.

En toute honnêteté, ce n'est pas à ça que je pense. Je me demande surtout comment un Boeing 747 disparu peut ne déjà plus faire la une et comment ma mère peut se trouver au milieu de ce fichu ouragan.

— Moi aussi, répond Landon. C'est flippant. Il y a toujours des tas de morts avec ce genre de drame. Catégorie 3, c'est déjà violent.

N'ayant aucune envie de me mettre à pleurer maintenant, je cille pour réprimer les larmes qui me brûlent les yeux. J'espère que Landon ne remarque rien.

— Je me sens mal pour tous ces gens, et je sais que c'est très égoïste, mais je flippe encore plus pour ma mère. Si Miles a vu juste, qu'est-ce qui se passe, maintenant ? Les îles du large n'ont sans doute pas les ressources, ni les abris, ni… quoi que ce soit pour affronter des conditions pareilles.

— Ce n'est pas égoïste.

— Si, parce que je n'arrête pas de me dire que les infos ne parlent que de ça alors qu'elles devraient plutôt s'intéresser à l'avion. C'est comme si personne n'en avait plus rien à faire.

— Des tas de gens s'en soucient encore, me rassure-t-il. Moi le premier, et je suis navré que tu subisses tout cela, Violet.

— Non. C'est moi qui suis navrée. Je ne comptais pas te traîner au McDo pour me plaindre que la télé ne parle plus de ma mère alors que ça fait plusieurs jours que je me plains de n'entendre parler que d'elle aux infos. Je ne peux pas vouloir quelque chose et son contraire.

— Je te trouve un peu dure avec toi-même, réplique-t-il. Le deuil… ça craint.

J'acquiesce. Je ne veux pas croire que je suis en deuil parce que maman n'est pas partie, mais je ne sais pas comment nommer autrement cette période étrange, alors… Ouais, ça craint. C'est le meilleur moyen de le formuler.

Je me tamponne rapidement les yeux d'un revers de manche.

— C'est dommage que tu n'aies pas voulu que je t'emmène ailleurs qu'ici, reprend Landon. Tu es sûre que tu ne veux pas aller dans un endroit plus spécial ?

Je sirote une gorgée de milk-shake.

— Mais c'est spécial. Je n'étais plus venue ici depuis des années. Je sais que ce n'est pas particulièrement… romantique ni rien, mais c'est…

Je m'interromps. Pourquoi ai-je dit une chose pareille ? Pourquoi mon cerveau s'évertue-t-il à me ridiculiser en permanence ?

— Enfin, ce n'est pas comme si c'était… Je veux dire… Tu n'es pas obligé de…

— À l'heure actuelle, je trouve que le McDo est l'endroit le plus romantique du monde, me repêche-t-il. Parce que tu es là.

Je cligne des yeux. Qu'est-ce que ça veut dire ? Est-ce que Landon m'apprécie… vraiment ? Ou est-ce qu'il fait juste preuve de gentillesse parce que ma vie ressemble actuellement à une immense tour de Jenga ?

À l'évidence, le McDo n'a absolument rien de romantique. L'intérieur sent le vieux plastique et les toilettes n'ont pas dû être nettoyées depuis mes deux ans. Pourtant… je ressens la même chose. Je n'aurais pas été mieux dans un restaurant cinq étoiles. Je passe un bon moment, et j'arrive à être complètement moi-même. Il y a très, très longtemps que je n'avais pas ressenti une chose pareille.

Landon m'étudie de ses grands yeux marron.

— Hum. Pardon. C'était un peu bizarre, non ?

Un éclat de rire naît au fond de mon ventre et s'échappe de ma gorge. Ça fait un bien pas possible. J'ai l'impression de n'avoir pas ri depuis le départ de maman.

— Pas du tout, je le détrompe. Tu veux faire un selfie ?

— Carrément !

Il se redresse, et je plonge la main dans mon sac pour en extraire mon téléphone.

Quatre appels manqués. Émanant tous de Savannah.

Mon ventre se noue. Cela signifie-t-il ce que je crains ? Ou maman est-elle rentrée à la maison ?

Je la rappelle, en panique.

— Vi ? grommelle-t-elle.

— Qu'est-ce qu'il y a ? Qu'est-ce qui s'est passé ?

— Il faut que tu rentres à la maison… tout de suite. Je suis tombée dans les pommes.

Chapitre douze

Jour 4, fin d'après-midi

Voilà pourquoi je ne peux rien faire d'agréable.

Ma vie n'est pas censée être parfaite. Jamais. J'ai toujours vécu dans cet état d'équilibre perpétuel : je passe un super moment avec Landon, Savannah a un souci de santé. Ce n'est pas juste.

On se dépêche de rentrer à la maison. Nous faisons le trajet dans un silence presque absolu. Les phalanges de Landon sont blanches tant il serre le volant dans chaque virage avant de se garer devant chez moi.

Savannah est assise par terre, adossée contre le canapé. En nous apercevant, elle se redresse et pose ses mains molles sur ses genoux. Ses yeux papillotent quand je la prends dans mes bras.

— Qu'est-ce qui ne va pas ? je chuchote.

Ma sœur ne ressemble plus à ma sœur. Livide, à l'exception de ses joues marbrées, elle paraît sonnée.

— Je ne sais pas. J'ai vomi plusieurs fois. Je crois que je me suis évanouie dans la salle de bains.

Sa voix semble très lointaine.

— On devrait t'emmener aux urgences, si tu t'es évanouie.

— Je crois que je me suis évanouie, marmonne-t-elle. Je n'en suis pas sûre. Pas les urgences.

— Si, les urgences, lance-t-on de concert, Landon et moi.

On parle comme des parents en colère. Avec d'infinies précautions, on soutient Savannah pour la faire monter dans la voiture. Je m'installe à l'arrière avec elle.

— Tu as prévenu papa ? je demande. Il est où ?

— Je sais pas, maugrée-t-elle. J'ai d'abord appelé maman, puis toi. Je sais pas pourquoi je lui ai téléphoné. Par réflexe, sans doute.

Mon cœur se serre. C'est maman qui aurait dû prendre soin d'elle, pas moi.

Je lui pose les mains sur les joues. Peu m'importe qu'elle risque de me vomir dessus. C'est encore un autre degré de terreur par rapport à la disparition de maman. Je pensais avoir vécu le pire jour de ma vie. Jusqu'à maintenant, c'était le cas. Mais là, je commence à craindre de perdre aussi Savannah.

Ma famille a organisé une grande fête quand son cancer a été déclaré en rémission. Mais ça reste une brique dans notre bagage, cette crainte latente de le voir un jour ressurgir.

— Tu as encore la nausée ?

Je garde une main sous son menton, au cas où.

— Mmm. Non.

Landon nous dépose toutes les deux devant l'hôpital, le temps d'aller se garer. Je passe le bras autour des épaules de ma sœur et nous nous dirigeons vers l'accueil. Elle effectue des pas petits, mais réguliers.

— Sa voiture est propre, commente-t-elle. C'est bon signe.

Est-ce le genre d'informations que l'on met sur un profil Tinder ? « Embrasse super bien, voiture nickel. »

— OK, foldingue. Je crois que tu es déshydratée. (Je m'empresse de téléphoner à papa.) Euh, papa, il s'est passé quelque chose.

— Quoi ? Est-ce que tout va bien ? C'est maman ?

L'angoisse est criante dans la voix de mon père.

— Savannah s'est évanouie, je réponds.

— S'est peut-être évanouie, grommelle-t-elle.

Quand je lui explique la situation, papa laisse échapper un chapelet de jurons et promet de nous rejoindre très vite. Le connaissant, il va griller tous les feux rouges pour ne pas perdre un instant.

J'installe Savannah en salle d'attente avant d'aller la faire admettre. Je sais que c'est dingue, que ça n'a aucun sens, mais tout en remplissant le formulaire, je ne cesse de regarder les patients qui entrent. Comme si l'un d'eux pouvait être maman, souffrant d'amnésie, ou un docteur venu annoncer qu'ils viennent de la retrouver et qu'elle est en bonne santé.

L'espoir est une chose étrange.

Landon nous rejoint quelques minutes plus tard. Lui-même est un peu pâle, et je me demande s'il n'y a pas un virus dans l'air.

— Merci, je chuchote. Ça va ?

Il fourre les mains dans les poches de son sweat et se mordille la lèvre inférieure.

— Je ne suis pas hyper fan des hôpitaux.

— Sans blague ? pouffe Savannah. Tu peux rentrer chez toi. Violet va s'occuper de moi.

— Ouais, je confirme. Mais merci, hein.

Landon scrute chaque porte tour à tour, comme s'il s'attendait à voir un désastre émerger de l'une d'elles.

— Non, non. Je ne veux pas vous laisser seules.

Je lui adresse un sourire, qu'il me retourne.

Par chance, il n'y a pas trop de monde aux urgences. La seule personne avant nous est un garçon de six ans au bras cassé, qui semble sincèrement ravi de la sucette qu'il a reçue pour sa peine.

Quand l'infirmière de garde appelle le nom de Savannah, je me lève d'un bond.

— C'est ma sœur. Je l'accompagne.

— Où sont vos parents ? demande l'infirmière.

Excellente question, madame.

— Notre père est en route.

— Vous pourrez rejoindre votre sœur quand il sera là, annonce-t-elle. Je vais l'emmener se faire examiner, pour l'instant.

Savannah s'approche de l'infirmière telle une ivrogne peinant à marcher droit.

— Ça va aller, Vi, me rassure-t-elle.

— Mais…

L'infirmière prend Savannah par le bras.

— Nous allons bien nous occuper d'elle, c'est promis.

Elle referme la porte derrière elles, et je sens la panique m'obstruer la gorge.

Et si je ne la revoyais plus jamais ? C'est une pensée catastrophiste, mais après tout ce qui est arrivé cette semaine, je ne trouve pas illogique d'envisager le pire.

Je serre les ailes de pilote, toujours dans ma poche. Les côtés s'enfoncent dans mes doigts. Mon instinct me pousse à appuyer davantage pour entamer la peau, le seul moyen de ralentir le fil de mes pensées et de recouvrer un semblant de maîtrise.

Non. Pas maintenant. Inspire profondément.

— Elle va s'en remettre, Violet, m'affirme Landon.

Et s'il se trompait ? Ces derniers jours, je n'ai cessé de me dire que maman devrait être là. Imaginer Savannah partir à son tour m'est… Je me frotte les yeux pour effacer ces horribles pensées.

— Je suis heureuse que tu aies été avec moi.

— Ce n'est qu'une coïncidence, mais moi aussi je suis heureux. Sacrée journée, hein ? Les auditions, le McDo, maintenant ça…

Je hausse les épaules. Tout cela me semble déjà si loin.

— Ton audition était géniale, je dis. J'aime beaucoup ta voix.

— Va dire ça à mon groupe, pouffe-t-il. Généralement, ils ne me laissent même pas chanter. Je me contente de la guitare.

— Tu joues dans un groupe ?

Ce qui explique les photos avec sa gratte sur Instagram.

— Ouais, répond-il, penaud. Je sais, ça a l'air nul, mais…

Il plonge la main dans sa poche arrière pour me tendre un flyer. On l'y voit avec deux autres gars de l'école. Bras croisés et rictus aux lèvres, ils se la jouent gros durs.

— « Thong Bong » ? je m'étonne.

Landon passe une main dans ses cheveux ébouriffés couleur noix de pécan.

— Ouais… Il faut qu'on trouve un autre nom, mais, pour l'instant, on est les Thong Bong.

— J'adore.

En réalité, je déteste. Mais j'adore le côté ridicule des sonorités.

— Sérieux ? fait-il, tout sourire.

Le voir aussi rayonnant me donne envie de sourire à mon tour.

— Sérieux, je confirme.

Avec lui, j'arrive à me détendre, à être complètement moi-même. Landon est le seul élément de ma vie de l'après qui n'ait rien à voir avec maman. Malgré tout, cela me semble déplacé, comme si mon bonheur était une forme de trahison.

Toi aussi, Violet ?

Papa déboule tel Thanos par les portes des urgences.

— Bon sang, où est ma fille ? Ah, en voilà déjà une. (Il me montre du doigt.) Où est l'autre ?

Je me cache derrière ma main. Je peux toujours compter sur mon père pour me mettre la honte en public. Pas seulement devant les autres patients, mais devant le seul garçon de toute l'école qui soit à la fois gentil et mignon – encore plus rare qu'un trèfle à quatre feuilles. Cette maudite adénylate cyclase se déchaîne, incontrôlable.

Une infirmière franchit la porte en bois à deux battants.

— Monsieur Ashby ? Votre fille a terminé son examen médical.

Je retiens mon souffle et me prépare au pire.

— Nous allons devoir la garder quelque temps. Elle souffre de déshydratation sévère et peut-être d'une infection rénale.

Une infection rénale ? Ce n'est pas réservé aux diabétiques en attente d'une dialyse ? Ça n'a aucun sens.

— Est-ce qu'elle va s'en sortir ? je demande, les mains tremblantes.

Je sens Landon se crisper près de moi.

— C'est une infection sérieuse, mais avec les bons antibiotiques, une bonne hydratation et du repos, elle devrait être sur pied en un rien de temps, me rassure l'infirmière.

Je ne sens subitement plus mon corps. C'est très étrange d'être à la fois soulagée et terrifiée. D'autant qu'une infection rénale n'est *pas* un cancer.

— Chambre 255, annonce-t-elle.

— Merci beaucoup, répond papa.

— Bon, c'est le moment de vous laisser, me dit Landon.

— Je ne te remercierai jamais assez.

Je suis tentée de lui saisir les mains, mais je me contente de glisser les miennes dans mes poches. Je n'ai pas le droit d'être heureuse. Le bonheur ne peut pas m'appartenir pour le moment – pas plus que Landon.

J'ai l'impression que l'Univers me punit pour ces minutes de pure détente. Je ne commettrai pas deux fois la même erreur.

Il hausse les épaules. Sous la lumière crue de la salle d'attente de l'hôpital, ses yeux marron m'apparaissent graves et solennels.

— Tu en aurais fait autant pour moi. Dis à Savannah que je lui souhaite une bonne convalescence.

— D'accord.

Il fait quelques pas en direction des portes coulissantes, puis se retourne vers moi.

— Prends soin de toi aussi, Violet.

Si prendre soin de moi signifie me gaver d'oursons à la guimauve et vouloir me scarifier, alors il peut compter sur moi. J'agite mollement la main pour lui dire au revoir.

— Je ferai au mieux. Merci pour le flyer des Thong Bong !

Je le regarde disparaître, un martèlement insupportable dans la poitrine.

Papa me prend par les épaules et m'entraîne vers les chambres.

— Qu'est-ce que tu as dit ? Les Thong Bong ?

— C'est le groupe de Landon. C'est lui qui a amené Savannah ici.

— C'est le meilleur nom de groupe que j'aie jamais entendu.

*

La chambre de Savannah ressemble à une horrible toile de la Renaissance.

Elle repose paisiblement au milieu de la pièce, cependant que papa se tire les cheveux en mitraillant le docteur de questions.

— Elle n'a que dix-sept ans, comment ses reins peuvent être fatigués ? Je ne comprends pas.

— Oh là là ! je soupire en m'approchant de ma sœur.

— Monsieur Ashby, il s'agit en l'occurrence d'une infection du canal urinaire non traitée s'étant propagée par l'urètre jusqu'au rein, explique le spécialiste. Cela ne provoque généralement ni vomissements ni évanouissements, mais votre fille était extrêmement déshydratée.

— Tu fais la grève de la soif ? je chuchote à ma sœur.

Elle ouvre assez grand les yeux pour m'observer en coin.

— Cet endroit est atroce. Va m'acheter un Kit Kat au distributeur.

Sa voix n'est qu'un murmure, sa peau est presque translucide, mais elle semble bien plus alerte que tout à l'heure. Un long tube enfoncé dans son bras remonte jusqu'à une poche de liquide clair accrochée à une potence.

— À part la déshydratation, le stress peut exacerber ces symptômes, poursuit le docteur. Le lycée n'est pas toujours facile à vivre pour les jeunes femmes.

— Ah oui, entre les groupes de copines et les contrôles de maths, je sais que mes filles sont stressées, merci, rétorque papa, passant du coq à l'âne : Attendez, vous connaissez le *Guide parental pour accompagner le deuil* ? Il y a un passage fantastique sur le…

— Au secours, gémit Savannah. Kit. Kat.

— D'accord, je cède. Mais tu dois boire de l'eau, aussi, puisque tu es déshydratée.

— Je crois que c'est à ça que sert le tuyau enfoncé dans mon bras. Agaçant.

Un ange passe entre nous, à peine perturbé par les couinements d'écureuil de papa.

— Une infection urinaire peut être provoquée par autre chose que des rapports sexuels, non ? Une bactérie reste une bactérie, non ? Je ne suis pas particulièrement puritain, je sais ce que font les ados de notre époque, je me demande seulement si…

— Tout va bien, Sav ? je murmure.

— Oui, je crois.

Son ton paraît sincère.

— Pourquoi tu ne m'as pas dit que tu souffrais d'une infection urinaire ? je demande.

— J-j'en ai parlé à maman. Elle était au courant. (Savannah se détourne.) Elle m'a dit de prendre des pilules aux airelles et d'aller à l'infirmerie si ça ne s'arrangeait pas. Et…

J'ai l'impression de me retrouver dans la quatrième dimension : Savannah est là, devant moi, à lutter contre une infection dont maman connaissait l'existence, alors que maman semble être à des millions d'années-lumière. Pourtant, ça ne fait que quatre jours.

— Et avec le stress et tout, c'est… devenu de moins en moins sensible, m'explique-t-elle. La douleur a disparu pendant quelques jours, si bien que j'ai cru être guérie. Et puis, hier, j'ai eu l'impression d'avoir le torse en feu.

Je me souviens de l'avoir vue se tenir le flanc en gémissant l'autre jour. *Argh.* Pourquoi ne l'ai-je pas interrogée à ce moment-là ? J'étais tellement obsédée par l'idée de retrouver maman que je n'ai pas vu ce qui se passait juste sous mon nez.

— Je regrette de ne pas avoir pu t'aider, je dis.

— Tu plaisantes ? Je suis si contente que tu sois là, Vi. Tu n'as pas idée. Papa va me taper sur les nerfs.

Mon père et Savannah s'entendent généralement à merveille : deux chats solitaires, jamais bien loin l'un de l'autre, mais qui gardent leurs distances.

Depuis toujours, quand maman et moi rentrons à la maison, on les retrouve tous les deux dans la même pièce, assis tout près sans s'adresser la parole. Il a vraiment dû la faire chier pour qu'elle se plaigne de lui.

Je lui prends la main.

— Moi aussi, je suis contente d'être ici.

Nos doigts restent entrelacés pendant une bonne dizaine de secondes. Un record.

— Je ne plaisante pas pour le Kit Kat, insiste-t-elle. Je suis en train de mourir.

— Chut ! Papa va piquer une crise s'il t'entend dire ça.

— Alors il faut m'apporter du sucre.

Savannah referme les paupières.

La manipulation, c'est tellement minable.

Pour une fois, je suis ravie que notre père soit si distrait. Je disparais dans le couloir.

Des tas de gens détestent les hôpitaux, mais je les trouve plutôt cool. Les bips des ECG, les codes que les infirmières crient de temps à autre, les patients que l'on croise. Des tas d'histoires se produisant toutes en même temps, tant de vies humaines dont je ne connaîtrai jamais les détails, mais sur lesquelles je peux m'interroger. En plus, c'est cet hôpital qui a sauvé la vie de ma sœur à l'époque où elle a filé une trempe au cancer.

Mon téléphone tinte alors. Je le consulte aussitôt, mais la déception m'assaille une nouvelle fois. Quatre jours plus tard, je n'arrive pas à croire que j'en sois encore à espérer que maman m'appelle.

Je me sens tellement naïve.

ALEX : Coucou, Savannah va bien ?
MOI : Ouais, je crois. Une infection mineure.
MOI : Attends, comment tu es au courant ?

Alex me répond moins d'une minute plus tard.

ALEX : Elle m'a envoyé un texto. C'est une longue histoire. Bref, embrasse-la pour moi. Et toi aussi, ma poule. Désolée que vous viviez toutes les deux cette semaine de l'enfer.

Même si ce n'est pas ma mère qui m'écrit, je me rappelle alors la chance que j'ai d'avoir une amie qui pourrait être de ma famille.

Je tourne à droite en direction des distributeurs et tente de ne pas regarder les écrans de télé allumés dans le couloir. En vain. Sur l'un d'eux, on voit une équipe de secours survoler l'Atlantique.

Le sous-titre indique : « Les recherches se poursuivent sur un vaste périmètre pour retrouver l'avion disparu, mais jusqu'à présent, aucun débris ni aucun passager de l'US133 n'ont été repérés. »

Au moins, ils font encore des démarches. Preuve que je ne suis pas la seule à essayer de tirer cette histoire au clair.

J'achète le Kit Kat et emprunte un autre chemin pour regagner la chambre, histoire d'éviter les télés.

Je n'ai aucune envie de contempler l'océan vide et morne si rien n'en ressort.

En revanche, je tombe sur un truc extra : un globe lumineux au cœur du pavillon. Sans doute l'un des avantages de l'hôpital pour enfants.

Il a la circonférence d'un ours noir et m'arrive à peu près à la taille. Les principales constellations sont tracées en blanc sur l'arrière-plan bleu marine. Quelqu'un doit sans doute le désinfecter chaque jour, car il brille plus fort que la Lune.

Je laisse courir mon doigt sur les Pléiades, un ensemble de sept étoiles situées près d'Orion, le chasseur. Elles ne sont pas difficiles à trouver et peuvent être vues depuis n'importe quel endroit du monde. Ces sept petites choses nous relient tous, nous, les Terriens.

Ce globe doit être tout récent. En tout cas, il n'était pas là lorsque Savannah était hospitalisée il y a dix ans de ça. Sinon, on aurait passé tout notre temps ici.

J'ai envie de me précipiter dans sa chambre pour le lui montrer.

— Tu es hospitalisée ici ? me demande un grand docteur debout près de moi.

Une écritoire à la main, il arbore une mine inquiète. Ses cheveux poivre et sel à la George Clooney sont très élégants.

Je rapproche subitement les mains de mes flancs, comme si j'avais touché de l'eau brûlante.

— Oh, non. Je regarde, juste.

— Les Pléiades ?

Je hausse un sourcil. Je pensais que les seuls énergumènes à connaître les Pléiades étaient maman, Savannah et moi, depuis qu'elle nous a donné des leçons d'astronomie sur le toit. Il faut vraiment être des passionnées comme nous pour connaître cette constellation.

— Ouais. On les voit toutes les sept, ça me plaît.

Je les recompte pour en être certaine, mais la plupart des gens ne distinguent que six étoiles dans cet amas. La septième, plus lumineuse, disparaît et réapparaît. La trouver est censé être signe de chance.

— Tu en sais, des choses. Une future astronome, peut-être ?

— Non, c'est juste un hobby… Un truc de famille.

Pourquoi ce type ne se précipite-t-il pas pour aller soigner un enfant malade ? Il a sans doute des choses bien plus importantes à faire.

— Je vois. Bien, prends soin de toi.

Il s'éloigne alors, semant une bouffée d'eau de Cologne dans son sillage. Cette odeur doit m'avoir activé les neurones, *ping, ping, ping*, parce que tout me revient d'un coup.

Je l'ai déjà vu. Une seule fois, mais ça m'a marquée. Je n'oublierai plus jamais ce visage sur la photo.

J'appuie sur les ailes de l'insigne rangé dans ma poche et fais volte-face.

— Attendez ! j'appelle.

Mais il a disparu.

Chapitre treize

Jour 4, soirée

Savannah a pu rentrer avec nous dans l'après-midi, mais a reçu l'ordre exprès de revenir si sa fièvre dépasse les 40 °C ou en cas de faiblesse.

Je la borde, veillant à bien lui remonter la couverture sous le menton. Notre dispute de l'autre soir n'est plus qu'un lointain souvenir. Voire plus un souvenir du tout, comme si mon cerveau l'avait oblitérée. La seule chose qui me taraude désormais est de savoir si cet homme était oui ou non Matthew Bryant. Bien sûr, je n'ai pas pu le retrouver pour obtenir confirmation, car ça m'aurait carrément simplifié la vie, ce qui n'est pas la tendance actuelle.

— Tu veux grignoter quelque chose ? je propose. Un autre Kit Kat ?

Savannah jette un coup d'œil aux bouteilles d'eau et de Gatorade pleines qui trônent sur sa table de chevet.

— Ça va.

Papa lisse en arrière ses cheveux blonds.

— Appelle si tu as besoin de quelque chose. N'hésite surtout pas.

— Merci, papa, répond-elle.

À cet instant, ils se ressemblent comme deux gouttes d'eau. Savannah a hérité de ses yeux bleu glacier et de ses épais sourcils, et j'essaie de me concentrer sur le fait que c'est beau à voir, et non sur l'absence de maman, ma jumelle à moi.

Papa lui plante un baiser sur la joue avant de retourner en bas. Il ne ferme pas la porte derrière lui, ce qui permet à Onion de débouler dans la chambre. Il renifle un instant les pieds de Savannah, flairant sans doute toutes les étranges odeurs chimiques de l'hôpital.

— Tu lui as manqué, je dis.

Savannah tapote le matelas près d'elle, et Onion saute volontiers sur le lit pour venir se lover contre son torse.

— Lui aussi, il m'a manqué. J'ai plus que jamais besoin de lui, ces derniers jours. (Elle lui embrasse délicatement le front.) Bon, maintenant qu'on est seules…, reprend-elle. Vous en êtes où, Landon et toi ?

— Quoi ? Nulle part.

La température a grimpé d'un coup dans sa chambre. On se croirait en plein Sahara.

Ses yeux sont lourds de sommeil. Ou de chagrin. C'est toujours difficile à dire, avec Savannah.

— Je n'arrive pas à croire qu'il m'ait vue dans cet état. C'est trop gênant.

Cela n'aurait pas dû me surprendre que Savannah, qui porte tous les jours à l'école un chemisier à col et un jean repassé, soit désarçonnée par le fait que quelqu'un la voie vulnérable. L'horreur.

— Tu ne crois pas que, quand tu seras dans l'espace, tu connaîtras d'autres moments de gêne ? je fais remarquer. D'ailleurs, qu'est-ce qui se passe si tu vomis en apesanteur ? Ça flotte de partout ?

— Oh, c'est dégueu.

— Tu ferais mieux de t'y habituer. (Je lui attrape le bras, le secoue légèrement et me penche sur elle.) BEEEURK !

Elle roule de côté et me chasse d'une tape sur la main, mais je sais qu'elle est à deux doigts d'éclater de rire sous ses couvertures.

— Tu es insupportable.

J'éprouve un soudain accès de fierté à l'égard de ma sœur. Vomi dans l'espace ou pas, elle sait qu'elle veut devenir astronaute depuis toute petite. Sa voie est toute tracée, et elle est bien lancée. Personne n'accomplit jamais ses rêves d'enfant, mais Savannah va y parvenir. Quand j'étais gamine, je voulais devenir pilote, comme maman, mais l'attrait pour les arts m'a fait dériver.

— OK, je te laisse tranquille, je dis. Au fait, Alex t'embrasse.

J'aurais pu continuer de lui parler, mais elle a déjà fermé les yeux. Elle a autant besoin de sommeil que moi de découvrir qui était ce médecin dans le couloir.

Onion me suit jusqu'à ma chambre et me rejoint sur mon lit quand je prends mon ordinateur sur les genoux.

Je commence par vérifier ma boîte de réception pour voir si l'agente Rosenfield m'a envoyé un message, mais rien. J'ai tendance à oublier que c'est une vraie personne avec un boulot à responsabilité et sans doute une famille, alors que moi… je suis vautrée sur mon lit avec mon carlin trop gros de deux ou trois kilos.

Je fonce sur Google. Il m'est bien plus aisé d'effectuer une recherche sur Matthew Bryant à présent que je sais où il travaille. Cette fois, je ne mets que quelques minutes à le retrouver, par le biais du site Internet de l'hôpital.

Je vérifie la photo sur mon téléphone pour être sûre. C'est bien le même homme ; quoique plus âgé, évidemment. Mais c'est lui. Il s'est depuis coupé les cheveux et rasé la barbe, mais il le même nez et les mêmes yeux marron et perçants.

J'envoie un message à l'agente Rosenfield :

Du nouveau pour l'assignation ? Au fait, vous avez trouvé Matthew Bryant ? Parce que moi, oui.

La deuxième page Google m'apprend qu'il a obtenu son diplôme de médecine à l'université de New York et qu'il s'est spécialisé en oncologie pédiatrique. Il semble ne pas être présent sur les réseaux sociaux.

Alors qui peut être ce type ?

Miles a tout de suite su à qui je faisais référence quand j'ai évoqué un ex-petit ami de maman. Mais alors pourquoi elle ne m'en a jamais parlé ? Le fait qu'ils puissent se fréquenter maintenant et non avant me traverse l'esprit, mais je repousse cette éventualité. C'est impossible.

J'essaie d'imaginer leur dernière conversation. Je trouve ça tellement injuste, cruel et ridicule que ce soit à lui qu'elle ait parlé en dernier, et pas à moi. Je me demande s'il accepterait de me raconter leur discussion. S'il savait ou non ce qu'elle s'apprêtait à faire – ou à ne pas faire.

J'effectue une recherche sur le vol US133. C'est presque un réflexe, à présent. Je suis incapable d'allumer mon téléphone ou mon ordinateur sans consulter les derniers articles de presse. Même si chaque site rapporte les mêmes faits insupportables : rien de neuf, aucune preuve tangible. Nul ne sait ce qui est arrivé durant les quelques instants cruciaux qui se sont écoulés entre la coupure du transpondeur et la perte du signal au niveau de Porto Rico.

Et personne ne sait non plus ce qui s'est passé après. J'en ai tellement marre de tout ça, de cette impuissance.

— Merde ! je jure en abattant mon poing sur le lit.

Onion sursaute comme si j'avais insulté toute sa lignée.

— Oh, pardon, mon gros. Maman me manque, c'est tout. Pas à toi ?

Je caresse les plis plus sombres de son front. Il éternue avant de se rallonger.

On tape à ma porte à trois reprises.

— Violet ?

Papa ouvre et entre. Il baisse la tête pour ne pas se cogner au système solaire suspendu – ce qui me faisait toujours rire quand j'étais petite – et vient s'asseoir sur ma chaise de bureau.

— Qu'est-ce que tu fais ? Instatruc ? Faceplouc ? Twitter ?

— Ouais, je mens. Quoi de neuf ?

— Rien, je voulais juste voir si tout va bien. Tu en as bien bavé, ces derniers jours. Surtout avec ce qui s'est passé aujourd'hui. Ça va, cornichonne ?

— Nickel.

Je tends le poing pour frapper le sien.

Papa remonte ses lunettes sur son nez. Ce nez mutin dont a hérité Savannah.

— Tu ne me caches pas une infection quelconque ou autre chose ? J'aimerais qu'on évacue tous les problèmes, urinaires ou autres.

— Non, rien du tout.

— D'accord, tant mieux. Hé, j'ai reçu un coup de fil intéressant, aujourd'hui.

Un gouffre s'ouvre dans le fond de mon ventre.

— Oh ? À quel sujet ?

S'il te plaît, ne me dis pas qu'on a retrouvé des débris du Boeing 747…

— C'était le fleuriste. Ils voulaient faire don de certains bouquets pour ta maman. (Il pousse légèrement Mercure sur mon mobile.) C'est sympa, non ?

— Ah. Le fleuriste, chouette. (Je suis tellement soulagée que ça n'ait aucun lien avec un crash aérien que le sens de ses paroles m'échappe presque.) Attends, quoi ?

— Pour la cérémonie, explique-t-il. Je pense organiser quelque chose. Un truc intime, seulement la famille et les amis proches. Pour lui rendre hommage.

— Comment ça ?

Je remonte les jambes contre mon ventre. Ce n'est pas possible. C'est quelque chose qui n'arrive qu'aux autres. Pas à moi.

Onion me lèche la main par compassion.

— Je me disais qu'au parc, ça pourrait être bien. Sous les cerisiers ? Elle adorait cet endroit. On vous y emmenait tout le temps, Savannah et toi, quand vous étiez bébés. J'ai même fait une demande de plaque, mais j'aimerais que Savannah et toi réfléchissiez à ce que vous voulez inscrire dessus.

— Papa...

— J'ai besoin de votre participation. C'est très important que vous ayez la main là-dessus.

La main sur quoi ? Ma tête se met à tourner telle une planète délogée de son orbite. J'ai l'impression que je n'aurai plus jamais la main sur quoi que ce soit.

— Maman n'est pas morte ! je m'exclame.

Je risque de réveiller Savannah, mais je suis incapable de me contrôler.

L'expression de papa ne varie pas.

— Ma puce... J'aimerais autant que toi qu'elle soit vivante.

— Écoute-moi. L'avion a pu subir un cyberdétournement. Il est tout à fait possible que le gouvernement le cache pour...

— Violet, ça n'est pas arrivé, m'interrompt papa.

Je serre les poings. Je suis tellement furieuse que j'entends mon cœur battre contre mes tempes.

— Alors pourquoi le pays le plus évolué du monde ne parvient pas à retrouver un énorme 747 ?

Papa secoue la tête, toujours aussi stoïque.

— J'aimerais le savoir, mais ça ne change rien. Même si quelqu'un avait détourné cet appareil, ça ne… (Il soupire.) Ça ne ramènerait pas ta maman.

Une douleur fulgurante se propage en moi, comme lors d'un vaccin chez le médecin.

— Comment tu peux dire ça ?

Il tente de me poser la main sur l'épaule, mais je me recule.

— Elle me manque aussi, mais…

— Si elle te manquait tant que ça, tu essaierais de la retrouver au lieu d'acheter des fleurs !

Je sais que chacun gère le deuil à sa manière, mais on ne parle pas de n'importe qui. Toute mesure et toute raison se sont évaporées dès l'instant où j'ai vu la disparition de l'avion signalée aux infos.

— Elle me manque ! s'emporte papa. Mais ça fait quatre jours sans aucune nouvelle ! On ne peut pas continuer à… (Sa voix se brise, le forçant à marquer une pause.) On ne peut pas continuer à faire semblant, ma puce. Elle voudrait qu'on reprenne notre vie.

Je m'écrase les yeux si fort que je vois des étoiles.

Onion saute du lit pour aller s'installer par terre. Les disputes le rendent nerveux. Lui aussi a vécu une année difficile.

Papa me prend dans ses bras.

— Écoute, ce n'est pas parce qu'on organise une cérémonie qu'elle ne pourra pas revenir plus tard. On ne va rien enterrer.

— Ça voudrait seulement dire qu'on capitule.

— Non, qu'on continue à vivre. Et je crois très, très sincèrement que c'est ce que ta maman voudrait.

Ça revient vraiment à capituler. L'enquête gouvernementale n'est même pas encore close. Ils envoient encore des équipes de recherche et des navires de sauvetage. Et si elle revenait et se rendait compte qu'on a baissé les bras si vite ? Elle serait tellement déçue.

Maman ne m'a jamais laissée tomber. Jamais. Pas quand il m'est arrivé de rater un contrôle ni quand je lui ai parlé de mes scarifications. Elle savait que je pouvais surmonter ça.

C'est elle qui m'a poussée à renverser des montagnes.

À présent, il me revient d'en faire autant pour elle.

Elle m'a demandé de lui faire confiance.

— C'est pas juste, je dis d'une voix voilée.

Je suis trop abattue pour débattre de cela. Mon corps entier me fait souffrir. La fatigue m'empêche de bien réfléchir.

Même si j'en veux à papa de la laisser partir si facilement, je me love contre lui. Mon père. Mon protecteur. Savannah a toujours été sa préférée, mais je reste son bébé. Mes larmes imprègnent son tee-shirt.

— Non, confirme-t-il. Vraiment pas. (Il tend le bras pour attraper un mouchoir dans ma boîte et m'en tamponne les joues.) Écoute, Violet. C'est pour ça que tu dois voir un psy. Je sais que l'idée te déplaît…

— Exact.

— Je comprends ton appréhension, crois-moi.

— Je vais y réfléchir.

L'idée de révéler tous mes secrets à un inconnu ne m'enchante guère, mais quand même. Parfois, mes séances d'automutilation me terrifient, que je le veuille ou non.

Je me retrouve alors prise dans un mode automatique que je ne peux pas contrôler. D'ailleurs, j'ai presque hâte que papa quitte ma chambre pour pouvoir me faire du mal.

— C'est ça, le truc, mon chou, reprend papa. Tu vas y aller. Je ne te laisse pas le choix.

— Comment ça ?

— Je t'ai pris un rendez-vous.

— Quoi ? Avec qui ?

Je cligne des yeux. J'ai l'impression que quelqu'un a ouvert la porte de la cabine des W-C alors que j'étais en train de faire pipi. C'est une violation de confiance délibérée.

Il me montre sur son téléphone la photo d'un homme qui ressemblerait vaguement à Ed Sheeran si celui-ci était un tueur en série. Des yeux immenses qui semblent capables de sonder mon âme.

— T'es sérieux, là ?

Je m'emporte pour des tas de raisons. Je m'écarte de lui.

— Il est spécialisé dans l'adolescence ! Et disponible pour un rendez-vous d'urgence dès demain.

— Non. Non.

Je croise les bras en m'adossant à la tête de lit. Plus je passerai de temps devant un barjo qui étudiera tout de ma façon de parler, de respirer ou de me tenir, moins j'en aurai pour découvrir la vérité et aider maman. Surtout maintenant que l'échéance de cette cérémonie débile existe.

— Je n'ai pas besoin de consulter, j'affirme. Je fais du théâtre. Ça m'aide beaucoup.

— Bien sûr, que ça t'aide. Mais ce n'est pas une thérapie. C'est une échappatoire, je te l'accorde, qui ne te permet cependant pas de traiter les problèmes en profondeur.

— C'est faux.

Je repense à cette sensation géniale que j'ai éprouvée en faisant cette scène avec Landon. C'était infiniment plus efficace qu'une heure avec Dr Tueur-en-série ou n'importe quel autre thérapeute. C'est du temps qui m'a permis d'oublier tout le reste.

— Ce n'est pas une thérapie, c'est une fuite, ça n'a rien à voir, insiste papa. Et le titulaire d'un doctorat pourra te l'expliquer bien mieux que moi. Alors tu vas aller à ce rendez-vous, demain soir, après l'école.

— On ne peut pas y aller, demain, je réplique d'un ton suffisant. Savannah a ses examens blancs.

Ahah. Pas de bol.

— Elle ne t'accompagnera pas pour tes séances.

Je serre les dents.

— Quoi ?

— Je ne m'en fais pas pour elle, affirme papa. Seulement pour toi.

— C'est une excuse bidon !

— Chut, tu vas réveiller ta sœur.

Chaque fois. C'est toujours la même chose.

Savannah ne fait jamais rien de mal. Elle est magnifique, obtient des notes parfaites, sait exactement quelle carrière elle veut embrasser, ne se dispute jamais avec les parents. Alors que moi ? Je ne suis même pas capable de gérer mon stress correctement.

— Il y a du favoritisme.

— Pas du tout. Savannah ne s'est pas braquée quand je l'ai suggéré. Pas de cette manière. Tu dois reconnaître que ta façon de te comporter… n'est pas saine. Ni physiquement ni mentalement. Tu as besoin d'être accompagnée par une personne qui saura t'aider. Je suis sûr que me hurler dessus te fait du bien, mais ça ne résoudra rien.

— Je n'irai pas, je répète.

— Écoute, Savannah en verra un, elle aussi, mais il faut d'abord qu'elle se rétablisse. Et puis je suis encore en train de chercher la bonne personne pour elle.

— Pourquoi je ne pourrais pas consulter la Dr Madison ? je demande. Quitte à voir quelqu'un, j'aimerais autant que ce soit elle.

Papa marque un temps d'arrêt.

— Comment es-tu au courant pour la Dr Madison ?

Mince. Moi et ma grande bouche.

— Je… J'ai trouvé sa carte de visite sur la commode de maman.

J'omets malencontreusement de lui faire part de mon escapade en ville pour me rendre à son cabinet.

Papa croise les bras.

— Je vois. Tu souhaites consulter la même thérapeute que ta mère ? Bon, si c'est ce que tu veux, je vais lui poser la question.

— Elle n'acceptera pas. Mais ouais, c'est elle que je veux voir.

Je m'enfonce un ongle dans la partie charnue de la paume. Le soulagement que cela me procure est insuffisant, mais c'est un bon début.

Je n'y tiens pas vraiment, c'est surtout que je cherche à faire le meilleur usage possible de mon temps. Quitte à m'asseoir sur un divan, autant le faire chez celle qui peut contribuer à faire avancer mon enquête.

— Écoute, reprend papa. Si la Dr Madison accepte de te recevoir, pourra-t-on arrêter de se disputer à ce sujet ? Il est important pour moi de te savoir en sécurité.

— C'est ce que tout le monde prétend.

Je balance un coup de poing dans mon oreiller, plus violent que je l'aurais souhaité. Onion va se réfugier derrière les chevilles de papa.

Ce dernier le prend dans ses bras.

— Tu fais peur à mon fils. Et qu'est-ce que tu veux dire par là ? Qui prétend ça ?

— Personne.

Les paroles de la Dr Madison résonnent encore dans ma tête.

J'ai une mission à accomplir ; si je dois pour cela jouer la carte du secret ou de la manipulation, je n'hésiterai pas. Vu qu'obtenir une assignation risque de prendre un moment, je peux au moins essayer de lui tirer les vers du nez. N'importe quoi qui puisse prouver que maman ne ferait de mal à personne. Et qu'elle est encore de ce monde.

Donc autant faire d'une pierre deux coups.

— Tu me promets d'y aller si j'arrive à t'obtenir un rendez-vous avec elle ?

— Ouais, je marmonne.

Papa me presse l'épaule avant de m'embrasser au sommet du crâne.

— Merci, ma fille.

Il sort alors de ma chambre en emmenant Onion.

Je retrousse mes manches pour examiner les cicatrices estompées sur mes avant-bras. Il y en a tant que je ne peux pas les compter.

« Te savoir en sécurité. »

Je me demande si les gens qui m'entourent en savent plus sur moi que je le souhaiterais.

Lorsque mes larmes ont séché sur mes joues et que papa a regagné sa chambre, je m'intéresse à mes poignets. Je suis tellement près du but, mais le besoin de m'entailler la peau menace de tout faire capoter. J'essaie de faire claquer mon élastique à cheveux sur l'intérieur de mon bras, mais, cette fois, la douleur ne suffit pas.

Je prends une grande inspiration.

Tu en es à quarante-six jours. Fais en sorte d'atteindre les cinquante.

J'enfonce plutôt mes ongles.

Profondément.

Pas comme je peux le faire habituellement quand je suis distraite, pas le genre de pression que je peux réaliser en public sans me faire remarquer. Je les enfonce jusqu'au sang.

Mais seulement un peu.

Pas suffisamment.

*

Il est presque minuit, mais je n'arrive pas à trouver le sommeil. M'être griffée si profondément m'emplit de honte, même si cela ne laissera pas de traces. Pas physiques, en tout cas.

J'essaie de peindre, mais un barrage infranchissable semble se dresser entre l'inspiration et moi. Je regarde même quelques minutes d'autres adaptations de *La Belle et la Bête* jouées dans des lycées, mais rien ne vient. La perspective de laisser M. Tariq et les autres en plan me mine un peu plus.

Quatre jours et demi depuis que maman a disparu.

Je ne sais pas si ça deviendra un jour plus facile. Je n'ai pas l'impression que mon cerveau cessera bientôt de turbiner, d'espérer, d'envisager un cyber-détournement et une prise d'otages.

Au fond de moi, je sais que c'est inutile. Je sais que ça n'aboutira à rien, que je suis dans le déni. Dénier mon déni, voilà la dernière évolution de ma santé mentale.

Mais c'est la seule chose à laquelle me raccrocher encore.

En dehors de la famille qu'il me reste.

Je vais donc frapper à la porte de Savannah.

Avant aujourd'hui, cela faisait plusieurs semaines que je n'étais pas entrée dans sa chambre. Peut-être un mois. Elle est aussi bien rangée que jamais. Ma sœur a des classeurs assortis pour tout, et même un meuble pour poser l'imprimante. Sans doute la seule personne de moins de quarante-cinq ans à en posséder une.

Elle n'a que deux posters : le premier est une carte du système solaire ; le second, une affiche de New York que maman lui a achetée quand nous sommes allés à Central Park tous ensemble il y a tant d'années. Dans l'obscurité, tout me semble un peu plus étranger.

Savannah est roulée en boule dans sa couverture, face au mur. Son visage trahit une pure sérénité.

— Tu m'as fait peur, aujourd'hui, je chuchote.

Ça me rassure de lui parler en sachant qu'elle ne peut pas m'entendre.

Je m'allonge contre elle pour la serrer contre moi. Ses cheveux embaument un mélange de rose et de vanille. Un peu comme maman.

— Ne me refais plus jamais ça. Ne t'évanouis plus jamais, je dis.

À ma grande surprise, elle murmure en retour :

— C'est promis.

Chapitre quatorze

Jour 5, après-midi

À : DianaRosenfield@fbi.gov
De : VioletMAshby02@gmail.com
7 h 02
Bonjour, agente Rosenfield,
Du nouveau ? Et l'assignation ?

À : VioletMAshby02@gmail.com
De : DianaRosenfield@fbi.gov
7 h 35
Je passe chez vous plus tard pour en discuter avec vous tous.
D.R.

À : VioletMAshby02@gmail.com
De : DianaRosenfield@fbi.gov
7 h 35

Et non, nous n'avons pas encore retrouvé l'avion, alors pas de faux espoirs. C'est autre chose.

Pour la première fois de l'histoire, moi, Violet McKenna Ashby, me suis rendue à l'école alors que Savannah Grace Ashby est restée à la maison. Il a fallu pour cela attendre seize ans, une grave infection urinaire et une mère disparue. Les e-mails de l'agente Rosenfield me trottent dans la tête depuis ce matin, je dois donc me concentrer deux fois plus fort en classe pour ne pas décrocher. Ma dernière mission de la journée consiste à récupérer les devoirs de Savannah, et Alex m'accompagne pour la mener à bien.

— Ta sœur t'a écrit, aujourd'hui ? Est-ce qu'elle va bien ?

J'empile proprement ses feuilles d'anglais par-dessus celles de physique.

— Elle a passé la journée à dormir, mais je crois que ça va.

— Bichette. (Alex inspire un grand coup.) Je me fais tellement de souci pour elle. Tu crois que je pourrais lui rendre visite ?

Je hausse un sourcil perplexe. Alex est déjà venue chez moi des milliers de fois, la plupart du temps sans avoir reçu d'invitation.

— Euh, bien sûr. Mais vous êtes potes, maintenant, toutes les deux ?

Nous n'avons jamais rien fait toutes les trois. Quand nous étions petites, il nous arrivait bien sûr de prendre le goûter ou de partager certaines activités artistiques, mais aujourd'hui, ma sœur monte plutôt s'installer dans sa chambre pendant qu'on joue à la PlayStation au salon.

— Je… ne sais pas trop. C'est juste que c'est vraiment difficile pour vous, ces temps-ci.

La secrétaire à l'accueil retire ses lunettes et nous sourit.

— Coucou, Violet. Navrée pour votre mère. Quelle horreur, ces avions, hein ?

Je me force à sourire et fourre les devoirs de littérature de Savannah dans mon sac. J'ai très envie de la détromper, mais au moins n'a-t-elle pas accusé maman.

— Attends, mais tu n'as pas ta deuxième audition, tout à l'heure ? je demande à Alex.

— Je passerai chez vous après. Je dois faire une lecture pour tous les principaux rôles féminins, mais ça ne veut rien dire. Je dois aussi lire celui de Big Ben. L'horloge, tu te rends compte ? Si je ne suis retenue que pour celui-là, je jure de quitter le pays.

— Tu vas tout déchirer, ne t'inquiète pas. J'aimerais jeter un coup d'œil à la liste des présélectionnés avant de rentrer. Tu m'accompagnes ?

— Bien sûr. Ça va ? Tu as l'air un peu nerveuse.

— J'ai demandé à l'agente Rosenfield de nous tenir au courant, et elle m'a répondu qu'elle passerait à la maison plus tard dans la journée. Ça a l'air grave.

Je l'ai tout de suite compris quand elle a proposé de venir jusqu'à nous sans rien vouloir me révéler par e-mail. Ça m'a fait comme une décharge électrique. Depuis, la journée se traîne en longueur.

— Oh, mince. J'espère que tout va bien. Ils n'ont encore rien dit aux infos, en tout cas.

— C'est plutôt bon signe, je tente de me rassurer.

Nous nous dirigeons vers la salle de musique. Je me hisse sur la pointe des pieds pour parcourir la liste. Que du prévisible. Landon a été retenu pour Lumière, Gaston et la Bête. Impressionnant.

— J'ai envie de me tirer les cartes toute seule, mais ce n'est pas forcément une bonne idée, déclare Alex. J'ai peur de me révéler une prophétie autoréalisatrice.

— Waouh, en voilà une qui a écouté durant ses cours de psycho.

Alors que nous tournons l'angle du couloir, quelque chose attire mon regard dans l'une des salles de répétition. Landon est assis par terre, le visage d'un vert inquiétant, la main posée sur son cœur comme s'il était en train de faire une crise cardiaque.

— On se voit plus tard, je lance à Alex tout en m'engouffrant dans la pièce.

Ce n'est manifestement pas sa technique perso pour se donner du courage avant d'entrer en scène. Il y a un truc qui cloche.

— Ça va ? je m'inquiète.

— Ferme la porte… derrière toi… s'il te plaît.

Landon parle de façon saccadée, comme s'il avait du mal à respirer. Pendant un instant, je crains qu'il soit en train de s'étouffer, or je ne maîtrise pas trop la manœuvre de Heimlich.

Je fais ce qu'il me demande en me mordant la lèvre inférieure.

— Je fais… une… crise d'angoisse.

Il remonte ses genoux devant lui et enfouit sa tête dedans. Ses lèvres remuent, mais aucun autre mot n'en sort.

Merde. Merde. Ça ne m'est encore jamais arrivé. Je n'ai aucune idée de ce qu'on peut ressentir pendant une crise d'angoisse, mais je sais ce que c'est d'avoir tellement peur qu'on croit la fin du monde venue. Au moins de son propre monde.

— Tu veux que j'appelle un médecin ? Tu as besoin d'aide ?

Il secoue la tête.

— Tu veux que je prévienne la Dr Madison ?

Landon hésite, avant de secouer la tête une nouvelle fois.

Ne sachant que faire d'autre, je me laisse tomber près de lui. Il semble sincèrement terrifié, et je me sens encore plus inutile que le réservoir externe d'une navette spatiale après son entrée dans l'espace.

— Je peux te toucher l'épaule ?

Il acquiesce.

Je pose délicatement la main à plat sur lui. Il est en train de trembler. Je réfléchis à ce que j'aimerais qu'on me dise dans une telle situation.

— Ça va aller. Ce n'est qu'un mauvais moment à passer. Tu ne risques rien, ici.

Il souffle bruyamment et ôte la main de sa poitrine.

— Je suis désolé.

Il fuit mon regard.

— Inutile de t'excuser. Je veux juste que tu ailles bien.

— Je… vais bien. (Il serre fort le poing, puis rouvre la main et recommence à deux reprises.) Ça s'appelle la relaxation musculaire. Cela permet de… contrôler la réaction du corps… en cas de crise.

Je fais la même chose de mon côté, en inspirant tout en fermant le poing. Ce n'est pas une mauvaise idée. Je ressens vraiment l'apaisement dans mes doigts après la contraction des muscles.

— Parler aide aussi, reprend-il. Je suis désolé. Je sais que j… je ne devrais pas être gêné, mais c'est le cas. Je déteste… que tu me voies comme ça.

Je fronce les sourcils. Je ne voudrais pas non plus que quelqu'un découvre mes côtés les plus sombres, comme quand je me scarifie. Mais je n'en apprécie pas moins Landon maintenant que je l'ai vu dans cette fâcheuse posture, alors je me demande ce qu'il penserait de moi s'il me voyait me faire du mal.

— Ça ne change pas du tout l'opinion que je me fais de toi, j'affirme.

— Vraiment ?

Il ose enfin croiser mon regard. Ses yeux semblent blessés, effrayés. Un peu comme ceux d'Onion quand il a fait une bêtise, genre mâchonner sa friandise préférée : mes sandales.

— Vraiment.

Je pose ma main sur la sienne. Il me caresse le pouce.

Nous restons assis là, en silence, pendant cinq bonnes minutes.

Landon respire lentement, profondément, jusqu'à reprendre enfin quelques couleurs. Ses lèvres, si magnifiques, recouvrent leur couleur rosée.

— C'est horrible, les crises d'angoisse. (Il s'essuie le front.) Je ne… souhaite ça à personne.

— Ça a l'air vraiment dur. Tu es bien courageux de les affronter.

Il hausse les sourcils.

— Moi ?

— Mais oui ! Je savais que tu étais stressé pour les auditions, mais tu y es quand même allé à fond. C'est ça, le courage. Continuer d'avancer même quand tout te dissuade de le faire. (J'ai l'impression de radoter comme papa, mais c'est plus fort que moi.) Tu as surmonté ça parce que, au fond, tu savais que c'était la meilleure chose à faire, même si ça te terrifiait.

Je m'attendais à ce qu'il sourie ou parte d'un petit rire timide, mais il arbore une moue affectée.

— Quoi ? je demande.

— Rien.

Cette moue insupportablement charmante, comme s'il savait une chose que j'ignore.

— Je trouve juste que c'est un peu fort, de la part d'une fille qui refuse de passer les auditions.

— Ouiiiille. Tu étais là.

Le coup bas.

— Ouais, confirme-t-il. Tu as cassé la baraque, pendant la lecture. Le courant passait super bien entre nous ! Enfin, entre nos personnages.

— Oui, c'est vrai.

Landon me saisit la main avec douceur. Son expression se fait plus sérieuse. Le marron magnifique de ses prunelles me rappelle la terre et l'humus.

— Alors pourquoi tu ne veux pas passer le casting ?

Je contemple nos mains. Je ne l'ai encore jamais avoué à personne.

— Parfois, je me sens très… triste, pour faire simple. Mais pas une tristesse ordinaire. Ça m'est beaucoup arrivé, ces derniers temps. Ça me demande un effort incroyable d'ouvrir mon carnet pour imaginer le décor. Et il se passe des trucs tellement graves dans ma famille en ce moment… Postuler à la comédie musicale de l'école me semble ridicule alors que ma mère se trouve… Dieu sait où. Mon père veut organiser une cérémonie, alors que ça ne fait vraiment pas longtemps.

Je m'attendais à rougir ou à vouloir me rouler en boule, mais, en réalité, je me sens plus légère de m'être épanchée.

— Je comprends, compatit Landon. Tu es une superbe actrice et artiste. Enf-enfin… Ton art est super. Et, euh, toi aussi, mais ce que je veux dire…

— Je sais ce que tu veux dire, je pouffe.

Soudain, j'ai pleinement conscience que nous ne sommes que tous les deux, assis genou contre genou dans cette salle minuscule. Une salle où nombre d'élèves se retrouvent pour fricoter.

Je repense à notre rencard au McDo – pour autant qu'on puisse appeler ça un rencard. J'ai l'impression que chaque fois qu'il m'arrive une chose bien, un truc encore plus terrible survient ensuite. Je dois faire preuve de prudence.

— Je me suis senti à l'aise, avec toi, sur la scène, déclare-t-il. Je ne pense pas que je pourrais retrouver ça avec quelqu'un d'autre.

J'hésite. Landon veut-il me voir dans le spectacle pour mon talent, ou parce qu'on a fait une bonne lecture ensemble ?

— Mais si, je le détrompe. Il suffit de se sentir bien avec la personne, c'est tout.

Il secoue la tête.

— C'est le cas avec aucune autre fille du club de théâtre.

Pouah. Je suis ravie que Landon me trouve si différente, si spéciale. Car il a raison : sur scène, ensemble, on a vraiment fait forte impression. Mais je ne peux pas. Pas actuellement.

— Désolée, mais je suis incapable de gérer les auditions en ce moment.

— Je comprends. Je ne voulais pas te mettre la pression, s'empresse-t-il d'ajouter. Pardon. C'était injuste.

— T'inquiète.

Il s'emplit une nouvelle fois les poumons.

— Je me sens mieux, maintenant. Je suis content que tu sois venue, même si je préférerais que tu ne me revoies plus jamais dans cet état.

— Je te promets que ça ne me dérange pas.

— Je sais, mais c'est gênant.

— Landon, t'en fais pas. Tout va bien.

— Merci, Violet. (Il prend ma main et la plaque contre sa poitrine.) Tu sens mon cœur ? Il bat super fort.

C'est marrant, le mien aussi.

La même sensation de flou que lorsque je me suis rendue au bureau de l'agente Rosenfield m'envahit. Des palpitations aussi légères que des ailes de papillon.

L'espoir.

Nous sortons en même temps de la pièce, et je manque de sursauter en constatant qu'Alex est encore là. Ça ne lui ressemble pas de faire le pied de grue. Pas au deuxième jour des auditions, en tout cas.

Elle consulte son téléphone à toute allure, une expression incrédule sur le visage, la bouche ouverte.

— Tout va bien ? je m'enquiers.

— J'allais justement te poser la question. (Elle semble à bout de souffle.) Tu as vu les infos ?

Je sors mon portable et me connecte directement à CNN, sans prendre le temps de répondre aux quatre textos émanant de membres de ma famille qui me demandent tous : « Est-ce que c'est vrai ? »

Le gros titre sur CNN : « La pilote disparue Jennifer Ashby avait une liaison. »

Chapitre quinze

Jour 5, après-midi

Je n'ai jamais été aussi heureuse de ne pas trouver papa et Savannah en rentrant à la maison.

C'est comme si l'avion venait de redisparaître. Je suis scotchée à la télévision, victime impuissante des ragots que les médias se plaisent à diffuser.

« Rompre avec son amant a-t-il pu pousser la pilote Jennifer Ashby à retourner son avion contre elle-même ? »

« Qui, au juste, est l'homme que fréquentait la pilote disparue Jennifer Ashby ? »

« Et si elle avait été distraite par un coup de téléphone de l'homme mystère ? »

Je serre les paupières. Que maman ait eu une liaison ne fait pas d'elle une meurtrière. Cela signifie en revanche qu'elle n'est pas celle que je pensais. Et que je ne peux plus être sûre de ce dont cette personne peut être capable.

Mes doigts composent le numéro de l'agente Rosenfield avant que mon cerveau les en empêche.

— J'en déduis que vous avez vu les infos, déclare-t-elle d'une voix plus posée qu'à l'accoutumée.

— Est-ce que c'est vrai ?

— C'est précisément de cela que je comptais venir discuter. Mais j'imagine que ça n'est plus nécessaire, à présent.

— Dites-moi tout ce que vous savez.

Je n'avais pas l'intention d'aboyer sur une agente fédérale, mais le mal est fait. Ça va de toute façon sortir dans la presse à scandale, alors autant l'apprendre de source officielle.

— Vous êtes mon seul lien avec la vérité. S'il vous plaît !

Elle soupire.

— Vous finirez bien par le savoir, de toute façon. Alors oui, elle entretenait vraisemblablement une liaison avec le Dr Matthew Bryant.

Malgré toutes mes recherches en ligne, je n'ai rien trouvé qui le relie à maman. Il n'apparaît même pas dans une seule de ses photos.

— Je… je ne comprends pas. Je n'avais jamais entendu parler de ce type. Ils se sont rencontrés à l'armée, puis ils sont restés en contact ?

— Oui, ils ont été sous les drapeaux ensemble. Brièvement. Puis ils ont pris des leçons de pilotage en même temps.

— J'imagine que c'est pour ça que j'ai trouvé la photo avec les ailes de pilote, je dis.

— Les ailes de pilote ? s'étonne l'agente Rosenfield.

C'est la première fois depuis que maman est portée disparue que je ne sais plus si je souhaite ou pas obtenir plus d'informations. Apprendre la vérité au sujet du Dr Bryant me donne l'impression de me trouver au bord d'un précipice. De reconstituer un puzzle sans avoir idée de l'image que je vais obtenir. Rassembler les premières pièces me faisait l'effet d'une découverte excitante, mais ça ? C'est une bombe assez puissante pour me retourner le ventre.

— Je crois... Je crois savoir quelque chose.

— Oui ? m'encourage l'agente Rosenfield.

Je ne peux plus reculer. Je ne fais pas ça pour moi seulement. Je le fais pour Savannah, pour papa, pour maman.

Je prends mon courage à deux mains et finis par lui parler du collier, de Miles, de mes propres recherches.

— Je déconseille fortement de donner rendez-vous à des inconnus rencontrés en ligne. Au moins, vous l'avez fait dans un lieu public. Bon sang, les enfants... (Elle soupire.) Mais c'est intéressant. Pourquoi cette photo se trouvait-elle avec les ailes, et pas dans un album ? Ça n'a aucun sens, à moins que... (Le ton de l'agente Rosenfield se module alors légèrement.) Savez-vous quand elle a porté pour la dernière fois le gilet dans lequel vous avez déniché la photo ?

Je m'apprête à lui parler de mon permis de conduire probatoire, de notre célébration à coups de glaces au chocolat, mais je me ravise.

La voiture noire. Maman portait le cardigan brun clair la veille de son dernier vol. Sans doute le jour où elle s'est rendue à la bijouterie. Quand elle nous a dit, à Savannah et à moi, qu'elle sortait acheter de l'essuie-tout.

On a vu une voiture noire se garer au bout de la rue, et maman monter à l'avant. La berline n'a plus bougé pendant près d'une heure.

On ne s'est même pas demandé pourquoi elle était rentrée à la maison sans sacs de courses.

Je m'en ouvre à l'agente Rosenfield. Il le faut. Il existe forcément une personne capable d'entendre cette histoire et d'accorder malgré tout le bénéfice du doute à maman. À part moi, bien sûr.

— Je savais que c'était bizarre, mais... je me suis dit qu'il n'y avait plus d'essuie-tout au magasin, ou je ne sais pas quoi.

Maman m'a appris à toujours faire preuve d'honnêteté, quelles que soient les circonstances. Tromper mon père signifierait que c'est elle qui a mis en péril leur relation, notre famille ; or, je sais qu'elle n'aurait jamais fait une chose pareille. Mais quelle autre possibilité cette nouvelle pièce du puzzle nous offre-t-elle ?

— Violet, je suis navrée de ce qui vous arrive, reprend l'agente Rosenfield. Mais cela ne signifie rien, en réalité. Le fait qu'elle ait eu une liaison ne fait pas de votre mère la méchante de l'histoire. Ça ne signifie pas non plus qu'elle ait volontairement crashé un avion de ligne.

— Je sais, je chuchote.

Et c'est vrai, j'en ai conscience. Malgré tout, je ne parviens pas à digérer tout ça.

Pendant tout ce temps, j'ai cherché le moyen de laver son honneur, mais je viens de déterrer une preuve qu'elle n'est finalement pas toute blanche. Peut-être pas vis-à-vis du reste du monde, mais au moins de nous. Sa propre famille.

— Nous nous sommes entretenus plusieurs fois avec le Dr Bryant, et nous allons recommencer.

— Vous devez me dire ce qu'il vous a raconté au sujet de ce coup de téléphone.

Une giclée d'acide m'inonde le fond de la gorge. Ses derniers instants. Je déteste l'envisager en ces termes, mais je suis réellement furieuse. Elle était la seule personne qui m'empêchait de me noyer. Une jalousie irrationnelle m'envahit, à présent que je sais que, pour ses derniers instants, elle a décidé de contacter quelqu'un d'autre que moi.

— S'il vous plaît. Quoi qu'il ait pu dire.

— Vous savez que je ne peux pas faire ça.

— Et pourquoi pas ? je m'emporte. Je vous rapporte tout, et vous ne pouvez même pas me livrer la moindre information utile ?

Je raccroche brutalement et me précipite vers la poubelle de la cuisine. Je suis prise d'un violent haut-le-cœur, comme si mes tripes ne voulaient pas non plus croire à ces conneries.

La décision m'appartient : je peux continuer de fouiner, sachant que toutes les preuves que j'ai mises au jour jusqu'à présent ont fini par se retourner contre moi, ou tout arrêter. D'un autre côté, si je laissais tomber maintenant, je ne me retrouverais pas plus avancée.

Je ne peux pas attendre que l'agente Rosenfield se décide. Je dois en apprendre plus sur ce coup de téléphone. Sans tarder.

*

Je prends un Uber pour me rendre à l'hôpital et me dirige droit vers l'unité d'oncologie. Ce même endroit où Savannah a passé six mois horribles durant son enfance.

Par chance, je ne me souviens pas de grand-chose, même si les murs pastel et les panneaux d'affichage en liège colorés me paraissent familiers. L'odeur aussi. Cette odeur à la fois septique et stérile.

C'est deux étages au-dessus de l'endroit où Savannah a été hospitalisée pour son infection urinaire. Je me demande ce que le Dr Bryant pouvait faire à notre niveau quand je l'ai aperçu ; avait-il connaissance de notre présence ?

Je ne mets pas longtemps à le repérer. Il n'est pas seul. Le Dr Bryant s'immobilise en m'apercevant, et les médecins qui l'accompagnent poursuivent leur chemin sans s'en rendre compte.

J'ai presque l'impression qu'il m'attendait.

— La fille des Pléiades, commente-t-il. Qu'est-ce que tu fais ici ?

— Vous me connaissez ? Vous savez qui je suis ?

Mes mains tremblent. Après avoir vomi, dans la foulée de cette désastreuse nouvelle, je ne me sens pas particulièrement en confiance.

Il se radoucit.

— Je… je crois bien.

Son hésitation en dit long. Il sait pourquoi je suis venue, inutile donc de tourner autour du pot.

— Combien de temps ça a duré ? je demande.

— Ce n'est pas le bon endroit, Violet.

Mes genoux menacent de céder sous mon poids, et je me retiens au mur pour ne pas tomber. Je ne lui ai jamais donné mon nom. Qu'il le connaisse malgré tout me fait l'effet d'un coup de hache. J'avais raison, alors que, pour une fois, j'aurais préféré me tromper.

— Dites-moi combien de temps ça a duré.

Il lance un regard circulaire. Quelques infirmières poussent des patients en fauteuil roulant.

Un enfant chauve se tient devant le mur d'autocollants, intrigué par les papillons. Il en retire un et le tient de façon protectrice entre ses petites mains.

— Je suis désolé, mais je ne peux vraiment pas discuter de ça. Tu ne devrais pas être ici, réplique-t-il enfin.

— Mon père n'en sait rien, pas vrai ?

— Savannah m'a dit qu'il était peut-être au courant, me détrompe le Dr Bryant. Tu ferais mieux de lui poser la question directement. Je suis désolé.

— Savannah ? je répète en cillant.

Elle sait ? Elle lui a parlé ?

J'ai l'impression qu'un tsunami déferle dans mon esprit, m'emportant par le fond.

Quelques médecins nous observent en passant, se demandant sans doute pourquoi leur collègue discute avec une adolescente agacée en vêtements de ville, et non avec un enfant en blouse d'hôpital.

— Tu devrais vraiment partir, insiste-t-il.

— Je n'irai nulle part. (Je croise les bras.) Vous avez parlé à Savannah ?

— Tu es une enfant extrêmement obstinée, n'est-ce pas ?

Il se fend d'un sourire narquois. Je n'aime pas trop que cela semble tant l'amuser. Son sourire me paraît familier, sans que j'arrive à le remettre. Peut-être sur la photo ? Depuis que celle-ci a été prise, ses cheveux courts et bien coiffés ont grisonné, ses yeux marron se sont adoucis.

— Je ne suis plus une enfant. Mais je suis obstinée. (Je me penche alors vers lui.) Et vous êtes un homme adultère, j'ajoute à plein volume.

— Tu pourrais baisser d'un ton ? chuchote-t-il.

Il coule un regard anxieux vers le couloir, afin de s'assurer que personne n'arrive dans notre direction.

— Non.

Il prend une longue inspiration, le temps d'étudier les différentes possibilités et d'admettre que, que cela lui plaise ou non, je ne partirai pas d'ici sans lui avoir parlé.

— D'accord. Suis-moi.

Il tourne à gauche, puis encore à gauche. Je reste moins d'un mètre derrière lui tandis que nous approchons d'un petit bureau parfaitement rangé.

Sa table de travail n'accueille presque aucun papier. Tout est classé dans des tiroirs. Son fond d'écran affiche la Voie lactée, et une balle de base-ball signée trône sur l'étagère supérieure. J'ai bien l'impression que c'est un supporter des Mets. Nous, les femmes Ashby, avons au moins un point commun.

Il se laisse tomber dans son fauteuil en cuir.

— Je me disais bien que tu finirais par venir me poser des questions. Je ne pensais cependant pas que cela se passerait ainsi.

Il me fait signe de m'asseoir à mon tour.

Je préfère rester debout, les bras croisés.

— Dites-moi la vérité. Combien de temps ça a duré ?

Il soupire.

— C'est un sujet que j'ai beaucoup de mal à aborder.

— Des semaines ? Des mois ?

Il ne dit rien, pince même les lèvres. *Plus que ça.* Ça a duré plus longtemps que ça, même si mes parents ne sont séparés que depuis deux petits mois. Les papiers du divorce ne sont même pas encore signés.

— Ça remonte à très longtemps, admet-il enfin. Épisodiquement. Je ne saurais te dire exactement combien de temps.

Soit les lumières de l'hôpital se mettent toutes à clignoter, soit je suis tellement sonnée que je risque de m'évanouir.

J'ai envie de lui siffler « Comment avez-vous osé ? », mais pourquoi ne l'aurait-il pas fait ? Il ne me connaît pas, pas plus que ma famille. C'est la faute de maman. C'est elle qui est coupable.

Comment a-t-elle osé ?

— Tu ne te souviens pas du tout de moi, n'est-ce pas ? De quand tu étais plus jeune ?

— De quoi parlez-vous ?

— Rien. L-laisse tomber.

Il agite la main.

L'intensité avec laquelle il me regarde me pousse à me demander s'il pense que je lui mens. Quoi qu'il en soit, il pourrait sonder mon âme toute la journée sans découvrir rien d'autre que mon désir de retrouver maman et d'enterrer tout le reste.

— On s'est déjà rencontrés ? je demande.

Il secoue rapidement la tête, comme s'il pensait s'être déjà débarrassé de la question.

— J'aimerais pouvoir t'aider, mais je ne peux rien faire de plus que m'excuser. Et t'assurer que je tiens beaucoup à Jenn.

— Dites-moi simplement une chose, j'insiste. Vous êtes la dernière personne à lui avoir parlé avant le décollage. Qu'est-ce qu'elle vous a raconté ?

— Je ne peux rien te dire.

— Comment ça ?

— Ce ne serait pas juste envers elle. Désolé.

Tu parles. Si je serre les dents plus fort, elles risquent de se briser.

— Allez-vous au moins déclarer aux médias ou au FBI qu'elle est innocente ?

— Non. J'ai le droit de garder le silence. (Il ferme alors les paupières avec force, comme s'il était en souffrance.) Je vis une période très difficile.

— Oh, c'est une période difficile *pour vous* ? Je vous plains beaucoup, docteur Bryant, je siffle.

Ma mère s'est volatilisée de la surface du globe, mais ouais, le pauvre, ça doit vraiment être compliqué pour lui.

— Violet, je suis sûr que tu es une fille super, mais tu ferais mieux de rentrer te reposer. Tu n'as rien à faire ici.

— Ne me dites pas où je devrais ou ne devrais pas être, je crache. Vous avez gâché ma vie.

C'est injuste, j'en ai conscience. Mais c'est sorti tout seul.

Il se lève, pose la main sur la poignée de porte.

— Tu ne comprends pas. S'il te plaît, ne me force pas à appeler la sécurité.

— Ce serait chouette, non ? Pour l'instant, vous êtes encore anonyme, le célèbre homme mystère dont on parle tant aux infos. Mais ce ne sera plus le cas si j'ouvre ma grande bouche.

— Je t'en prie, ne fais pas ça, s'empresse-t-il de répliquer.

Il enfonce ses ongles courts dans son bras, mal à l'aise.

— J'ai une fille, Phoebe. Elle a cinq ans. Mon ex-femme refuse de me laisser la voir à cause de cette histoire. C'est pour elle que je ne veux rien dire aux médias. Je ne veux pas voir des caméras rôder autour de chez moi…

— Au moins, vous avez le luxe de choisir. Vous pouvez décider de ne pas avoir de caméras. Vous pouvez décider de fréquenter ma mère, puis prétendre qu'il ne s'est rien passé lorsque vous avez l'occasion de défendre son…

La porte s'ouvre à la volée. Le Dr Bryant recule brusquement la main, comme s'il avait touché un four brûlant.

— FBI, agente Diana Rosenfield.

Elle brandit son badge, avant de le remiser dans sa poche. Ses lèvres sont pincées, son regard vert glacial.

— Violet, nous partons sur-le-champ.

Je halète tel un chien par une chaude journée d'août. Quand a-t-elle débarqué ici ?

— Mais je…

Elle m'attrape par l'épaule et m'entraîne dehors.

— On s'en va. Docteur Bryant, je reviendrai vous parler dans approximativement une heure. Si vous n'êtes pas ici, je me rendrai chez vous. Je vous retrouverai.

— Oui, madame, répond-il.

Il consulte la Rolex en or à son poignet, puis reporte les yeux sur nous.

L'agente Rosenfield ferme la porte derrière elle.

— Allons-nous-en d'ici. Je hais les hôpitaux.

Chapitre seize

Jour 5, fin d'après-midi

Chaque molécule de mon corps veut débouler dans la chambre de Savannah pour lui arracher des réponses. Mais je ne peux pas faire ça, car je vois déjà les gros titres : « Une jeune femme dérangée arrêtée pour avoir hurlé sur sa sœur malade, au bord de l'explosion rénale. »

Alors l'agente Rosenfield m'emmène plutôt faire un tour.

— Je peux vous offrir de l'eau ? de la nourriture ? propose-t-elle. Vous avez mangé, aujourd'hui ?

La simple idée d'avaler quoi que ce soit me donne envie de dégueuler. Encore.

— Oui. J'ai pas faim.

Je n'aurai plus jamais faim. Jamais.

Elle tambourine de ses ongles sur le volant de sa voiture. Celle-ci est d'une propreté immaculée. Sans surprise.

— D'accord, consent-elle. Où voulez-vous aller ?

À la maison. Pas à la maison. Nulle part. Partout.

Je hausse les épaules.

— J'ai une idée, dit-elle en tournant à gauche.

Je ne lui pose pas de question, me laisse conduire silencieusement.

Maman est une menteuse. Maman est une menteuse. Maman est une menteuse.

Me répéter cette phrase en boucle ressemble à une forme de torture médiévale. La vérité me frappe en plein visage, mais je ne peux même pas m'adresser à la seule personne dont j'aimerais vraiment obtenir des réponses.

Je reçois un texto.

ALEX : Les auditions se sont bien passées. Brittany Thompson a plus chanté pour Belle que n'importe qui, BIEN SÛR. Je te jure, si je ne décroche pas ce rôle...

Je fais disparaître mon téléphone dans mon sac. Avec le monde qui s'écroule autour de moi, le spectacle du lycée ne m'intéresse pas davantage qu'une miette tombée sous le canapé. En tout cas, pas assez pour que je me fatigue avec ça. Pas maintenant.

— Chouette coque de téléphone, commente l'agente Rosenfield. C'est une Kate Spade ?

— Non, c'est une Violet Ashby. Je l'ai faite moi-même. C'est pas grand-chose, surtout de la colle chaude et des diamants fantaisie.

— Oh, waouh. Vous êtes douée.

La surprise s'entend dans sa voix. Étrangement, je ne l'en apprécie que davantage.

— Je suis navrée de vous avoir hurlé dessus et raccroché au nez, je marmonne.

— À votre place, j'en aurais fait autant.

Elle bifurque dans Hollow's Creek, un parc qui domine les eaux scintillantes de l'Hudson et les arbres pointus qui longent le fleuve. Le soleil orange se réfléchit sur la surface. J'ai envie de peindre ce décor, sauf que je n'ai plus envie de faire quoi que ce soit.

— Je ne vais pas prétendre savoir ce que vous ressentez, car ce serait mentir.

Elle admire le paysage par-dessus le volant. Le couchant fait ressortir les teintes ambrées de sa chevelure.

— Mais, curieusement, promener des adolescentes dans ma voiture personnelle ne fait pas partie de ma définition de poste. C'est même une première, pour moi.

— C'est bon à savoir.

En temps normal, j'aurais été humiliée par mon propre comportement, mais je regrette presque de ne pas avoir été plus bruyante. De ne pas avoir braillé à la figure du Dr Bryant pour exiger qu'il me dise tout ce qu'il sait, qu'il me répète le moindre mot de cette dernière conversation.

— Pendant tout ce temps, j'ai reproché le divorce à mon père, je confie. Je pensais qu'il était trop idéaliste, trop hippie ou je ne sais quoi. Et maintenant, j'ai compris que c'était elle. Tout est sa faute.

— Il y a généralement deux facettes dans un divorce, tempère l'agente Rosenfield. C'est compliqué.

L'euphémisme de l'année.

Un avion nous survole, ses lumières vertes et rouges clignotent.

— J'aimerais qu'elle soit là, mais dans le même temps…

Je suis incapable d'aller au bout de mon raisonnement. J'aurais l'impression de trahir une fois de plus cette personne que je croyais connaître.

Mais qui est-elle vraiment ?

— Vous voudriez qu'elle soit là, mais vous lui en voulez, résume l'agente Rosenfield.

— Oui, je chuchote. Exactement.

Maman a tombé le masque et m'apparaît désormais telle une étrangère.

Pendant je ne sais combien de temps, elle m'a caché son bonheur, a menti à mon père de façon éhontée. Comment est-ce possible ? C'est elle qui a regardé avec moi des films Pokémon et m'a préparé un gâteau « Joyeux coming out » quand je lui ai annoncé que j'étais bi.

Elle est censée être là. Soit j'atteins les cinquante jours sans me scarifier et je trouve une issue, soit j'échoue et elle a intérêt à être là pour m'aider.

À être mon roc.

Peut-être qu'on ne peut jamais prétendre connaître quelqu'un.

Et si je ne connais pas maman, comment puis-je affirmer qu'elle ne s'est pas tuée en même temps que cent cinquante-cinq autres personnes ?

Peut-être que j'ai tout compris de travers. Je n'ai pas osé laisser pénétrer une seule pensée négative à son sujet dans mon esprit, mais peut-être ai-je été trop naïve. Si le Dr Bryant a rompu avec elle lors de ce coup de téléphone, elle a peut-être eu un coup de déprime et… Cela aurait-il pu suffire à la faire basculer ?

Je déteste me dire que, quand j'étais au fond du trou et que je me tailladais pour survivre à chaque journée, maman était là pour moi, peut-être en proie à ses propres démons.

Je me croyais seule au bord de ce précipice, alors qu'elle s'y trouvait avec moi.

Au fond de moi, pourtant, je sais qu'elle n'aurait pas fait une chose pareille. Pas volontairement. D'autant qu'accepter d'admettre qu'elle s'est crashée reviendrait à accepter son départ.

Je repense au message qu'elle m'a laissé. J'ignore en quoi consistait le plan qu'elle évoquait, mais il est depuis parti en fumée. Ça ne pouvait pas être dans ses intentions. Mais alors de quoi parlait-elle ?

— Je veux savoir tout ce que vous avez découvert sur cet avion, je dis. Promettez-moi de ne rien me cacher. Même si vous pensez que ça risque de me bouleverser.

Ces deux minutes et trois secondes entre la déconnexion du transpondeur et la perte du signal à hauteur de Porto Rico me hanteront tant que je ne connaîtrai pas les moindres détails du vol US133.

Si j'ai réussi à reconstruire l'histoire de ma mère, je peux en faire autant avec ce vol. Mais pour ça, je dois connaître la vérité, et je ne la découvrirai pas toute seule.

— Je ne peux pas tout vous dire, me rappelle-t-elle. Même si je le voulais.

— S'il vous plaît.

— Violet, je sais où vous voulez en venir. Une liaison ne fait pas de votre mère une meurtrière. Ce genre de choses arrive tous les jours. Des gens portant de jolis costumes repassés par leur femme prétendent avoir une soirée de travail alors qu'ils se rendent dans un motel. C'est la vie. Ça n'est pas moral, mais ça ne fait pas d'eux des assassins.

— Vous pensez qu'elle l'a fait exprès ? (Ma voix est douce, méconnaissable.) J-je n'arrive pas à croire que je me pose la question.

Je suis absolument mortifiée de l'avoir même laissée pénétrer dans ma conscience, mais je ne peux plus l'exclure. Même si maman m'a demandé de lui faire confiance.

Je suis tellement pitoyable, tellement brisée que je n'y parviens même plus.

— Je ne sais pas. Je suis aussi perdue que vous.

Un court silence s'ensuit. L'agente Rosenfield étreint le volant un peu plus fort.

— Nous avons désormais disculpé trente-cinq passagers, mais ils refusent d'abandonner la piste Ayesha. Je leur ai pourtant fourni un nombre incalculable d'éléments prouvant qu'elle n'avait aucune intention de se faire du mal ou d'en infliger à d'autres. Des réponses positives à des invitations, des conférences, des fêtes prénatales ou un rendez-vous chez le médecin le mois prochain… La Sécurité intérieure veut étudier « tout lien possible avec d'éventuels terroristes islamistes », à savoir sa mère et sa vieille grand-mère restées en Iran. Il faut arrêter le délire.

L'honnêteté crue que je lis dans ses yeux me rappelle que je ne suis pas la seule à être concernée par cette affaire. D'autres personnes ont perdu un conjoint, des amis, une famille. Une maman.

— Je suis désolée, je dis.

— Moi aussi, répond-elle dans un murmure, avant de consulter sa montre. Il se fait tard. Je vais vous ramener chez vous.

Elle reprend la route et s'arrête à la perpendiculaire de mon allée, comme cette voiture noire de l'autre soir. Elle se tourne vers moi et, à la lumière de son tableau de bord, je découvre enfin Diana, l'être humain. Pas l'agente fédérale, mais la femme aux yeux las qui a perdu son amie tout comme j'ai perdu ma mère.

— Merci, agente Rosenfield.

— Tu peux m'appeler Diana, dit-elle comme si elle avait lu dans mes pensées. Vu qu'on est dans la même galère. Mais pas devant témoin.

— Je comprends. (Je bondis hors de la voiture.) Merci, Diana.

*

J'arrive à la maison juste avant 19 h 30.

Papa est déjà au téléphone.

— Qu'est-ce que vous voulez que je fasse, franchement ? Je touche assez de droits d'auteur pour continuer à vivre pour l'instant, et on a de l'argent de côté, mais je dois pouvoir accéder à son compte.

Ses chaussons frottent contre le carrelage, le seul bruit dans la cuisine.

Je voudrais aller m'asseoir près de Savannah, mais mes jambes refusent de m'obéir.

L'argent. Comment ai-je pu être assez naïve pour ne pas me demander avec quels moyens on allait vivre ? Jusqu'à présent, tout nous arrivait tout cru, mais maintenant... ce n'est plus le cas.

— Où tu étais ? me demande ma sœur.

J'ouvre la bouche pour lui répondre, mais m'interromps aussitôt. J'en ai marre de mentir. Et qu'on me mente. Alors je change de sujet :

— Pourquoi papa pète un câble ?

— C'est la banque qui lui en fait baver. Il a voulu payer mes factures d'hôpital et, euh... On a besoin d'accéder au compte de maman.

— J'ai des économies.

Elle se fend d'un sourire en coin.

— C'est sympa de ta part, Vi, mais ça coûte les yeux de la tête. On est loin d'avoir la somme. Papa n'arrête pas de les avoir au téléphone, eux et l'assurance.

— L'assurance ?

J'ai l'impression de me comporter tel un bon à rien de perroquet, mais je ne sais pas quoi dire ou faire d'autre.

— Est-ce que je peux la déclarer officiellement morte si on ne retrouve pas son corps ? (Il se tait quelques instants.) N-non, ce n'est pas ce que je veux, mais il faut bien que je m'occupe de mes filles.

— « Officiellement morte » ? je répète d'une voix râpeuse.

Non, non, ce n'est pas possible. Un cri commence à enfler dans ma gorge, mais je le dissimule en toussant. C'est une erreur.

Il est trop tôt. Ça ne fait que cinq jours. Maman pourrait franchir la porte de la maison d'un instant à l'autre. Être retrouvée sur une île déserte.

Le désespoir m'enveloppe comme une nappe de brouillard.

Papa me jette un coup d'œil, puis m'observe avec davantage d'attention.

— Il faut que j'y réfléchisse. Je vous appelle demain. (Il raccroche et va chercher une bouteille d'IPA au frigo.) Bon, je n'ai pas peur d'avouer que c'est sans doute la pire semaine de ma vie.

— J'en déduis que tu as vu les infos ? je marmonne.

— Oh, le fait que ma femme ait fréquenté un autre homme pendant l'essentiel de nos années de mariage ? Oui, j'ai vu ça, confirme-t-il. Je me sens un peu privilégié : aucun de mes amis cocus n'a vu son histoire faire les gros titres. Peut-être que ce coup de pub permettra de booster les ventes de mes bouquins.

— Je suis vraiment désolée, papa.

Il balaie ma sollicitude d'un revers de main.

— Je ne veux pas en parler pour l'instant. Excuse-moi, je n'aurais jamais dû dire ça.

Je me tourne vers Savannah, qui contemple ses pieds.

— Je ne veux pas que vous pensiez à moi ou à ces trucs-là, reprend-il. Ce n'est pas important. Tout ce qui compte, c'est de pouvoir subvenir à vos besoins.

— Ça va aller, je tente de le rassurer.

À l'évidence, ce n'était pas la chose à dire : Savannah quitte la pièce en trombe, comme si j'avais insulté tous nos ancêtres en une seule phrase. Quelques secondes plus tard, on entend claquer la porte de sa chambre.

Moi, Violet McKenna Ashby, la reine de la boulette.

— Tu as raison, ma chérie. Ça va aller. C'est juste les compagnies d'assurance qui font les difficiles, comme toujours. Elles ont été conçues pour être les agents du chaos.

Il boit une gorgée de bière, et je me demande quand il a eu l'occasion de sortir acheter ces bouteilles. Maman ne boit jamais.

— Et si ça se passe mal ? je chuchote.

— Dans ce cas, on n'aura plus qu'à brûler la maison pour toucher l'argent de l'assurance.

— Papa !

— Ça va aller, je plaisante. Tous les trois, on est unis comme les torons d'une corde. Oh, pas mal, je le ressortirai dans mon prochain bouquin. Euh, bref. Je le pense vraiment. Et puis tu es la fille d'une femme robuste et incroyable, ainsi qu'une artiste pleine d'ambition. Tu as tout pour être forte.

En contemplant les yeux clairs de papa, j'éprouve pour lui une pitié que je n'avais encore jamais ressentie jusqu'à présent. Il parle de maman avec respect, mais elle manquait tant d'amour pour lui qu'elle est passée à autre chose depuis très, très longtemps.

La. Vie. Est. Injuste.

— OK, je chuchote.

Ma colère à l'encontre de ma mère est d'une profondeur insondable. Si la rage était un superpouvoir, je serais une bombe atomique sur le point d'exploser.

Papa se retourne vers moi.

— Je ne veux pas te contrarier davantage, mais j'ai contacté la Dr Madison. Elle accepte de te recevoir pour cette situation de crise.

— Situation de crise ? je répète, jouant les innocentes.

— Pour faire court. C'est une violation des règles de l'éthique, elle ne peut donc pas te prendre comme patiente à part entière, mais elle tient à s'assurer que tu vas bien. Et moi aussi. Alors dès que nos assurances se seront réveillées, je te chercherai un autre psy, mais pour l'heure, tu as eu ce que tu désirais.

Une pointe de culpabilité me serre la poitrine. Mon pauvre papa s'est vraiment plié en quatre pour moi, tout ça pour que je déterre de nouvelles saloperies sur maman.

— Merci, je dis.

— Tu as rendez-vous demain matin.

Si je continue à ruminer là-dessus, je risque d'exploser, alors je zone sur mon téléphone.

Instagram, Snapchat, rien ne suffit à me changer les idées. J'ouvre alors ma boîte de réception, espérant y trouver des devoirs pour ce soir ou une chose sur laquelle me concentrer. Au lieu de quoi :

De : MTariq@SCSC.edu

À : VioletMAshby02@gmail.com

Bonjour Violet,

Je voulais t'informer que la décoratrice sera à l'école ce week-end, si tu veux lui faire part de tes idées. Je sais combien les choses sont compliquées pour toi en ce moment. Même si tu ne viens pas en cours, sache que tu peux quand même assister à cette réunion.

Par ailleurs, j'ai été très impressionné par ta lecture. Si tu veux, je peux te trouver un rôle dans la pièce.

Tu n'auras pas à chanter ni à assumer un monologue. Il y a des tas de rôles parlés qui te conviendraient très bien.

Tiens-moi au courant,

Monsieur Tariq

La voix de papa me tire de ma torpeur.

— Qu'est-ce que tu lis ?

C'est l'e-mail dont je rêvais depuis des années. L'occasion de monter sur les planches sans m'inquiéter de chanter comme une casserole.

Mais je ne peux pas le faire. Pas alors que mon univers tombe en ruine.

Je ne peux pas me laisser distraire.

— Rien.

Je supprime le message.

Chapitre dix-sept

Jour 5, soirée

Je me réveille de ma sieste avec une impression de gueule de bois.

J'ai une migraine pas possible et je ne me suis jamais sentie si fatiguée, si ce n'est que je n'ai pas bu une goutte d'alcool. J'imagine que c'est ce qu'on doit ressentir quand sa vie tombe en lambeaux.

Je découvre un message sur mon téléphone.

ALEX : Pas de nouvelles depuis un moment. Ça va ?
MOI : Ouais, désolée.
MOI : Ils ont affiché les résultats des auditions ?

Je sais que j'ai prétendu ne pas me soucier de la pièce du lycée. Et c'est vrai. Je ne dispose pas de l'espace mental nécessaire pour cela. Mais je m'inquiète pour Alex.

ALEX : Demain. Je flippe.

MOI : Ça va aller <3

ALEX : J'espère. Je passerai plus tard. Je sais que ce n'est pas le bon moment, mais j'ai quelque chose pour Savannah et toi.

Je repense au casier de ma sœur : j'y ai récupéré le moindre devoir, le moindre classeur. Savannah me l'aurait dit, s'il lui manquait quelque chose. Bizarre.

MOI : Cool.

Je roule sur mon lit et caresse les ailes de pilote sur le bord de mon bureau. Au lieu de me sembler réconfortantes, elles m'apparaissent presque tranchantes.

On frappe deux coups légers à ma porte.

Savannah se tient dans l'embrasure.

— Coucou.

— Salut.

— Tu as l'air contrariée. Ça va ? demande-t-elle.

— Ça va. C'est rien.

En tout cas rien d'aussi douloureux que l'infection qui l'a envoyée aux urgences.

— Comment vont tes reins ?

— Mal. Mais les Kit Kat m'aident beaucoup.

Elle entortille une mèche blonde autour de son doigt. Encore un de ses tics nerveux ; je ne suis pas dupe.

— Qu'est-ce qui ne va pas ?

— Rien ne va. (Elle se fend d'un sourire et s'assied sur le bord de mon lit.) Plus précisément ? Il faut que je te dise quelque chose. De sœur à sœur.

— Oh, oh. Quoi ? (Je me penche vers elle, inquiète.) Attends, tu as reçu les résultats de tes analyses sanguines, pas vrai ? Elles sont mauvaises ?

— Non ! Tout va bien ! Le niveau de globules blancs est un peu élevé, c'est vrai, mais c'est lié à l'infection des reins. Pas au cancer.

Une vague de soulagement déferle alors sur moi, aussitôt remplacée par de l'agacement. Je suis furieuse qu'elle ait à subir ça. Ne pas pouvoir manger d'œufs, devoir passer une batterie d'examens chaque fois que ses analyses débloquent. Voir tout le monde la regarder avec de grands yeux de chiot quand elle leur apprend qu'elle est en rémission. Le cancer est toujours présent, remisé dans un recoin de sa pensée, telle une toile d'araignée éternelle.

J'échangerais ma place avec la sienne sans hésiter.

Je me demande si elle en ferait autant.

— Et puis il faut que j'aille mieux, reprend-elle. Je ne peux pas remettre Stanford à plus tard.

Je comprends. Malgré tout ce qui se passe autour de maman, je n'arrête pas de penser à la comédie musicale. Ce sont les petites choses qui nous font avancer. Ou les pas si petites choses.

Je pense alors à Landon, à ce que je ressens en sa compagnie, quand j'arrive à rire. À être moi-même. À ne pas réfléchir à tout le reste, pour une fois. Je me demande s'il pense à moi, lui aussi, à cette fille bizarre qui l'a accompagné au McDo alors que sa vie tombe en ruine.

— Ça n'arrivera pas. Ils vont t'accueillir à bras ouverts.

— À condition qu'ils m'acceptent, me rappelle-t-elle. Tu te souviens du jour où maman nous a emmenées là-bas ?

Bien sûr que oui.

D'innombrables heures de route, à écouter ses bandes originales de comédies musicales que j'aime tellement, mais qui donnaient envie à Savannah de se jeter par la fenêtre. Une fois garées sur le parking de l'université, maman et moi sommes restées dans la voiture pour finir notre duo sur *Defying Gravity*. Savannah s'est ruée dehors, et papa l'a bien vite imitée.

— J'aimerais tant que tu chantes des duos avec moi, je dis.

— Mais bien sûr… (Savannah s'enroule toujours la mèche autour du doigt.) Écoute, il faut que je te dise un truc. C'est à propos de…

— Je le sais déjà.

Elle hausse ses sourcils sombres.

— Ah bon ?

— Je suis allée voir le Dr Bryant.

Elle semble perplexe, alors que je m'attendais à la voir soulagée, voire furieuse.

— De quoi est-ce que tu parles ?

— Quand tu étais à l'hôpital, je suis tombée sur lui dans les couloirs, et je l'ai interrogé sur maman.

Elle écarquille les yeux.

— Tu étais au courant ? Avant qu'ils en parlent aux infos ?

— C'est moi qui devrais te poser la question. Je ne l'ai appris que ces dernières heures.

Je m'efforce de ne pas me rembrunir. Maman n'est pas la seule à m'avoir caché des choses : Savannah l'a fait aussi. J'imagine une mini-moi leur frapper le cortex préfrontal jusqu'à ce qu'elles deviennent finalement honnêtes.

— Pourquoi tu ne m'as rien dit avant ? je lui reproche.

Elle hausse les épaules.

— Il m'a sauvé la vie. Qu'est-ce que tu voulais que je fasse ?

— Comment ça ?

— Tu ne t'en souviens pas ? Le Dr Bryant était mon oncologue, quand j'étais petite. Il m'a aidée tout au long du traitement.

Oh, mon Dieu.

J'ai l'impression d'être percutée par une voiture lancée à pleine vitesse.

J'ignore si c'est parce que je n'avais alors que cinq ou six ans ou parce que les souvenirs de ma sœur malade sont trop douloureux, mais tout me revient d'un seul coup.

Il s'est coupé les cheveux, depuis ; il avait plus un style à la *Dawson*, à l'époque, et il portait la barbe. Un jour où Savannah se sentait particulièrement mal, il nous a montré comment faire des animaux en ballons de baudruche. Elle était repartie avec un chat, moi avec un canard. J'avais rigolé pendant cinq minutes d'affilée quand il avait fait parler mon canard.

— Je n'arrive pas à croire que je n'aie pas fait le lien, je murmure.

— C'était il y a longtemps. On était petites. (Savannah observe ses pieds.) Mais, ouais… Du coup, j'ai rien dit.

— Tu m'as donc menti quand je t'ai montré la photo.

— Non, s'empresse-t-elle de nier. Honnêtement, je ne l'ai pas reconnu. Je n'avais plus pensé à lui depuis un bail, et tu me l'as juste montrée vite fait.

— Comment tu as su, pour leur liaison ?

J'ai l'impression d'avoir prononcé un gros mot.

Elle inspire un grand coup.

— Des détails. Genre, l'hiver dernier, je suis rentrée déjeuner à la maison parce que j'avais oublié mon manuel de pilotage et qu'il fallait que je révise. Maman et lui étaient en train de manger dans la cuisine comme si de rien n'était.

— Waouh. Et ça ne t'a pas traversé l'esprit d'en parler ?

Cela remontait à près d'un an. Comment avait-elle pu garder ce secret si longtemps ?

— C'est ça, le truc. Je ne savais pas exactement ce qui se passait. Maman n'a rien avoué, mais j'ai su. Elle avait l'air pour le moins… coupable. Elle m'a affirmé que ce n'était qu'un ami, qu'elle lui était reconnaissante, mais, deux secondes plus tard, elle m'a demandé de ne pas en parler à papa. Ni à toi.

J'essaie d'imaginer le Dr Bryant, assis dans la cuisine, à étudier le blanc de nos murs ou à fouiller dans nos placards.

Il a intérêt à ne pas avoir piqué la chaise de papa.

— J'aurais aimé que tu me le dises.

J'aurais aussi détesté ça. Jamais je n'aurais été capable de regarder mon père en face sans lui hurler que son mariage était sur le point de partir en vrille.

— Pourquoi ? Tu as pu idolâtrer maman huit mois de plus que moi. Quel genre de sœur t'aurait privée de ça ?

— Le genre honnête.

Je regrette cette réponse aussitôt qu'elle franchit mes lèvres.

Savannah hausse les épaules sans détourner les yeux.

— Eh bien, ce n'est pas moi, à l'évidence.

— Waouh.

— Tu vois, je savais que tu réagirais comme ça. C'est pour ça que je ne t'ai rien dit.

— Je réagis comme ça parce que tu m'as menti, je rétorque.

— Euh, non. Chaque fois que tu découvres un truc qui n'entre pas dans ta petite vision du monde, tu pètes un plomb. Comme quand tu as découvert que je voulais aller faire mes études sur la côte ouest. Tu te rappelles la crise que tu as piquée ?

Les sœurs aînées possèdent-elles toutes un carton d'anecdotes humiliantes dans lequel piocher à l'occasion ? Quand même. La côte ouest, c'est à l'autre bout du monde.

Je jette un coup d'œil à mon téléphone. Alex m'envoie des textos, mais les larmes me troublent la vision.

— Laisse tomber, d'accord ? Concentrons-nous plutôt sur aujourd'hui.

— D'accord, accepte-t-elle avec une décontraction étonnante.

— Je me sens mal pour papa, je chuchote. Ça ne peut pas être le fond de l'histoire.

Elle hausse un sourcil.

— Comment ça ?

— Entre maman et papa ou maman et le Dr Bryant. Il y a forcément autre chose.

Savannah m'adresse ce regard sévère qu'elle me réserve parfois, et qui me donne l'impression qu'une immense différence d'âge nous sépare. Que je ne deviendrai jamais aussi mature et sage qu'elle l'est déjà.

— Ce n'est pas à nous d'en juger. À l'évidence, maman n'était pas heureuse avec papa. On ne peut pas lui reprocher d'avoir voulu tourner la page.

Impossible que cette fille et moi soyons sœurs.

— On peut lui reprocher d'avoir trompé papa. De nous avoir caché la vérité.

— Bien sûr qu'elle nous a caché la vérité. Tu ne peux pas t'attendre à ce qu'elle raconte tout à ses enfants. Maman était une femme indépendante…

— Maman *est* une femme indépendante, je la corrige.

— Maman *était* une femme indépendante, reprend-elle avec douceur. Qui avait son jardin secret, et c'est normal. On n'est pas censées toujours tout savoir.

J'ai envie de démolir son côté « Regarde comme je suis forte », mais quelque chose dans son expression m'en dissuade. Peut-être que cette faculté à rester de marbre lui a permis de ne pas sombrer quand les vagues de mauvaises nouvelles – la disparition de notre mère, ses douloureuses infections – ont menacé de l'emporter par le fond. Je ne suis pas en droit de la juger, même si je trouve qu'elle a perdu la boule. Nous partageons une douleur commune.

Papa frappe deux fois à la porte avant de passer la tête à l'intérieur.

— Les filles ? Vous avez de la visite.

Il a les joues gonflées, comme s'il avait pleuré. La dernière fois que je l'ai vu pleurer, c'est lors de la tuerie dans l'école primaire de Sandy Hook.

Savannah et moi échangeons un regard, convenant silencieusement de ne jamais reparler du fait qu'elle l'a su avant moi. Jamais.

Alex gravit les marches en courant et déboule dans ma chambre, un panier garni à la main, le souffle aussi court qu'après un marathon.

— C'est moi ! Je voulais t'offrir ça. Que des trucs que tu aimes ! Des Kit Kat, ces barres de céréales véganes que je trouve toujours dans vos placards, et même de la crème glacée lyophilisée ! Menthe-chocolat, c'est bien ?

Pas seulement un pot, mais trois. Elle a rapporté toutes les douceurs préférées de Savannah. Je les observe tour à tour.

On est meilleures amies depuis plus de dix ans, et Alex n'a jamais fait une chose pareille pour moi. Ni quand je me suis fait opérer des amygdales, ni à la disparition de maman. Décidément, le monde marche sur la tête, cette semaine.

Savannah reste bouche bée. Elle ne tend même pas la main vers le panier. Ses yeux débordent d'une émotion que je ne parviens pas à interpréter. La reconnaissance, le bonheur… mais peut-être aussi un soupçon de peur.

Je m'empare donc de l'offrande et vais la déposer dans la chambre de Savannah, voisine de la mienne.

— C'est très gentil de ta part, Alexandria, dit papa.

Je louche un peu sur un de ces pots de glace.

Savannah sort finalement de sa torpeur et jette ses bras autour du cou d'Alex. Une fois de plus, j'ai l'impression d'avoir atterri dans un univers parallèle. Savannah est comme Elsa dans *La Reine des neiges* : elle n'est pas fan des câlins ; la voilà pourtant qui étreint ma meilleure amie. Dans ma chambre.

— Merci infiniment, chuchote Savannah. C'est trop mignon.

— Elle sait que son infection rénale est à peu près guérie, non ? me murmure papa.

Je lui décoche un petit coup de coude dans les côtes. Ma meilleure amie et ma sœur sont devenues plus que deux personnes qui se saluent vaguement. J'ai envie de me prélasser dans le bonheur que cela me procure, si bizarre que cela puisse paraître. C'est sans doute le seul point positif de cette dernière semaine.

— De rien. Tu le mérites.

Alex enserre toujours Savannah, les mains jointes dans le bas de son dos.

Savannah rompt l'étreinte.

— On peut partager les Kit Kat.

Elle me voit la regarder, et ses joues deviennent plus rouges que de la sauce pour crevettes.

— Je ferais mieux d'aller mettre la glace au frais, dit papa en se dirigeant vers la chambre de Savannah.

Il me fait signe de le suivre. Il sort les pots du sac, m'en confie un.

Nous descendons l'escalier ensemble. Onion se redresse sur le canapé – où il n'est évidemment pas autorisé à s'asseoir – et secoue la queue. Il nous suit jusqu'à la cuisine, où papa et moi rangeons les glaces et d'autres denrées périssables. Il nous reste encore trois ragoûts à finir.

— Tu es sûr qu'il faut les congeler ? je demande. Je croyais qu'elles étaient lyophilisées.

— Oui, j'ai juste dit ça pour les laisser tranquilles, répond-il. Violet, il faut que je te dise quelque chose, mais je crains que ça te contrarie.

La télé, restée allumée au salon, attire mon attention.

Oh, oh.

— Il est arrivé un truc ?

— Non, ça n'a rien à voir avec l'avion. Mais pour toucher l'argent de l'assurance, ou l'argent en général, je dois déclarer officiellement la mort de maman. On n'a pas cinquante solutions.

— Je ne comprends pas. Comment ils peuvent accepter ça, étant donné qu'elle est simplement portée disparue ?

— J'imagine qu'on remplit les conditions.

— Et si elle revient ?

Pis encore, si elle revient et se rend compte qu'on l'a déclarée morte, qu'on a baissé les bras ?

— C'est réversible, m'annonce-t-il. Je fais ça uniquement pour l'argent. Comme les cours d'été que je donne.

— Mais…

— On en a vraiment besoin, ma puce. (Il baisse les yeux.) Je ne peux pas vous faire vivre toutes les deux grâce à mon écriture. Je… J'ai dû piocher dans nos économies pour payer la facture d'hôpital de Savannah l'autre jour. Je ne vais pas pouvoir continuer éternellement.

— Je croyais qu'il fallait d'abord que la personne soit déclarée morte ? Tu ne peux pas faire ça si tôt. Pas sans…

J'avale ma salive.

Il est bien placé pour le savoir. Dans tous ses romans policiers, ils disent qu'il faut sept ans pour qu'une personne portée disparue soit déclarée morte sans que son corps ait été retrouvé. Et même si papa ne le savait pas, je l'ai lu dans plein d'autres bouquins. On voit ça partout.

— Tu ne peux pas, je chuchote.

— Il existe des exceptions pour… des circonstances comme celle-ci, m'explique-t-il.

Comme celle-ci. Quand le monde entier tire une conclusion que je refuse d'admettre.

C'est mal. Effroyablement mal.

Je la sens partout autour de moi. Dans cette cuisine, dans le salon. Chaque fois que je change de pièce, j'ai l'impression que je vais la croiser dans le couloir. Quand je rentre à la maison, je me surprends à jeter un coup d'œil sur le canapé dans l'espoir de la voir, ou à attendre que la porte s'ouvre. Ce qu'elle ne fait jamais.

Les derniers brins d'espoir qu'il me reste s'éliment. Je crains qu'ils finissent par se rompre.

— Je suis profondément navré, ma puce. Je ne fais pas ça de gaieté de cœur.

Après tout ce qu'il a enduré, je me vois mal m'opposer à une chose qui pourrait lui simplifier la vie.

— D'accord.

Je l'étreins pour lui montrer que je ne lui en veux pas. Je sais que rien n'a changé, mais qu'un bout de papier officialise bientôt la mort de maman me semble être de mauvais augure. Comme une prophétie autoréalisatrice.

Je devrais peut-être monter demander à Alex de me tirer les cartes.

En le serrant contre moi, je me retrouve face à la télé.

Le reportage montre une nouvelle fois les efforts déployés pour les recherches. Depuis quelques jours, de petits avions et des navires issus de divers pays sillonnent la région où le dernier ping a été émis. Sans rien trouver. Absolument rien.

Seulement l'immensité bleue de l'océan. Sur une carte, la zone entre le Brésil, d'où maman est partie, et Porto Rico, où l'avion a disparu, paraît minuscule. À la télé, ça semble infini.

« Pour le vol Air France 447, cinq jours pleins ont été nécessaires pour repérer l'épave, et les boîtes noires n'ont été découvertes que deux ans plus tard », explique un journaliste.

Nous sommes le cinquième jour. J'ai subitement la bouche toute sèche.

Je n'arrive pas à croire que je doive attendre encore. Avant, quand je regardais les infos, je compatissais pour les familles, imaginant leur émotion. Leur peine. Aujourd'hui, ce n'est pas de la compassion que je souhaite, c'est la vérité. Et le retour de ma maman.

— Oh, non. Ce n'est pas bon signe.

Papa frotte sa barbe émaillée de gris. Elle est de plus en plus longue et mal entretenue depuis quelques jours. Quelques mois, plutôt.

L'écran affiche désormais une carte météo de la région. Un immense nuage blanc tourbillonnant, l'ouragan Molly, revient survoler la zone.

« Avec cette nouvelle menace émanant de l'ouragan Molly, les recherches vont malheureusement devoir être interrompues, explique un autre reporter. Les conditions climatiques extrêmes rendraient en effet dangereuse toute… »

Je serre fermement les paupières. Je sais que ce n'est la faute de personne, mais j'ai l'impression que tout le monde s'en moque, désormais. À part moi. J'ai le sentiment de tomber en chute libre sur des kilomètres et des kilomètres, sans que rien soit prévu pour mon atterrissage.

— On va devoir prendre notre mal en patience, Violet, me dit doucement papa. C'est nul, mais c'est comme ça. Cet ouragan finira par se dissiper, et ils reprendront les recherches.

Je ne sais pas si je dois encore le croire.

L'ouragan est toujours de catégorie 3. Il n'a pas dégénéré comme prévu, mais ça reste une grosse tempête. Les téléspectateurs ne peuvent pas s'intéresser éternellement au même sujet. Je crains que la disparition de l'avion retombe dans l'oubli prochainement.

Malgré la liaison de ma mère, sujet qu'ils viennent justement d'aborder. Je déteste entendre débattre d'une chose pareille sur les plateaux, mais ça permet au moins de parler de l'avion. Pour l'instant.

Une fois de plus, l'idée qu'un éventuel rescapé se retrouve à affronter un ouragan de catégorie 3 me rend malade… La bile me remonte dans la gorge.

Il ne fait pas encore tout à fait nuit, mais je sens les ténèbres m'engloutir.

Je contemple mes mains.

— Papa, je suis désolée pour tout ça.

— Tu n'y es pour rien, me rassure-t-il d'une voix douce.

J'aurais préféré le savoir en colère ; là, il semble abattu. Comme si les événements l'avaient passé à l'essoreuse.

C'est infiniment pire.

— Ce n'est pas la façon rêvée de découvrir que ta femme te trompe, déclare-t-il. J'aurais préféré une annonce plus spectaculaire, que je puisse pleurer un bon coup. Obtenir de la compassion de la part de nos amis. Un peu comme Emma Thompson dans *Love Actually*. Au moins un truc que je pourrais récupérer pour une bonne scène de bouquin.

Cette pensée me donne de l'urticaire.

Combien de temps cela a-t-il duré ? Combien ?

Je repense à l'histoire de Savannah et essaie de visualiser le Dr Bryant dans notre cuisine, debout à cet endroit. Malgré tous mes efforts, cette pièce n'entre pas dans mon puzzle. Il n'y trouve pas sa place.

— Ils n'étaient pas… C'était tout récent, non ?

L'existence d'une liaison est déjà difficile à avaler, mais une liaison se prolongeant pendant plus d'une décennie semble aussi inimaginable que d'apprendre que l'Étoile de la Mort est réelle.

— J'espère que non, mais je crois qu'une seule personne connaît la réponse à cette question et que nous ne le découvrirons jamais. Avant, je le trouvais formidable de s'être ainsi occupé de Savannah. Parfois, mieux vaut rester dans l'ignorance.

— Je n'en suis pas si sûre.

— Qui sait ? Quand le diagnostic de Savannah est tombé, ta mère a recherché les meilleurs oncologues de la région et est tombée sur lui. Elle m'a dit qu'elle le connaissait depuis l'armée. Je pensais qu'on avait eu de la chance. (Il pouffe.) Et honnêtement ? Si la liaison de ta mère était le prix karmique à payer pour sauver la vie de Sav, alors tant pis. C'est cadeau.

J'ai beaucoup pensé au karma, ces derniers jours. Mais j'ai du mal à y croire. Ou alors, je ne devrai plus jamais rien à personne jusqu'à la fin de mes jours.

— Je ne veux pas que tu te tracasses pour cette liaison. C'est mon problème, pas le tien.

Papa se tourne vers moi, mais ses yeux sont tellement pleins de tristesse que je ne peux que me dérober à son regard.

— Je lui en veux tellement, mais j'ai l'impression que je n'en ai pas le droit, je chuchote.

Si je devais dresser la liste des choses pour lesquelles je lui en veux, je mettrais :

- ne pas avoir tout de suite emmené Savannah chez le médecin ;
- avoir blessé papa avec cette liaison ;
- ne pas être celle que je pensais qu'elle était ;
- être partie ;
- être partie ;
- être partie.

— Je comprends, murmure-t-il en retour.

Chapitre dix-huit

Jour 6, matin

Le lendemain, je suis assise dans le jardin devant la maison avec Onion.

Mon carnet de croquis repose près de moi, vierge. Que je sois ou non d'humeur créatrice, j'ai promis à M. Tariq de l'aider.

Papa est en train d'écrire dans le canapé, sans paraître remarquer les images de l'ouragan Molly à l'écran. Je doute même qu'il ait remarqué que je suis sortie. Il tient à respecter ses échéances, même si sa femme – son ex-femme – est portée disparue. J'ai demandé à Alex de passer mener l'enquête avec moi, mais elle n'a pas répondu à mon texto. Elle est sans doute en train de prier sa déesse pour obtenir sa bénédiction théâtrale.

C'est le genre de matinée piquante qui ne peut exister qu'en septembre : un rappel de l'été, un avant-goût d'automne.

Cette nuit, la lune formait un croissant brillant. Comme j'ai refusé de regarder les étoiles, je ne sais même pas si elles étaient de sortie. Ça m'aurait trop rappelé mes soirées sur le toit avec maman et Savannah, quand on était plus jeunes, pour admirer les constellations.

C'est ma sœur qui veut devenir astronaute, pas moi, mais maman m'a aussi transmis son amour pour l'espace.

J'ai adopté une mauvaise habitude ces derniers jours : je multiplie les recherches sur l'US133, je lis les commentaires, je déteste le monde entier, puis je ferme mon ordinateur de désarroi sans avoir trouvé plus d'informations.

Je remonte dans ma chambre et ouvre mon ordinateur. Aujourd'hui n'est pas une journée comme les autres.

« Avec des vents mesurés à plus de deux cent soixante-cinq kilomètres par heure, l'ouragan Molly provoque des dégâts catastrophiques dans les Antilles. »

« L'ex-femme de la star du basket est enceinte, l'enfant est-il de lui ? »

« Vol US133 : la liaison de la pilote révélée au grand jour. »

« La NFL s'expose à un nouveau procès. »

Je clique sur le lien du troisième article et me redresse. En résumé :

« Une enquête du FBI révèle que Jennifer Ashby, la pilote de l'avion disparu, entretenait une liaison. Les détails n'ont pas encore filtré, mais des spécialistes conjecturent que cette liaison aurait pu l'avoir poussée à perpétrer un meurtre-suicide. »

— Punaise.

Je pousse un soupir et me frotte les yeux des deux poings, comme si je pouvais effacer ma lecture.

Je déteste, je hais, lire ce mot en « s ».

Onion émet un gémissement de compassion.

— Tu crois que c'est un cauchemar ? je lui demande. Que je vais finir par me réveiller ?

Il renifle mon ordinateur en réaction.

Je commets alors l'erreur de lire les commentaires anonymes.

Ashby s'est fait larguer par le type qu'elle fréquentait et a décidé de se flinguer avec 155 personnes. C'est facile à comprendre. C'est pour ça qu'il faut pas laisser les femmes piloter des grosses machines.

Mourir est sa punition pour avoir trompé son mari. Corinthiens 6:18 : fuyez l'impudicité.

J'ai hâte qu'ils retrouvent l'épave pour ne plus jamais entendre parler de cette bonne femme et de sa liaison débile. Fermez-la avec ça !!

— Mon Dieu, la race humaine est insupportable de bêtise, je dis à Onion.

Il a tellement de chance d'être un chien.

Les deux commentaires suivants me laissent toutefois sans voix :

Darlenejackson22 : Étant une ancienne pilote de chasseur, je me demande si c'était pas intentionnel, maintenant que j'ai eu plus d'infos. Comment l'avion a-t-il pu disparaître des radars si longtemps ? Elle devait savoir où, dans l'espace aérien, elle pouvait couper le transpondeur. Je pense qu'elle est responsable. Pour moi, elle voulait échapper à sa vie et à son divorce.

ThunderRoad68 : Tout d'abord, merci d'avoir servi notre pays. Ensuite, je connais personnellement cette pilote. Vous devez me croire quand j'affirme que ce n'était pas un acte délibéré. Elle aime sa famille plus que tout et avait des projets pour l'avenir.

Je me détourne de l'écran. ThunderRoad68 n'avait plus rien posté depuis sa première rafale de messages, juste après la disparition de l'avion. Pourquoi maintenant ?

Et il affirme qu'il connaît la pilote, pas qu'il la connaissait.

Je suis à deux doigts de croire que j'ai écrit ce message moi-même.

Je me mords la lèvre avant de répondre à mon tour :

Elphaba243 : Comment vous la connaissez ?

Il ne répondra sans doute pas tout de suite, peut-être jamais, mais ça vaut le coup d'être tenté.

Je me tourne vers le mur qui me sépare de Savannah. Papa passe ses journées en ligne, mais il n'y connaît rien en transpondeurs et en espaces aériens. Ma sœur, en revanche…

Alex ne m'a toujours pas répondu, j'envoie donc plutôt un message à Landon.

MOI : Qu'est-ce que tu fais quand tu sens une crise d'angoisse arriver ?

Il me répond aussitôt.

LANDON : J'essaie de me détendre autant que possible. Mais c'est pas facile. C'est très éprouvant physiquement, même si c'est mental. Je sais que ça a l'air bizarre...

Ça n'a pas l'air bizarre du tout. Je considère mon poignet.

LANDON : Journée difficile ?
MOI : Plutôt six journées difficiles, oui...
LANDON : Je sais. Tiens le coup. Tu veux en parler ? Tu peux m'appeler si tu veux.
MOI : Je croyais que tu détestais le téléphone ?
LANDON : Pas avec toi.

Ah, celui-là...

Ce garçon doux et adorable, avec ses yeux capables de me faire fondre. Dans un autre monde, à une autre époque, je me dirais que je suis faite pour lui. Mais là, aujourd'hui ? Je risque de le faire couler avec moi. Je suis en vrac. Landon mérite mieux que ça.

Papa frappe à ma porte à deux reprises.

— Ma puce ? Tu es prête ?

Je referme mon ordinateur et enfile mes chaussures. Puisque je dois aller voir la Dr Madison, j'espère au moins qu'elle pourra m'aider à prouver que ThunderRoad68 a raison.

*

— Ravie de vous revoir, Violet.

La Dr Madison s'est assise en face de moi, une tasse de thé à la main. Elle porte une jupe longue avec des baskets. J'aime bien cette association.

— Pareil.

Je cherche autour de moi d'autres preuves de l'existence de maman. L'endroit est fort peu décoré, mais j'essaie toujours d'y visualiser ma mère. Je me concentre à nouveau sur les murs de grès brun en me prenant pour Enola Holmes. Je traque le moindre détail qui me permettrait d'assembler les pièces du puzzle.

— Je suis surprise que vous ayez décidé de venir me consulter. Vous m'avez semblé réticente, la dernière fois, me rappelle-t-elle.

— Je suis occupée, c'est tout.

— Avec quoi ?

— Je conçois le décor pour la pièce de l'école tout en essayant de comprendre ce qui a pu arriver.

— À votre mère ?

— Ouais.

La Dr Madison incline la tête.

— Et à votre avis, qu'est-il arrivé ?

— Elle n'aurait jamais, au grand jamais, volontairement fait du mal à quelqu'un. Jamais. Vous le savez comme moi.

Elle opine discrètement. Je ne saurais dire si elle acquiesce à mon propos ou m'encourage à poursuivre.

— On lit des tas de choses horribles, en ligne. Ils prétendent que c'est une femme abominable qui a fait ça exprès. Je déteste lire ce genre de choses.

— Alors pourquoi les lisez-vous ? m'interroge-t-elle.

Je cligne des yeux.

— Eh bien, encore une fois, j'essaie de comprendre.

— Et vous pensez que des commentaires lus sur Internet vous aideront à savoir ce qui est arrivé à cet avion ?

Si quelqu'un d'autre m'avait dit ça, j'aurais pété un plomb. Savannah et moi, on se serait disputées bien comme il faut, pareil avec papa. Mais je comprends à son ton qu'elle ne porte aucun jugement. Comme si elle tâchait sincèrement de savoir et de me comprendre.

— Il y a une personne qui n'arrête pas de défendre ma mère. Je ne sais pas de qui il s'agit. Elle prétend la connaître, peut-être qu'elle ment. Alors je guette toujours ses commentaires.

— Je vois. Pourquoi, à votre avis ?

Je contemple mes mains.

— Trouvez-vous agréable de savoir que vous n'êtes pas toute seule ? suggère-t-elle.

Il y a ce garçon... avec lequel je me sens... pas si seule... Je me retiens de le lui dire.

Je sais ce qu'elle essaie de faire. De réparer mon cerveau, ou un truc comme ça. Eh bien, bon courage, car il est tout détraqué. Mais je ne suis pas ici pour ça. Je dois m'en tenir à ma mission.

— Avez-vous reçu une assignation ? je m'enquiers. L'agente Rosenfield m'a dit qu'elle en avait demandé une.

Ce changement de sujet ne semble pas surprendre la Dr Madison. Elle a toujours ce même regard bleu et stoïque. Je pourrais courir toute nue dans son bureau qu'elle ne s'en départirait sans doute pas.

— Elle l'a fait, en effet. J'ai rempli le formulaire. Je m'y plierai volontiers.

— J'espère que ça ne prendra pas trop de temps. On n'en a pas beaucoup.

— Comment cela ?

— On ne peut pas survivre éternellement sans eau ni nourriture. Si maman et les autres vont bien mais sont coincés quelque part, il leur faudra des provisions. Et vite. Le gouvernement perd du temps en essayant de la faire passer pour une méchante.

Ça y est. Enfin, son visage manifeste quelque chose.

C'est douloureux, comme chaque fois que quelqu'un refuse de me croire. Peut-être même un peu plus. J'ai l'impression que c'était la seule personne au monde susceptible de croire que maman va bien. Qu'elle est en train de chercher un moyen de rentrer à la maison.

— Vous la pensez vivante ? m'interroge-t-elle.

— Elle n'est pas morte. Seulement portée disparue.

Elle remue sur son siège, et ses bracelets glissent sur ses poignets. Je me demande si elle cache quelque chose. J'ai déjà employé cette astuce.

— Mon père veut organiser une cérémonie, mais je ne trouve pas ça juste. Ça ne fait que six jours. Alors, l'espoir est permis.

Je ne sais pas qui d'elle ou de moi j'essaie le plus de convaincre.

— D'accord, répond-elle. Et que faites-vous, à part chercher votre mère ? Vous n'êtes pas retournée au lycée, si ?

— Eh ben, un peu. Et je me suis engagée à travailler sur le décor pour la comédie musicale de l'école. Je ne peux pas passer les auditions, mais ça ne m'empêche pas de m'impliquer autrement.

— Vous ne pouvez pas passer les auditions, ou vous ne le voulez pas ?

— Quelle est la différence ? je demande dans un haussement d'épaules. Quoi qu'il en soit, ça me ferait moins de temps pour découvrir la vérité.

— Vous parlez souvent de vérité, mais avez-vous réfléchi à ce que votre mère voudrait vraiment ? Ou à ce que vous voulez ?

Je fais la grimace. Que connaît-elle de ma mère ? Sans doute à peu près tout. Elle la connaît peut-être même encore mieux que moi, ce qui explique ma présence ici.

— À votre avis, qu'est-ce qu'elle voudrait ?

— C'est à vous de le décider, me répond la Dr Madison. Mais j'ai l'impression que vous avez très envie d'auditionner et de vous occuper des décors, et qu'on vous a offert la possibilité de faire les deux. Alors pourquoi refuser ?

— Je vous l'ai dit. Je ne peux pas.

— D'accord, mais vous m'avez uniquement dit pourquoi vous ne le voulez pas. Expliquez-moi pourquoi vous ne le pouvez pas.

Aïe. En plein dans le mille.

Je jette un coup d'œil à l'horloge : il ne reste que vingt minutes. Une demi-heure a-t-elle pu s'écouler si vite ? Je m'imagine maman assise ici, à se poser la même question.

Je jurerais que je la sens avec moi. Comme si elle était là, assise à mon côté.

Une présence.

Comme quand on est totalement seule et qu'on sent soudain que quelqu'un nous regarde. Je suis terrifiée d'apprendre ce que ça peut signifier, alors je repousse cette sensation.

— Vous ne voulez pas faire du théâtre, mais vous voulez dessiner. C'est une stratégie d'adaptation assez saine.

— Il paraît.

La Dr Madison se penche vers moi. Ses bracelets reviennent une nouvelle fois couvrir ses poignets.

— Lors de votre précédente visite, je vous ai demandé si vous étiez en sécurité. Est-ce le cas ?

— Pourquoi tout le monde me pose cette question ?

Je me lève et me dirige vers la fenêtre. La colère qui enfle en moi me pousse à persister. C'est mal, j'en ai conscience. Ça me fait souffrir, mais ça me permet d'avancer. Si je trouvais un moyen de dompter ça, je ne sais pas trop quel serait mon moteur.

— Mon père la pose, vous la posez. Personne ne veut me faire du mal. Je vais bien.

— D'accord, personne d'autre n'essaie de vous faire du mal, répète-t-elle. Vous en infligez-vous à vous-même ?

Je refuse de la regarder et me concentre sur les bâtiments gris parfaitement alignés de l'autre côté de la rue. Comment le sait-elle ? Elle n'a pas pu le deviner. Seule maman est au courant. Pourquoi lui en aurait-elle parlé ?

— Non.

Ce n'est qu'un demi-mensonge. Jusqu'à présent, je tiens encore bon. Je suis tellement proche de mon objectif. Mais les coups d'élastique et les griffures se font de plus en plus intenses. J'ai besoin d'atteindre la barre fatidique des cinquante jours, mais comment y parvenir maintenant que la seule personne qui m'aidait à sortir du gouffre a disparu ?

— Vous savez ce qui me fait le plus mal ? Qu'elle lui ait parlé à lui en dernier, pas à moi. Je sais qui il est, mais j'ignore qui il est vraiment. Il ne veut même pas me faire part de leur dernière conversation. Pourtant, je mérite de savoir.

— Certainement, en convient-elle.

— C'est juste que… je n'arrive pas à croire que maman ait pu laisser ça se produire ni qu'elle ait pu me mentir de la sorte.

— Personne n'est parfait, malheureusement. Votre mère avait des défauts. Elle était humaine. Elle en avait conscience, et elle savait aussi que c'était votre cas. Quand on accepte ses défauts et qu'on accepte d'avoir besoin d'aide, ça rend les choses plus faciles.

— Qu'est-ce que vous voulez dire ?

— Votre mère vous aimait beaucoup. Elle ne s'attendait pas à ce que vous soyez parfaite. Elle voulait juste vous savoir heureuse.

— Je ressens la même chose pour elle.

— Dans ce cas, je me demande ce qui vous empêche de le sentir pour vous aussi.

J'essaie désespérément de retenir mes larmes. Elles me brûlent les yeux d'une façon plus douloureuse que jamais. Je n'ose soutenir son regard, alors je fixe le sol. Un tapis gris tressé, élimé par des années d'usage. J'imagine les ballerines de maman en fouler la surface.

— Le temps est écoulé, m'annonce la Dr Madison.

J'ai l'impression qu'il l'est depuis longtemps.

*

Quand je rentre à la maison, je fonce directement vers mon matériel de peinture.

J'ai besoin de réfléchir à tout ça dans un endroit calme. En peignant les roses rouges que j'ai imaginées pour *La Belle et la Bête*, je repense à ce que m'a dit la Dr Madison. Que voudrait maman ?

« Tu as un don. Promets-moi que tu vas l'exploiter. »

Je ne respecterais pas ma promesse en fuyant tout ce qui peut me rendre heureuse.

J'effectue de nouvelles recherches sur l'US133. Rien de neuf. Et ThunderRoad68 n'a pas répondu à mon message. Personne, d'ailleurs. Je suis toute seule dans ce forum.

Un bruit de pas dans l'escalier.

À cet instant, tout en apparence est si normal que je pense que c'est elle. Je ne me dis pas qu'elle est enfin rentrée à la maison, mais qu'elle a simplement lâché son sac dans l'entrée et balancé ses chaussures comme si de rien n'était. Comme elle l'a toujours fait.

Je finis toutefois par reconnaître la façon de marcher de Savannah.

— Sav ! Tu étais où ?

Elle s'immobilise sur le pas de ma porte.

— Je discutais avec Alex. Elle voulait savoir si je pouvais l'aider en physique.

Chaque fois que j'entends qu'elles discutent ensemble, cela me met du baume au cœur.

— Cool ! Attends, elle ne m'a pas répondu de toute la matinée, mais elle t'a parlé à toi ?

— Elle avait juste besoin d'aide. Comment ça s'est passé, chez la psy ?

Je hausse les épaules.

— Bien. Dis, tu es allée sur les forums consacrés à la disparition de l'avion ?

Elle secoue la tête.

— Je te l'ai déjà dit : ne lis pas ce genre de choses. Ça va te filer un anévrisme.

— Je sais, je sais. Je te demande juste si tu les as lus.

— Non. Jamais.

— Tu n'as rien écrit non plus ?

Elle bat des cils.

— Non. De quoi est-ce que tu parles ?

Je plisse les paupières. Elle demeure insondable. J'aimerais avoir hérité d'un peu plus de gènes de la perspicacité, pas seulement de ceux qui font rougir ou cracher des vérités.

— Si tu me mens, je finirai par le découvrir.

Des cheveux blonds retombent sur son épaule tandis qu'elle s'en retourne vers sa chambre.

— Je n'en doute pas.

Je me remets à ma peinture, pas entièrement convaincue.

— Oh, au fait. Landon a déposé ça tout à l'heure.

Elle revient jeter un truc sur mon bureau. Un sachet de Reese's version XL ! Le Post-it collé dessus indique : « Ça s'arrange avec le temps. Surtout avec des Reese's. »

J'étreins contre mon cœur le sachet orange. Je n'ai pas encore envie de l'ouvrir, je crois que je vais le conserver longtemps.

Chapitre dix-neuf

Jour 6, après-midi

Je sors promener Onion.

Je déteste avoir à l'avouer, mais la Dr Madison m'a fait cogiter. C'est sans doute pour ça qu'elle a un doctorat alors que je galère en biologie.

Alex m'a téléphoné, alors je lui ai dit de nous retrouver, Onion et moi, au stop de l'impasse, à quelques rues de chez moi. On n'en a pas parlé, mais on sait l'une comme l'autre que le casting sera bientôt affiché. On a toutes les deux besoin de se changer les idées.

Elle porte ses rangers et une chemise ajustée en flanelle rouge.

— Salut, vous. Je voulais prendre des nouvelles de ta sœur et toi.

— On tient le coup.

Je lui parle de ma séance chez la Dr Madison pendant qu'on fait un tour. Onion s'arrête pour vidanger près de la poste, on en profite donc pour s'asseoir sur les marches de béton froides.

— Mais vraiment, ça va ? Je suis soulagée de savoir que tu consultes quelqu'un.

— Oui, ça va. Un peu secouée, c'est tout.

Ou suis-je à ce point secouée que je ne suis plus capable de réagir ?

Alex pose sa main sur la mienne. Sa peau est chaude et douce comme du beurre de karité.

— J'imagine qu'en entendre parler sans arrêt ne doit pas arranger les choses.

— En fait, c'est ça, le truc. Les gens ne parlent plus que de l'ouragan. Ils diffusaient les infos dans la salle d'attente, et personne n'a même évoqué l'avion. J'ai presque envie qu'ils discutent de ça, parce que ça veut dire…

— Qu'ils n'ont pas oublié.

— Exactement ! Au fait, est-ce que ta famille de Cuba va bien ? Ils sont pas loin, non ?

— Ça va ! Merci de t'en inquiéter. Ils prévoient de fortes pluies, mais c'est tout. Apparemment, le gros de la tempête sera vraiment au-dessus de Porto Rico.

Je me cache la figure entre les mains. Je suis heureuse que la famille d'Alex se porte bien, mais je me sens terriblement mal pour les habitants de Porto Rico. Serait-ce l'apocalypse ?

Quelque part, je l'espère presque, car ainsi maman ne manquerait pas tant de choses. Si je meurs à seize ans dans un cataclysme planétaire, elle ne sera pas absente à ma remise des diplômes, lors de mon choix d'université, à la naissance de mes enfants éventuels ou à mon mariage… C'est l'une des questions quand on est bi : est-ce que je vais finir avec un homme ? une femme ? quelqu'un d'autre ? Ou personne, seulement six chiens pour me tenir compagnie ? C'est un mystère !

Je suis incapable d'imaginer ces événements sans elle, ça veut donc dire qu'elle va revenir, non ? C'est forcé.

— Je suis contente que ta famille aille bien, je parviens à articuler.

— Moi aussi, répond Alex.

On reste assises en silence.

Elle doit revenir. Il le faut.

J'ai la gorge nouée. J'aimerais trouver le moyen de rappeler à tout le monde l'existence de maman, de faire savoir qu'elle est toujours portée disparue, ainsi que tous les autres passagers. Mais lequel ?

On retourne chez moi, où on entre par l'arrière du jardin.

Il fait frais, mais pas au point d'avoir froid avec nos manteaux.

— Je vais donner à manger à Onion, je reviens tout de suite.

— OK, répond Alex en s'asseyant sur les marches extérieures.

Dans la cuisine, je verse des croquettes dans la gamelle d'Onion – un récipient en céramique bleue avec son nom inscrit dessus – et remplis son écuelle d'eau. Il plonge la tête la première dans sa nourriture.

En rangeant le sac dans le placard, je me dis que je ferais aussi bien de griffonner quelques idées pour le spectacle tout en discutant avec Alex.

Je vais alors chercher mon carnet et mes crayons dans ma chambre et sens une vibration dans ma poche tandis que je redescends. Je consulte mon téléphone, espérant du nouveau sur le vol US133, mais je découvre à la place la liste des élèves retenus pour la pièce.

Je devrais attendre d'avoir rejoint Alex, mais j'en suis incapable. Une partie de moi espère voir apparaître mon nom, même si je sais que c'est impossible.

BELLE : Brittany Thompson
BÊTE : John Nyugen
GASTON : Noah Bryne
LUMIÈRE : Landon Davis
PLUMETTE : Ashley Golden

Je serre les dents. Après tout son cinéma, Ashley obtient malgré tout ce rôle ? Elle obtient malgré tout *un* rôle ? À quoi joue M. Tariq ?! Ce n'est pas juste, elle ne mérite pas de monter sur les planches avec Landon. Pas après s'être comportée comme si elle ne valait rien de moins que celui de Belle. C'est Landon et moi qui avons cartonné sur cette scène. Ensemble.

Je visualise ses bras puissants sous ses manches retroussées, enroulés autour de la taille d'Ashley pendant la scène. Ses lèvres parfaites lui embrassant la main. *Beurk.*

Je suis à la fois heureuse pour lui et furieuse.

C'était censé être notre moment.

Mais j'y ai renoncé. Je ne peux m'en prendre qu'à moi-même.

Seule sur les marches, je fais claquer mon élastique sur mon poignet. Ça me fait comme une piqûre d'insecte : petite, mais persistante. Comme ça ne fait pas assez mal, je m'enfonce les ongles dans la peau. La griffure me procure un léger soulagement.

Je consulte la liste une fois de plus, espérant avoir mal lu. Puis je me rends compte que je n'ai pas vu le nom d'Alex. Je la parcours une troisième fois, et le trouve enfin :

ENSEMBLE

Ustensiles/Loup : Alex Marquez

Oh, non. Ça ne va pas lui plaire.

Je retourne au jardin, Onion sur mes talons.

Alex est lovée tel un chat contre Savannah, la tête dans son épaule. Un peu trop près de sa poitrine à mon goût. Savannah, Mme Je-déteste-le-contact-humain, serre ma meilleure amie entre ses bras.

J'ai l'impression d'avoir atterri dans un univers parallèle.

Quand elles me remarquent, elles se séparent brusquement, comme si elles avaient fait une bêtise.

— Je suis une fourchette, gémit Alex. Un couvert minable et inutile.

— Tu es aussi un loup, ajoute Savannah. C'est trop top, les loups !

— Pourtant, tu as déchiré aux auditions. Tu chantes mieux que personne.

Ma voix tremble tant la situation est injuste. C'est exactement le genre d'issue qui me dissuade de me présenter à un casting. Je ne serai jamais aussi courageuse qu'Alex. Désirer un truc plus que tout, et donner tout ce qu'on a sans savoir si on va l'obtenir ? C'est de la torture.

— C'est aussi ce que je croyais, mais apparemment pas. M. Tariq m'a envoyé un e-mail à part pour me proposer d'être capitaine des danseurs.

Elle me montre son téléphone.

Je souris en allant m'asseoir près d'elles.

— Capitaine des danseurs ! C'est génial !

Son visage est marbré de rouge.

— Pas du tout. Tout le monde se fout de savoir qui est la capitaine des danseurs ! Capitaine des danseurs, c'est comme se voir remettre le prix du « plus beau sourire » en colo. Ça veut dire que tu es nulle et que tu n'intéresses personne !

— Non, c'est juste que tu es quelqu'un de fiable et de pédagogue, insiste Savannah. Il sait qu'il peut compter sur toi pour aider les autres. C'est ce qu'il t'a écrit, et c'est la vérité.

Alex plonge son regard dans celui de Savannah, et c'est à cet instant que je comprends. À la manière dont Alex se tourne vers les prunelles bleu ciel de ma sœur comme si elles pouvaient résoudre tous ses problèmes, comme si tout irait pour le mieux finalement. Une expression pleine de confiance.

On est amies depuis des années, et elle ne m'a jamais contemplée de la sorte. Qu'en penserait sa petite amie ? Elle fréquente quelqu'un, et pourtant elle en pince pour Savannah ?

J'ai de la peine pour elle, car je sais que ça ne peut pas être réciproque.

— Je suis désolée. Je sais que ça n'a aucune importance pour vous.

Alex attrape une feuille morte et se mouche avec. Un peu dégueu, mais admettons.

Je fronce les sourcils.

— Pour moi, si. Tu comptes beaucoup pour moi.

— Oui, je sais, mais enfin... Votre mère a disparu, et je me plains de devoir porter un costume de loup.

J'ai envie d'éclater de rire, mais je sais que le moment est mal choisi.

Alors je me mets à dessiner.

Je me sens un peu égoïste d'avoir cette envie à ce moment-là, mais c'est plus fort que moi. Mon carnet se retrouve sur mes genoux et je me mets à tracer une esquisse de loup.

Un loup magnifique. Un loup splendide, capable de chanter et danser, même s'il n'est pas apprécié à sa juste valeur.

— Je n'arrive pas à croire que Brittany Thompson ait été retenue pour jouer Belle, gémit Alex. Elle n'est même pas brune ! On n'a même pas de budget perruque ! Vous imaginez une Belle BLONDE !? C'est complètement contre nature. Et Ashley qui hérite de Plumette, après sa comédie ? Sérieusement ? Violet, tu dois être verte.

— Oui, je marmonne. Mais... je ne peux rien y faire.

— De toute façon, ça n'a pas beaucoup d'importance, intervient Savannah. La comédie musicale de l'année, c'est comme un minuscule microcosme. Il existe tant d'autres choses qu'on ne connaît pas. À la fac, le théâtre, c'est une autre affaire. Vous verrez.

— Parce que tu es devenue experte en théâtre, maintenant ? pouffe Alex.

— Non, je sais juste que tu es formidable, et que cette toute petite ville n'est rien par rapport au monde réel.

Savannah pose la main sur celle d'Alex. Quelques brins d'herbe se mêlent à leurs doigts entrelacés.

— Ne va pas à la fac, dit Alex. Reste ici.

— Je ne peux pas.

— S'il te plaît ?

— J'aimerais vraiment, lui répond ma sœur avec douceur. Mais quand tu auras décroché ton diplôme, tu pourras venir me rejoindre. Tu te plairais, en Californie. Le soleil, la mer, le beau temps…

Elles se regardent avec une telle intensité que je sais que je devrais me détourner, mais j'en suis incapable. J'ai l'impression d'assister à un moment d'intimité, alors qu'on est toutes les trois, assises dans mon jardin.

Quelque part, je suis un peu jalouse. Je me rends compte que Landon me manque, car c'est la seule personne qui me regarderait de la sorte et…

Oh merde. Oh merde merde merde.

— C'est toi, la meuf canon, je lâche.

— Quoi ? s'étrangle Savannah.

— C'est toi la MEUF CANON sur son téléphone. Le panier garni, demander à passer alors qu'elle ne le fait jamais.

Je serre les dents. Comment cela a-t-il pu m'échapper ?

— Je… Je…, bredouille Alex.

Savannah soutient mon regard, courageusement.

— Ouais. C'est moi.

— Ça dure depuis combien de temps ?

J'ai l'impression de découvrir un adultère. Je les aime toutes les deux plus que je ne saurais l'exprimer, alors pourquoi me l'ont-elles caché ?

Je ne sais plus ce que je ressens. C'est encore plus désagréable que l'habituel délire « Si elles rompent, je vais forcément perdre l'une des deux ». Elles m'ont menti de façon éhontée. Et à répétition. Quotidiennement.

Pourquoi personne ne peut plus être honnête, avec moi ? Maman, Savannah, Alex, papa…

Ma foi en l'humanité vacille telle la flamme d'une bougie.

— Environ deux mois, murmure Savannah.

— Deux mois ?! je m'exclame en m'efforçant de mesurer ma réaction.

Quand je suis sortie du placard, j'étais particulièrement anxieuse, même si tout le monde a bien réagi et sans montrer la moindre surprise. Je suppose que les posters de Mila Kunis à moitié nue placardés dans ma chambre ont dû contribuer à me trahir. Je sais donc ce que Savannah éprouve, sauf que je n'arrive pas à chasser l'idée que tout le monde ait été au courant d'un secret que j'ignorais.

C'est ce que papa doit ressentir.

J'avale ma salive en grattouillant l'oreille d'Onion. Les éclats de voix font trembler ses petites pattes, je tâche donc de ne pas l'effrayer, mais ce n'est pas chose facile alors que j'ai envie d'étrangler ma sœur.

— Pourquoi tu ne m'as pas dit que tu aimais les filles ? je demande.

Savannah n'a-t-elle pas conscience que je suis plus gay que la pride ? Que ça ne me dérange pas le moins du monde qu'elle le soit aussi ?

Ce n'est pas sa sexualité qui me gêne, mais le fait qu'elle m'ait menti.

— Je... Je ne savais pas quoi dire.

Je n'avais encore jamais vu Savannah comme ça. Ce n'est pas comme la fois où elle a été surprise à tricher à son contrôle d'espagnol parce qu'elle avait passé la nuit à réviser sa chimie. Non. Elle semble renfermée, silencieuse, comme si le bouton de volume avait été baissé à fond.

— Tu es quoi ? Lesbienne ? Bi ? Pan ?

Onion incline la tête en même temps que moi.

Elle se mord la lèvre.

— Je... Je ne sais pas.

Je me redresse.

— Comment ça, tu ne sais pas ?

— Je ne sais pas, c'est tout.

Elle croise les bras.

On pourrait croire que ma bisexualité m'a été livrée avec un joli bouton qu'il me suffit de presser pour mettre les autres à l'aise avec ce genre de sujets, mais apparemment pas.

J'ai vécu à peu près la même chose avant de reconnaître que, oui, j'ai fricoté avec une fille ou deux durant mon année de troisième. Personne n'a su quoi me dire à l'époque, et je ne sais pas non plus quoi dire à Savannah.

Cette situation ne devrait pas nous isoler à ce point. Et pourtant, si.

— Peu importe, je reprends. Je regrette juste que tu ne m'aies pas dit que tu couchais avec ma meilleure amie. On dirait le scénario d'une série HBO.

Alex devient plus rouge qu'une lune de sang.

— On ne couche pas ensemble ! (Elle se tourne vers Savannah.) Enfin, je suis pas du tout opposée à cette éventualité, hein, mais…

Qu'est-ce qui se passe, en ce moment ? Ça ne peut pas être réel. Rien de tout cela ne l'est.

— Je n'arrive pas à y croire. Les deux personnes en qui j'avais le plus confiance me mentent ouvertement depuis deux mois !

Ça ne plaît pas du tout au pauvre Onion. Il recule en gémissant doucement.

— Tu vois ? C'est exactement pour ça que je ne t'ai rien dit, soupire Savannah. Alex, ça t'embête si on se voit plus tard ? Je n'ai pas envie de me disputer devant toi.

— Je devrais rester. Je suis coupable aussi. Je suis super désolée, Violet.

Alex me considère, la lèvre inférieure tremblotante, et je comprends qu'elle est sincèrement navrée. Malheureusement, ça n'arrange pas les choses.

— S'il te plaît, va-t'en, insiste doucement Savannah. Je t'appelle plus tard.

Alex l'étreint rapidement et s'approche comme pour me faire un câlin aussi, mais renonce.

— Tu restes ma meilleure amie, lance-t-elle.

— Je sais. Navrée pour la comédie musicale. J'espère que Brittany Thompson va déménager et qu'ils te refileront son rôle.

Savannah et moi demeurons donc toutes les deux, assises dans notre jardin.

Nous nous jaugeons telles deux lionnes sur le point de bondir l'une sur l'autre. L'air devient irrespirable, comme si des nuages d'orage s'étaient subitement amoncelés.

— Tu n'étais pas obligée de la faire partir, je lui reproche.

— Si, au contraire. Tout tourne toujours autour de toi. Je savais que tu réagirais comme ça. Tu es tellement égocentrique.

Je me plante l'ongle de l'index dans le pouce. La douleur irradie en petits cercles.

— Je ne suis pas égocentrique.

Elle part d'un rire nerveux.

— Ah non ? Tu es exactement comme maman. Totalement égoïste.

Elle aurait aussi bien pu me jeter de l'acide à la figure. Les larmes me brûlent les yeux. Les dents serrées, je siffle :

— Retire ça tout de suite.

— Non. Je le pense. Il va falloir que tu l'acceptes, comme il va falloir que tu acceptes qu'elle n'est plus là.

— Va te faire voir, Savannah.

Je la pousse au niveau de l'épaule, un peu plus fort que je l'escomptais.

Elle réplique immédiatement, droit dans la poitrine.

— C'est ma mère aussi, Violet ! Tu as oublié ou quoi ? C'est ma mère aussi !

— Eh bien, on ne dirait pas !

Les voisins doivent être collés à la vitre pour nous écouter, mais je me fous totalement de ce qu'ils peuvent penser. Ma colère refoulée a enfin trouvé une soupape par laquelle s'échapper, et elle s'en donne à cœur joie.

Je bouscule de nouveau Savannah, trop fort, cette fois. Ce n'était pas mon intention. Elle s'accroche à mon bras en tombant, et on atterrit l'une sur l'autre dans l'herbe. Son corps amortit ma chute. Je me retrouve au-dessus un instant ; mais durant cet instant, je me sens toute-puissante.

Ça ne dure pas.

Elle renverse la situation et me cloue au sol.

— Tu ne t'es jamais dit que ton déni me rendait la vie plus difficile ? Ainsi qu'à papa ?

Les cheveux de Savannah me chatouillent le visage tandis que ses mains me plaquent les épaules contre l'herbe. J'essaie de me tortiller, mais elle est trop forte pour moi. Je suis trop focalisée sur l'instant pour avoir peur.

— J'ai trouvé quelqu'un qui me rend heureuse ! J'essaie d'avancer dans la vie, et tu devrais en faire autant. Au lieu de quoi, tu compliques la mienne.

Ils n'ont pas encore repéré le moindre débris, et pourtant Savannah semble prête à jeter de la terre sur le cercueil vide de maman.

— Et comment veux-tu que j'avance ? Tu ne mesures pas à quel point c'est dur pour moi !

— Pourquoi ? Parce que tu étais sa préférée ?

Le regard de Savannah devient froid, glacial. Elle m'écrase les épaules un peu plus fort. Je ne pourrais pas bouger même si j'en avais envie. Pourtant, je n'éprouve toujours pas de peur, car je sais, au fond de moi, que ma sœur ne me fera jamais de mal.

— Je ne peux pas comprendre ce que ça fait de perdre ma mère parce que je n'étais pas sa chouchoute, c'est ça ?

On ne se l'est jamais avoué à voix haute, mais on sait qu'elle est celle de papa et moi celle de maman. Celle-ci étant partie, j'ai perdu une partie de moi-même, alors que Savannah reste entière.

— Non, je chuchote. C'est pas vrai du tout. C'est pas ce que je voulais dire.

Elle me libère enfin et se relève. Je l'imite.

Nous nous toisons avec défiance, demeurant à un bon mètre l'une de l'autre.

— Si, c'est la vérité. (Sa voix se brise, mais ses yeux demeurent secs.) J'aimerais pouvoir être comme toi, la soutenir comme tu le fais, parler d'elle sans arrêt. Mais j'en suis incapable.

J'ai envie de lui toucher l'épaule, mais j'hésite.

— Sav. Tu n'es pas obligée de le faire.

— Je me sens horriblement mal. Tout arrive d'un coup. Comme si les murs se refermaient sur moi. Tu sais ce que ça fait de tomber amoureuse au moment même où ta mère disparaît ? C'est à la fois étrange et malvenu, et je me sens hyper coupable.

Je le comprends mieux qu'elle l'imagine ; mais elle a raison, il n'est pas question de moi.

Attends deux secondes.

— Amoureuse ? je répète.

— Ouais, bon, peut-être pas encore complètement, mais… je n'avais encore jamais ressenti ça pour personne.

— C'est Alex. Elle est parfaite.

Même si j'ai envie de la tuer pour m'avoir menti sur sa nouvelle copine, je dois reconnaître qu'elle n'aurait pu mieux choisir.

Mon ventre se serre une fois de plus.

J'aimerais être heureuse pour elle, mais l'exemple des parents me rappelle que plus tes attentes sont hautes, plus la chute risque d'être vertigineuse.

Et si Savannah et Alex vivaient une rupture difficile ? Savannah est ma sœur, mais devoir choisir entre les deux serait un véritable déchirement.

— Comment ça a commencé ? je demande.

— Une fois où Alex a couché à la maison. J'arrivais pas à dormir, alors je suis descendue regarder la télé au salon. Comme elle ne dormait pas non plus, on a fini par discuter toute la nuit. Quand elle venait, elle était toujours…

— Avec moi.

— Voilà. Après ça, on s'est mis à s'envoyer des textos sans arrêt, et quand maman a disparu…

— Tu n'avais personne d'autre, je conclus.

J'étais tellement absorbée par ma quête visant à prouver l'innocence de maman que j'ai laissé ma propre sœur à l'écart. J'ai passé tant de temps à écumer les forums Internet et à faire des recherches que j'en ai fini par oublier que je n'étais pas la seule à souffrir.

— Je ne voulais pas te prendre ton amie, murmure Savannah. Et encore moins te mentir.

Ça me mine toujours. Pourquoi ne m'en ont-elles rien dit ? Après la disparition de l'avion, je peux comprendre, ce n'était pas le bon moment. Mais avant ? Quelle est leur excuse ? Quelle facette de ma personnalité les a convaincues qu'il valait mieux me mentir ?

Une douleur fulgurante dans mon bras me ramène à la réalité. Mes ongles sont profondément enfoncés dans la chair tendre. Je dois cesser de me faire du mal. Le fait que cela arrive sans que je m'en rende compte est bizarre. Flippant, même.

— Arrête de faire ça avec tes ongles, me reproche Savannah. Je déteste ça.

Je suis surprise qu'elle ait même remarqué.

— Pardon. C'est... dur de me retenir. Tout le monde me ment. Toi, Alex. Maman. Depuis que j'ai appris pour sa liaison, j'ai l'impression de ne presque rien connaître d'elle. Comme si elle avait plusieurs vies, mais ne nous en montrait qu'une seule.

— Je me suis fait la même réflexion. Et j'ai du mal à supporter que le Dr Bryant soit le seul à savoir de quoi ils ont parlé avant le décollage.

Je hausse les sourcils. Pourquoi n'a-t-on encore jamais abordé le sujet ?

— Je lui ai demandé de me le dire. Il a refusé. Il m'a dit que ce n'était ni le moment ni l'endroit, j'explique. Attends.

Une idée me frappe soudain telle une comète. La comète Hyakutake, même : puissante, lumineuse, potentiellement dangereuse.

— Et si on allait chez lui ?

Elle croise les bras.

— C'est ridicule.

— Pourquoi ? Il n'a pas voulu me parler à l'hôpital parce qu'il avait peur que quelqu'un l'entende.

Chez lui, ce ne sera pas un problème. Et il ne me fera pas de mal. Il aimait maman.

— Ça, on n'en sait rien, réplique Savannah en tendant le menton. On sait qu'ils avaient une liaison, c'est tout. Ça ne se fait pas d'aller chez lui.

— Oh, arrête. Il t'a sauvé la vie.

— Je me suis sauvée toute seule. Il y a contribué, bien sûr… peut-être. Écoute, Vi. Tu es sûre de vouloir faire ça ? Parfois, mieux vaut ne pas déterrer la vérité. Tu vois ce que je veux dire ? Plus on en apprend sur certaines choses, plus ça peut faire mal.

J'aurais dû me douter que Savannah me ferait la morale.

— Oui, je suis sûre de moi. Et tu m'es redevable. Si tu veux qu'on soit quittes, viens avec moi.

— Tu es une sale manipulatrice. Tu vois ? C'est exactement ce que je te disais tout à l'heure.

Parfois, je me demande pourquoi je perds mon temps avec elle. Chaque fois qu'on se rapproche, on se repousse aussitôt, telles deux autos tamponneuses.

— C'est toi qui m'as plaquée au sol.

— Non, tu m'as poussée la première, et je t'ai entraînée dans ma chute, proteste-t-elle.

— Laisse tomber. J'irai toute seule. Tu n'es pas obligée de venir.

Savannah soupire et contemple le coin d'herbe sur lequel nous nous sommes battues.

— Pourquoi ça compte tellement à tes yeux ?

— Tu l'as dit toi-même : je veux savoir ce qu'ils se sont dit durant ces dernières minutes. Je veux savoir dans quel état d'esprit elle se trouvait. Puisque je ne la connaissais pas si bien, comment je peux être certaine qu'elle ne s'est pas fait du mal ? je chuchote. Ainsi qu'à tous ces gens ?

— Parce que notre mère ne ferait jamais une chose pareille, me répond-elle.

— Ouais, et il y a une semaine, j'aurais juré qu'elle n'aurait jamais non plus de liaison.

Savannah plante son pied dans la terre et n'ose plus croiser mon regard pendant une bonne dizaine de secondes.

Je m'assieds et la dévisage jusqu'à ce qu'elle daigne accepter un contact visuel.

— J'aimerais qu'elle soit là, souffle-t-elle. Et qu'on puisse lui poser la question.

— Moi aussi. Tellement.

Je gratte mes cuticules ensanglantées.

— Elle me manque, avoue-t-elle. Je n'arrive pas à croire qu'elle soit partie. Comme si rien de cela n'était réel. J'ai mal au cœur… littéralement.

— Ça pince, c'est ça ?

Je serre le poing et le plaque contre ma poitrine. Je ne connais que trop bien cette douleur lancinante, palpitante, qui survient généralement pendant les moments calmes, quand je m'y attends le moins.

— Comme ça ?

— Exactement.

— Je dois découvrir qui elle était. Je pensais la connaître, mais je me trompais. Je ne veux pas avoir l'impression de mentir quand j'affirme qu'elle est innocente. Et… cette lettre…

Savannah hausse un sourcil.

— Quelle lettre ?

Ça semble être le bon moment. Malgré tous mes efforts pour ne pas y penser, cette lettre m'a toujours paru étrange. Si ma mère avait eu un plan, ce ne pouvait tout de même pas être celui-là.

J'explique tout à Savannah. J'ai l'impression de trahir maman, mais ce fardeau est trop lourd. Pendant tout ce temps, personne n'a voulu m'écouter, alors que je possédais la preuve de ce que j'avançais.

Ou du moins… ce qui me semblait être une preuve.

Ma sœur contemple ses pieds une fois de plus.

— Waouh. Elle ne m'a rien laissé.

— Savannah…

— Laisse tomber. Ce n'est sans doute pas le plus important. (Elle secoue la tête.) Qu'est-ce que ça veut dire ? Tu en as parlé aux flics ? Ou à papa ?

— Elle m'a demandé de ne pas le faire. Je devais respecter ça. Tu dois me comprendre. C'est pour ça que je veux reparler à ce type. Peut-être… Peut-être qu'il sait.

Un long silence s'ensuit. Savannah enfonce son pied de plus en plus fort dans le sol.

— Il ne travaille pas le dimanche. Je le sais, parce que j'ai jeté un coup d'œil à son planning quand j'étais à l'hôpital.

— Et moi, j'ai trouvé son adresse en ligne.

— Si tu comptes vraiment faire ça, je ne te laisserai pas y aller toute seule.

Elle frotte mon tee-shirt dans l'espoir de faire disparaître une tache d'herbe. En vain.

— D'accord.

— On ira demain matin avant 8 heures, décide-t-elle.

— Oh là là ! c'est super tôt, gémis-je.

— D'accord. 9 heures, alors. Pétantes.

— Ça marche. Mais à partir de maintenant, plus de mensonges entre nous. (Je lui tends la main pour sceller notre accord.) Et… on arrête de se balancer par terre.

Elle me serre la main avec hésitation.

— Ouais. On arrête ça.

La gravitation nous pousse l'une vers l'autre, comme une étoile en pleine formation.

Chapitre vingt

Jour 6, soirée

J'ai hâte d'être à demain.

Je pourrai enfin me mettre sous la dent les infos que je cherche. Si Savannah m'accompagne, le Dr Bryant se souviendra peut-être de cette petite fille dont il a soigné le cancer et se sentira plus disposé à aider.

Mais en attendant, je dois assumer mes responsabilités. Même si j'ai très envie d'oublier la comédie musicale, c'est impossible : ils vont avoir besoin d'un décor.

Pendant que les acteurs se regroupaient dans la salle de musique, j'ai passé un moment avec la décoratrice, une femme à la fois cool et chic qui trouve mes notes très utiles. Depuis, j'essaie d'imaginer à quoi pourrait ressembler mon futur : créer différentes scènes, visiter des écoles…

J'adore rencontrer de nouvelles personnes et donner vie à de simples idées.

Ça me fait bizarre d'envisager mon avenir alors que maman n'est pas à la maison, mais c'est agréable de penser à autre chose. Ne serait-ce que quelques instants.

Les acteurs reviennent dans l'auditorium.

Je repère Landon en premier. Il m'adresse un coucou de la main, et je lui réponds de la même manière. Alex se trouve seule, à l'arrière du groupe. J'essaie d'attirer son regard, mais elle est trop concentrée sur la feuille de chant.

— Placez-vous par ensembles vocaux, leur indique M. Tariq. Je passerai vous voir dans cinq minutes.

Les acteurs se divisent en petits groupes, et je retourne à ma peinture. Ces roses se présentent bien, vu que j'ai eu le temps de m'entraîner.

M. Tariq vient s'accroupir près de moi.

— C'est joli.

— Merci.

— Écoute, tu veux bien me rendre un service ? me demande-t-il. Ashley quitte la pièce. J'ai besoin de quelqu'un pour le rôle de Plumette. Tu voudras bien lire à sa place pour la répétition de ce soir ?

— Elle quitte la pièce ? Pourquoi ?

Je m'efforce de réprimer mon sourire.

M. Tariq secoue la tête.

— En partie parce qu'elle a un ego surdimensionné. Et donc, tu voudras bien nous donner un coup de main pour la lecture ? C'est le passage que tu as déjà lu pour l'audition avec Landon.

— Bien sûr.

Pourquoi pas ? Ce n'est qu'une lecture.

Une lecture qui me rappelle Landon.

Je vais rejoindre le reste du groupe.

— OK, tout le monde. Violet va se charger du rôle de Plumette aujourd'hui, pendant qu'on lira le texte, annonce M. Tariq. Ça ne veut pas dire que j'ai changé quoi que ce soit au casting, d'accord ? Allez, on reprend.

Landon se faufile jusqu'à moi.

— Coucou ! C'est bien, on va pouvoir faire encore mieux.

— Mais oui.

J'essaie de ne pas remarquer combien ses épaules semblent larges par rapport aux miennes ni à quel point il sent bon. C'est peut-être son shampooing ? Je l'imagine faire mousser ses cheveux en les massant, visualise l'eau qui s'écoule le long de ses…

— Œufs ! s'exclame alors un comédien. Pardon, j'essaie d'apprendre ma réplique sur les œufs.

Ouah. *Allez, concentre-toi.*

— Comment tu te sens, pour le rôle ? je chuchote. Félicitations, au fait.

— Merci ! Je suis… excité ? Nerveux comme pas possible ? (Il hausse les épaules.) Honnêtement, je m'attendais à jouer une tasse ou un truc comme ça.

Quand on arrive à notre scène, Landon et moi nous plaçons face à face.

Dès sa première réplique, il me prend le menton dans sa main. Sa paume est chaude et délicate. Je n'entends même pas ses paroles tant je suis concentrée sur ce pouce tout près de la commissure de mes lèvres. Je suis tentée d'incliner la tête pour l'en rapprocher un peu plus.

— Ah, Lumière, j'improvise.

Puis Landon se penche vers moi et me prend dans ses bras. Selon le script, je suis censée glousser et le repousser, mais je n'ai pas envie d'interrompre cette étreinte. Je n'ai cependant aucun mal à glousser. C'est notre premier véritable câlin. Une embrassade puissante et solide. Je me sens en parfaite sécurité.

Je repense à notre « rencard » au McDonald's, au plaisir que j'ai ressenti alors. Quelque chose chez lui ravive en moi une lumière que je pensais définitivement éteinte depuis la disparition de maman.

— Tu es censée le repousser, me souffle quelqu'un.

Ah oui, c'est vrai.

Je m'en tiens donc au scénario, et notre scène s'achève là.

Le reste des acteurs pouffent ou sourient autour de nous.

Voilà pourquoi j'aimerais jouer la comédie : pour rendre les gens heureux. Pour les faire rire. J'aime à croire que j'ai réussi à leur faire oublier leurs soucis de la vie réelle, ne serait-ce qu'un instant.

Je finis par croiser le regard d'Alex. Mais pas longtemps – elle s'en retourne aussitôt à sa musique.

Je ne sais pas si c'est à cause de ce qui s'est passé plus tôt ou si elle m'en veut de jouer Plumette. Ce n'était que pour quelques minutes. Ce n'est pas comme si M. Tariq allait me confier le rôle.

Quand on termine notre lecture, une partie de moi regrette cependant de n'avoir pas répondu à son e-mail, lorsqu'il m'a proposé un rôle non chanté. Je n'ai malheureusement pas avancé d'un pouce pour maman, ça n'aurait donc pas changé grand-chose que j'accepte. Mais je dois garder ça pour moi. Ça n'est pas comme ça que ça fonctionne.

Le groupe se divise en plus petits groupes pour discuter et remballer. Les principaux chanteurs doivent rester plus longtemps pour répéter davantage, et je compte en faire autant pour avancer sur ma peinture.

— C'était sympa.

— Très !

Je vois du coin de l'œil qu'Alex nous observe, et je me tourne vers elle. Elle se dérobe aussitôt à mon regard.

— Landon, tu veux bien m'excuser un instant ?

— Bien sûr, répond-il.

Alex a déjà son sac sur l'épaule.

— Désolée, je peux pas rester, j'ai pas un rôle principal, lance-t-elle d'un ton venimeux.

— Moi non plus. Je vais juste peindre.

— Ah bon ? Ce n'est pas l'impression que j'ai eue, Plumette, grogne-t-elle.

— Sérieux ? Si l'une d'entre nous a le droit d'être en colère, c'est bien moi.

Elle secoue la tête.

— Tu as raison. Désolée. J'ai eu une journée difficile.

— Pareil, je réponds à voix basse. Pourquoi tu ne m'as pas parlé de Savannah et toi ? je chuchote.

— Je voulais, mais elle m'a interdit de le faire. Et puis…

— Pourquoi tu as pris son parti plutôt que le mien ?

— Tu vois, c'est pile ce que je craignais. Avec vous deux, il faut toujours choisir son camp. Je ne veux pas me retrouver à faire l'arbitre ou à défendre l'une ou l'autre.

— Tu es censée être ma meilleure amie. Tu es censée me dire la vérité.

— Je ne voulais pas te perdre.

— Je n'en aurais pas fait toute une histoire si tu me l'avais dit directement !

Elle agite les bras.

— Et comment voulais-tu que je m'y prenne ? En plus, avec ta mère qui est morte, tu as d'autres soucis en…

— Disparue ! Pas morte !

Ma voix résonne dans toute la salle. Je sens tous les regards se tourner vers moi. J'aimerais porter un sweat à capuche trop grand pour pouvoir disparaître à l'intérieur. Pour toujours. Je soupire.

— Écoute, je t'ai déjà dit que je tenais à toi et à ce qui se passe dans ta vie. Ce n'est pas parce que ma mère a disparu que j'ai le monopole de la souffrance. Je tiens à toi.

— Ah bon ? Si c'était le cas, tu comprendrais que je sois vraiment furieuse pour le résultat des auditions. (Elle se frotte l'œil droit, ce qui signifie qu'elle se retient de pleurer.) OK, je ne suis pas Belle, j'ai pigé. Mais tu ne crois pas qu'il aurait pu me proposer d'être l'une des triplées ou même Mme Samovar ?

— Oui, tu méritais un plus gros rôle.

Je le pense de tout mon cœur.

— Ou Plumette, maintenant qu'Ashley est partie ?

— Tu sais pourquoi elle est partie, d'ailleurs ? M. Tariq a parlé d'ego…

— Ouais, elle a piqué une crise comme quoi si elle n'est pas Belle, elle veut plus jouer du tout. Honnêtement, j'ai d'abord trouvé qu'elle abusait, mais maintenant je comprends. Je n'ai pas envie d'être ici non plus. (Elle ajuste la sangle sur son épaule.) J'ai l'impression d'être une grosse nulle.

— Mais pas du tout !

— Si. Une grosse nulle.

— Alex.

J'ouvre les bras pour la réconforter, mais elle tourne les talons et se dirige vers la sortie.

— Violet, m'appelle M. Tariq.

Je me tourne vers lui et lui tends son texte. Il secoue la tête.

— Garde-le, me dit-il. Tu as été fantastique, tout à l'heure. Tu as le cœur et l'humour que je recherche pour ce rôle.

— Merci.

Ça me semble tellement surréaliste, j'ai l'impression de me retrouver dans *High School Musical*. J'ai toujours voulu que quelqu'un me dise un truc dans le genre, que quelqu'un voie en moi une chose que j'ignore moi-même.

Au fond de la salle, je vois Landon lever les deux pouces à mon intention.

— Je te le propose une dernière fois, reprend M. Tariq. Veux-tu jouer Plumette ?

Mon cœur s'emballe. Un e-mail, c'est facile à supprimer. Mais une deuxième chance pareille ?

— Et Alex ? je marmonne.

Après la conversation que nous venons d'avoir, je m'en voudrais d'accepter un rôle qu'elle convoite tant. Nos dix années d'amitié valent bien plus qu'un personnage au théâtre.

— Je ne l'ai pas proposé à Alex parce que j'ai besoin d'elle comme capitaine des danseurs. Elle doit comprendre que l'ensemble est aussi important que n'importe quel rôle. Je lui en parlerai. Elle aura l'occasion de briller si elle sait la saisir.

Ça semble logique. Alex est sans doute la meilleure danseuse de l'équipe ; et comme l'a fait remarquer Savannah, elle est aussi patiente et pédagogue. Ce n'est peut-être pas ce qu'elle souhaitait, mais c'est ce dont le groupe a besoin.

— Alors, qu'est-ce que tu en dis ? insiste M. Tariq.

La voix de la Dr Madison résonne dans ma tête. « Peux pas ? Ou veux pas ? »

Maman ne refuserait pas. Plus important encore : elle ne voudrait pas me voir refuser.

— D'accord ! je m'écrie sans même m'en rendre compte. Je suis partante !

M. Tariq semble ravi.

— Formidable. Je vais apporter les derniers ajustements à la liste. Félicitations.

Il s'éloigne, et Landon se précipite vers moi, les bras grands ouverts.

— Tu as réussi !

Il me serre contre lui, et je lui rends son étreinte. La pointe de ses boucles me chatouille la joue.

— J-j'espère que tu n'as pas accepté à cause de ce que je t'ai dit l'autre jour. Je ne voulais pas te mettre la pression.

— Je sais, je le rassure. Ne t'en fais pas. J'ai pris ma décision toute seule.

Il se fend d'un grand sourire idiot. Ses dents tordues ne me laissent décidément pas indifférente.

— Merci !

— Pourquoi tu me remercies ? je m'esclaffe.

— Parce que je ne suis pas aussi génial sans toi, répond-il.

— Mais si.

Nous nous éloignons lentement l'un de l'autre, mais son regard s'attarde sur moi. C'est comme si un fil invisible nous reliait l'un à l'autre.

Enfin, les choses semblent s'arranger.

— Je n'arrive pas à croire que j'aie accepté, je dis dans un éclat de rire.

— Pourquoi pas ? Tu le mérites.

Il me pose la main sur l'épaule.

Est-ce que je le mérite vraiment ?

La porte de l'auditorium s'ouvre dans un grincement. Du coin de l'œil, je vois Alex la claquer derrière elle.

Chapitre vingt et un

Jour 7, matin

Je baisse le volume de la musique en partie pour ne pas distraire Savannah, mais surtout pour mieux m'entendre chanter. Je pousse ma voix, aussi atroce qu'enthousiaste, en mode Broadway.

— Je ferais une super Elphaba.

Je lève les mains en l'air tandis que Savannah conduit, afin de me laisser consumer par l'esprit de la méchante sorcière. Maman et moi chantions sans arrêt en voiture, c'est un peu ma façon de lui rendre hommage.

Savannah me repousse doucement, avant de tourner à gauche.

— J'adore *Wicked*, mais là c'est insupportable.

— Désolée si je n'ai pas une voix aussi magnifique que celle de ta petite copine.

— Ouais. Dommage qu'elle soit condamnée à jouer une fourchette. Quel gâchis.

— Je crois qu'elle m'en veut. J'ai accepté le rôle de Plumette.

— C'est qui, Plumette ?

Je peine à croire qu'on soit de la même famille.

— Le plumeau. J'ai ma première répète ce soir.

— Waouh ! Félicitations ! Je croyais que tu ne voulais pas passer d'audition ?

— J'y ai échappé. C'est une longue histoire. Mais ouais, je vais finalement monter sur scène ! Cela dit, ne t'en fais pas, je n'aurai pas à chanter.

— Je suis... fière de toi.

Au feu rouge, Savannah me dévisage plus longuement. Il y a quelque chose de différent dans son regard, comme si elle ne me reconnaissait pas. Ou qu'elle essayait de me comprendre.

— Attends, pourquoi Alex t'en voudrait, du coup ? Parce qu'elle est jalouse ?

— Je pense. J'en sais rien. On s'est disputées.

Savannah se mord la lèvre en tournant au carrefour.

— Mmm. Ça le fait pas. Je vais lui en parler.

Pour la première fois de ma vie, j'ai l'impression d'avoir une grande sœur protectrice. Que personne ne peut m'atteindre sans avoir, d'abord, à lui passer sur le corps.

— Comment vous allez faire quand tu seras partie, l'année prochaine ?

— On n'en a pas encore discuté, admet-elle d'une petite voix. Je ne suis pas certaine de vouloir encore aller sur la côte ouest. C'est tellement cher...

Je tourne brusquement la tête vers elle.

— C'est la seule raison ?

Elle bat ses longs cils.

— Ouais. J'ai pas peur du changement. Il me tarde de suivre des cours de génie aéronautique. Mais il y en a aussi à Syracuse. Ça me permettrait peut-être d'obtenir une meilleure bourse. Et peut-être que le froid me plairait. J'adore la neige. De toute façon, je ne sais même pas si je vais être acceptée à Stanford.

— J'ai déjà acheté un sweat à l'effigie de la fac, et ils coûtent une fortune, alors tu as intérêt à y aller. (Je croise les bras.) Mais plus sérieusement, on trouvera bien une solution. Maman, papa et moi, on a vraiment envie que tu y ailles.

Savannah se tortille une mèche de cheveux tout en tournant dans la rue du Dr Bryant.

Il habite un quartier pavillonnaire, où de hauts arbres émergent d'une forêt située à deux pas d'un petit lac magnifique. Les maisons d'inspiration coloniale adoptent différentes teintes de bleu, de beige ou de marron.

— Je crois que c'est ce que maman voudrait, oui, admet Savannah. Et qu'elle serait très fière de te voir monter sur les planches.

— Ou furieuse de nous voir nous battre dans l'herbe.

— Ouais… Mais il faut reconnaître que, avec du recul, c'était plutôt marrant.

— Mmm, tu dis ça parce que tu es super musclée alors que je suis pas plus forte qu'une crevette.

— C'est vrai.

Elle éclate de rire, comme le Dr Finkelstein dans *L'étrange Noël de monsieur Jack*, mais notre hilarité se dissipe alors qu'on avance dans la rue.

Nous y sommes.

Quand on se gare dans l'allée du Dr Bryant, je sens un frisson glacial me parcourir l'échine. J'imagine maman empruntant secrètement la même route.

Sa maison est plus petite que je l'imaginais, mais reste d'une exquise beauté. Les briques sont d'une profonde couleur châtaigne, à l'exception des élégants rebords de fenêtre blancs. Je m'attendais à un véritable manoir de docteur, même si je n'ai jamais visité le domicile d'un médecin de toute ma vie.

— Tu es prête ? me demande Savannah.

J'ouvre ma portière.

— Pas vraiment. Mais quand faut y aller, faut y aller…

Savannah et moi remontons le sentier de pierre qui mène à la porte. Je frappe.

Nous échangeons un regard. Rien ne se passe.

Je n'avais pas envisagé la possibilité qu'il puisse ne pas se trouver chez lui. Soudain, je me sens ridicule d'être plantée sur le perron d'un inconnu, comme si j'attendais tellement de cet homme que…

— Euh, bonjour ?

Le Dr Bryant se tient sur le seuil en tee-shirt gaufré ras-de-cou et pantalon de survêtement. Il nous considère comme si nous étions deux scoutes venues lui vendre des cookies : il n'est pas spécialement désagréable, mais nous fait bien comprendre qu'il n'attendait pas notre visite.

Savannah me jette un coup d'œil comme pour me signifier : « C'est ton idée, à toi de parler. »

J'inspire un grand coup.

— Bonjour, docteur Bryant. Pardon de débarquer à l'improviste, mais, euh... comme vous le savez, l'avion n'a toujours pas été retrouvé, et... Eh bien, honnêtement, on espérait que vous pourriez nous parler un peu de notre mère. Je crois que vous la connaissiez mieux que nous, ces derniers temps.

Il incline la tête. Le silence enfle telle une baudruche autour de nous.

Il s'efface de côté.

— Très bien. Entrez.

Quand maman rentrait après un long voyage, elle nous disait parfois : « On dirait qu'un troupeau d'hommes habite ici. » C'est à ça que ressemble l'intérieur du Dr Bryant.

Des chaussures dépareillées gisent devant la porte, et un long couloir dépourvu de toute décoration conduit à une cuisine chichement meublée. Un cadre est suspendu au-dessus de la cheminée du salon. Des fleurs roses – peut-être de cerisier.

Il ramasse les tasses et les gobelets en carton qui traînent sur la table de la cuisine pour nous permettre de nous asseoir. Puis il nous apporte deux verres d'eau. On ne les touche pas.

— Alors, comment te sens-tu, Savannah ? Le Dr Singh m'a dit que tu avais eu une infection rénale. Tu prends bien tes antibios ?

— Oui.

Elle lui adresse un large sourire qui me donne envie de la gifler.

— Bien. (Il s'assied en face de nous et joint ses immenses battoirs.) J'ai été navré d'apprendre la nouvelle pour votre mère.

— C'est difficile pour vous aussi, fait remarquer ma sœur.

Je lui jette un regard de biais. Non, sûrement pas. Je pleure l'absence de maman. Savannah aussi. Pas lui.

Et je semble être la seule à croire qu'elle n'est pas partie pour de bon.

J'essaie de la visualiser ici, assise sur cette chaise de cuisine. Ouvrir l'un de ces placards en cerisier. Faire courir ses doigts sur les décorations militaires exposées dans un cadre.

J'ai beau me concentrer pour faire apparaître son corps élancé, ses cheveux blonds et courts et son sourire chaleureux, je n'y parviens pas. Malgré tous mes efforts pour faire exister son fantôme, je ne vois rien.

Je ne comprends pas pourquoi il m'arrive parfois de l'imaginer si fort qu'il me semble presque sentir son odeur de vanille, alors que d'autres fois c'est comme si... elle n'était plus là.

— C'est vrai. Je ne sais pas comment je pourrais vous aider. Votre mère était une femme fantastique, et je tenais beaucoup à elle.

Il marque une nouvelle pause, comme s'il espérait qu'on se contente de ça. Il s'enfonce les ongles dans le poignet.

C'est encore plus bizarre que mon premier baiser en quatrième, quand les lèvres et les langues me mettaient encore dans tous mes états.

— J'aimerais vraiment en savoir plus sur ce dernier coup de fil, j'interviens. S'il vous plaît.

— Je… Je ne sais pas. J'ai l'impression qu'il ne m'appartient pas de vous en parler.

— Si ce n'est vous, qui pourrait le faire ? demande Savannah. Personne d'autre ne peut en témoigner.

À part maman.

Il soupire.

— Ça a commencé comme une conversation banale avant le décollage. Elle m'a dit qu'elle rentrait du Brésil, qu'elle adorait son métier, et qu'à son retour elle passerait ici.

Un goût amer m'envahit la bouche.

— Qu'elle passerait ici ? Elle était censée assister à ma pièce, ce soir-là.

Censée faire partie du public.

Censée être là pour me soutenir.

— Elle m'en a parlé. Elle savait combien ça comptait à tes yeux. Violet, elle était tellement fière de toi.

Je déteste la sincérité que je perçois dans son timbre.

— Alors pourquoi elle ne comptait pas venir ?

— Eh bien… c'est compliqué.

— On s'y connaît en choses compliquées, réplique Savannah. Croyez-moi.

Il soupire de nouveau.

— Laissez-moi aller chercher une chose qu'elle a laissée ici. Cela vous expliquera la situation beaucoup mieux que moi.

Le Dr Bryant se dirige vers l'escalier, nous laissant seules dans la cuisine.

Pendant qu'il gravit les marches, je ferme le poing, serre de toutes mes forces, puis relâche. Ça ne fonctionne pas. Soit je suis trop nerveuse, soit je ne me souviens pas des instructions de Landon.

— Ce doit être sa fille, me souffle Savannah en désignant la photo d'une jeune enfant accrochée au mur.

Elle a de magnifiques cheveux noirs, façon Blanche-Neige, mais elle me semble étrangement familière, comme si je l'avais déjà vue.

— Il m'a dit que c'était à cause d'elle qu'il ne voulait pas parler de l'affaire aux médias. J'imagine qu'il est trop tard pour ça, à présent.

Je me dirige vers le mur pour étudier les autres clichés. La plupart sont de sa fille, d'autres montrent des personnes plus âgées qui doivent être ses parents. Je remarque alors un billet de concert encadré. Bruce Springsteen, 1985, Oakland, Californie. En dessous figure la liste des chansons d'un album.

Ce titre, *Thunder Road* ! Comme me l'a dit Landon.

— Oh, mon Dieu, je souffle. C'est lui, ThunderRoad68.

Ça tombe sous le sens. J'ai l'impression que le sol vient de s'ouvrir sous mes pieds.

J'effectue un rapide calcul : si 68 correspond à une année de naissance, cela lui donnerait un peu plus d'une cinquantaine d'années, ce qui semble coller. Comme il vit en ville, pas étonnant qu'il aille voir le site de la municipalité. C'est le genre de sites que consultent les personnes plus âgées. Je n'ai pas réussi à me connecter au forum sur l'anxiété parce que mon compte n'a pas encore été validé, mais la charte promettait des réponses de la part de vrais médecins. Il en fait peut-être partie.

Évidemment.

— Quoi ? demande Savannah en haussant un sourcil.

C'est à ce moment-là que le Dr Bryant redescend, une boîte à carreaux blancs et bleus dans les mains.

— À vrai dire, je crois que je vous dois des excuses, les filles.

— Vous croyez ? je maugrée.

Savannah me décoche un petit coup de coude.

— Je suis à peu près sûr que c'est mon ex-femme qui a parlé de votre mère et moi aux médias. Jenn était parfois ici quand elle venait déposer Phoebe. Je crains qu'elle l'ait reconnue aux infos et qu'elle ait appelé le numéro vert…

— Pourquoi elle aurait fait ça ? s'étonne Savannah.

— Pour se venger de moi ? Pour l'argent ? (Le Dr Bryant hausse les épaules.) Je l'ignore. Mais je suis désolé. J'aurais gardé ce secret pour l'éternité, si j'avais pu.

— Pourquoi ? je m'étrangle. Si vous étiez réellement amoureux, pourquoi vous ne vous êtes pas installés ensemble, maman et vous ?

— Eh bien… on comptait le faire.

Je me tourne vers Savannah, qui me dévisage. À en juger par son air ébahi, elle est aussi surprise que moi.

— On était amoureux, explique-t-il. Mais elle avait trop peur de vous laisser, toutes les deux.

Cela nous tombe dessus comme la neige du petit matin : silencieuse et hésitante.

Je m'attendais à une simple liaison. Une banale histoire de cul *(beurk)*.

Je ne pensais pas qu'il était question d'amour.

L'amour rend tout cela infiniment plus complexe. Même si… je suis loin d'être experte en la matière.

— C'était donc ça, son grand projet ? S'installer avec vous ?

Je savais que le divorce était en cours, mais elle allait en plus déménager ? Laisser la maison à papa ou la vendre ? L'aurais-je perdue même si l'avion n'avait pas disparu ?

— On était censées habiter tour à tour chez nous et… ici, c'est ça ?

Le Dr Bryant secoue la tête.

— Pas exactement…

— Elle allait s'installer avec vous, oui ou non ? je crache. Ce n'est pas une question très difficile.

— Violet.

Savannah me pose la main sur le poignet, mais je l'en chasse d'un geste brusque.

— Non ! Arrête. C'est une question simple. Est-ce que maman allait nous abandonner pour se mettre avec vous ?

Il se tortille sur sa chaise, mal à l'aise.

— C'est extrêmement compliqué…

— OUI. OU. NON ?

— Oui. C'est pour ça qu'elle ne prévoyait pas de se rendre à ton spectacle ce soir-là. Elle voulait rassembler quelques affaires pendant que personne n'était à la maison, afin de pouvoir venir s'installer ici. (Il fait glisser la boîte vers moi.) Ta mère t'a écrit ces lettres, Violet, mais elle ne voulait pas que tu les lises maintenant. Elle voulait que tu attendes tes dix-huit ans. Elle ne te sentait pas prête.

Encore cette impression que, même si je n'aspire qu'à connaître la vérité, d'autres estiment que je ne saurais pas la gérer.

Savannah cherche une nouvelle fois mon regard. Ma main glisse doucement vers la sienne.

— J'ai presque dix-huit ans, fait remarquer ma sœur. Il n'y a rien pour moi ?

— Euh... Je n'en suis pas sûr. Certaines vous sont peut-être adressées à toutes les deux, je ne sais pas trop. Je n'ai jamais regardé, ajoute-t-il doucement. Elle m'a simplement demandé d'attendre que Violet ait dix-huit ans, c'est tout.

Ma mère est maintenant portée disparue depuis une semaine, et je passe la matinée avec son amant. Qu'est-ce qu'il pourrait y avoir de pire ?

D'un autre côté, quand maman a écrit ces lettres, elle n'imaginait pas que nous nous trouverions dans cette situation.

— Je vois.

Je serre la main de Savannah.

— Elle les a laissées ici pour être sûre que vous ne tomberiez pas dessus, ajoute-t-il. Je ne les ai jamais lues, sauf celles qu'elle m'a demandé de regarder. C'est promis. Elles sont à toi, et à toi seule. Je ne crois pas que je devrais les conserver plus longtemps. Je ne suis pas responsable de tes décisions. Je ne peux pas me prononcer au nom de votre mère, mais... étant donné ce qui est arrivé, je pense qu'elles te reviennent de droit. Tu peux décider de les lire ou pas. Je pense qu'elle comprendrait.

Je serre la boîte entre mes mains. Elle est gelée.

Je l'imagine posée près d'une fenêtre ouverte, sur le bureau où ma mère a écrit ces lettres. Je suis partagée entre l'envie de les brûler toutes et celle d'en dévorer chaque mot.

— Je suppose que notre père ne sait même pas qu'elles existent ? intervient Savannah.

— Je ne suis pas sûr. Je dirais que non, présume le Dr Bryant.

Je soulève le couvercle avec précaution.

Des dizaines de feuilles volantes forment une liasse désordonnée. Je reconnais bien sûr la belle écriture manuscrite de maman, mais chaque page semble moins appliquée vers la fin. Si je n'étais pas persuadée du contraire, je supposerais qu'elles ont été écrites par une personne en pleine crise. D'un autre côté, je ne connaissais pas maman si bien que ça.

— Je… Je crois que tu devrais attendre d'être rentrée pour les lire.

Le Dr Bryant tend la main vers la boîte, mais je la serre contre moi. Il n'a pas le droit de me la reprendre.

Je comprends alors pourquoi.

Le document sur le haut de la pile n'est pas une lettre du tout :

Test de paternité combiné – 22/10/2007
Mère : Ashby, Jennifer 01/08/1972
Enfant : Ashby, Violet 07/06/2006
Père présumé : Ashby, Mark 27/01/1971
Indice de paternité combiné = 0
Probabilité de paternité = 0 %
Conclusion : Les résultats indiquent que le père présumé n'est pas le père biologique de l'enfant.

Les nombres et les lettres des allèles présentés devant moi se troublent sous mes yeux, jusqu'à ne former que des taches indistinctes. Mon cœur tambourine contre mes tympans.

Tout mon matériel génétique, tout ce qui fait de moi la personne que je suis est étalé sur cette feuille. La vérité sur mes marqueurs et mes gènes, sur qui je suis et qui je vais devenir ; mais aussi sur qui je ne suis pas.

Ce n'est pas possible. C'est un faux.

En observant le Dr Bryant, je me rends compte pour la première fois que ses yeux sont d'un marron profond. Comme les miens. Et que son nez est petit et rond. Comme le mien. Ses sourcils longs et épais, comme les miens. Ils ont aussi la même forme.

— Est-ce que c'est vrai ? Vous étiez au courant ?

La voix de Savannah semble éloignée de plusieurs milliers de kilomètres. J'arrive à peine à l'entendre sous le tumulte de mes pensées.

— Je… Je… (Le Dr Bryant nous observe tour à tour avant de se relever.) Je ne devrais vraiment pas entrer dans les détails. Je pense que vous feriez mieux d'étudier tout cela chez vous.

— Vous étiez au courant, pas vrai ?

Je grince des dents. Le test date de 2007… Ils se fréquentaient donc depuis si longtemps ?

Et si je suis sa fille, sans doute plus encore. Seize ans ?

C'est insensé. Comme si toute logique avait été balayée de la surface de la Terre.

Savannah s'empare de la boîte et farfouille à l'intérieur. À part les résultats du test de paternité, il n'y a que des lettres manuscrites écrites par maman.

— Encore une fois, je pense que vous feriez mieux de regarder tout ça chez vous, déclare-t-il.

— Vous avez fait un test de paternité ? je demande d'une voix tremblante.

Je jette un coup d'œil aux verres d'eau ; c'est ridicule, mais je suis subitement soulagée de ne pas y avoir apposé mes lèvres, de peur qu'il ait prévu de prélever mon ADN.

— Non, jamais.

Je suis furieuse de comprendre à son intonation qu'il dit la vérité.

— Écoute, ta mère ne voulait pas que je m'implique. Ce n'est que récemment qu'elle a décidé de t'en parler à tes dix-huit ans. Nous voulions tous les deux que tu prennes ta propre décision. Peu importe quand...

— Si, ça importe !

Comment mon ADN, mon héritage, pourrait-il n'avoir aucune importance ? Zéro. Zéro chance sur cent que l'homme qui a changé mes couches quand j'étais bébé et m'a appris à conduire soit mon père biologique. Alors que celui-ci, cet inconnu, le serait ?

— Je lui ai promis de ne jamais intervenir. (Son ton reste ferme, mais son regard s'adoucit.) Je suis désolé. Je n'aurais jamais dû...

— Et donc vous n'avez jamais fait de test ? Rien ne prouve que vous êtes mon père ?

— Non. Si tu veux le découvrir, j'accepterai volontiers de te fournir un échantillon d'ADN. Je... Moi aussi, j'aimerais savoir, en toute honnêteté.

Il se gratte l'arrière du crâne.

— Je m'en fous, de ce que vous voulez ! j'aboie.

— D'accord ! D'accord… (Il agite les mains comme il l'aurait fait face à un cambrioleur.) S'il s'avère que je suis ton père, je peux aussi bien faire partie de ta vie que ne jamais plus t'adresser la parole. Ce sera à toi de me dire ce que tu préfères.

Je ne préfère rien du tout. Tout mon monde s'écroule autour de moi. J'ai l'impression que ma peau est trop petite pour moi. Mes épaules sont parcourues de fourmillements désagréables. J'ai presque le sentiment de ne pas exister.

— Viens, on rentre à la maison, Violet, me dit Savannah en me prenant la main. Tu pourras lire tout ça au calme et prendre le temps de digérer.

Je la repousse et m'empare de la boîte, avant de sortir en tapant des pieds. Je n'ai aucune envie de digérer. J'ai juste envie de hurler à m'en faire péter les cordes vocales.

Tu veux la vérité ? Tu ne la supporterais pas.

C'est douloureux de la regarder, car je comprends enfin.

Savannah est le portrait craché de papa. Leurs petites manies, ce lien qui les unit. Je l'ai toujours jalousée pour ça, mais je comprends maintenant pourquoi je me suis toujours sentie laissée pour compte.

La température a chuté d'un coup, mais j'ai l'impression que mon visage chauffe plus que Vénus. La boîte pèse une tonne, mais mes doigts sont fermement repliés sur les bords.

Je commençais tout juste à me faire à l'idée d'avoir perdu maman. Je ne m'attendais sûrement pas à perdre le reste de mon identité.

*

À notre retour à la maison, je ne regarde pas papa dans les yeux. J'en suis incapable.

— Vous étiez où, les filles ?

Il est assis dans le canapé, les manches retroussées, une bière posée sur la table basse.

— Avec Alex.

Savannah ment sans difficulté. Les personnes que nous sommes en train de devenir sont des versions érodées de nous-mêmes.

— Cool ! Vous voulez regarder un peu la télé pendant que j'écris ? Il y a du pop-corn.

— Pas tout de suite, je marmonne.

Je me précipite vers l'escalier, la boîte plaquée contre ma poitrine. J'adore ma sœur, mais ces lettres n'appartiennent qu'à moi.

Je balance le couvercle sur mon lit et me mets à fouiller parmi les courriers. Je suis tellement nerveuse que je n'arrive pas à me concentrer sur un seul d'entre eux. Je les parcours tous en quête de mots-clés, d'indices expliquant les raisons de sa disparition.

Chère Savannah,
Chère Violet,
Mes magnifiques petites filles,
Je suis désolée, j'aimerais pouvoir
J'espère que tu ne m'en voudras pas
Je tiens à ce que tu saches

— Laisse-moi entrer ! réclame ma sœur en tambourinant contre ma porte. Elles sont à moi aussi !

Trop de mots. Je ne pourrai jamais tous les lire assez vite. Et, honnêtement, je n'en ai pas envie. Pas maintenant. J'ai appris trop de choses incompréhensibles ces derniers jours. Je n'en supporterai pas une de plus.

Je me souviens de la lettre que ma mère a déposée sur mon bureau avant de disparaître.

Elle n'avait pas d'autre projet. C'était ça, son projet. Quitter papa, nous abandonner toutes les deux, partir vivre avec ce docteur. Voilà de quoi elle parlait. Pas de l'avion ni de rien d'autre.

Comment ai-je pu me montrer aussi naïve ?

Je me laisse tomber à genoux et m'enfouis la tête dans les mains. Mon rythme cardiaque s'accélère, mon champ de vision s'étrécit. C'est comme si une déferlante d'angoisse me submergeait tout entière. Je m'accroche au pied de mon lit pour ne pas tomber.

Je meurs d'envie d'attraper la lame de rasoir que je range dans le tiroir de mon bureau pour me taillader, mais je me contente de griffer, et griffer, et griffer. Ma peau se retrouve parcourue de furieuses zébrures rouges et blanches.

J'aimerais que tout s'arrête. J'aimerais être tranquille ne serait-ce qu'une minute. Je n'arrive plus à gérer ça. Je veux ma maman, pas juste des feuilles qu'elle a laissées en partant. Des feuilles m'indiquant que ma vie n'a toujours été qu'un mensonge.

Griffer ne suffit pas. Seule une minuscule pointe de sang apparaît. Il m'en faut davantage. J'ouvre mon tiroir et balance tout par terre jusqu'à trouver ma lame…

Arrête !

Ça ressemble à la voix de maman, même si je rechigne à admettre qu'elle commence à tomber dans le néant. Je ne sais même pas si je la reconnaîtrais encore.

Quel genre de fille oublie la voix de sa mère ?

Des larmes chaudes me ruissellent sur les joues, et je maintiens la lame de rasoir en suspension au-dessus de mes veines bleues et délicates.

Ce n'est pas ce qu'elle me souhaite. Ce n'est pas non plus ce que je me souhaite.

Mais je ne sais pas comment faire autrement.

Cinquante jours, cinquante jours. Tu dois tenir jusque-là.

Je remise la lame dans mon tiroir et me roule en boule sur mon lit.

La gravité de toutes ces choses manquantes et douloureuses me leste. M'entraîne vers les profondeurs.

Chapitre vingt-deux

Jour 7, soirée

Alors que la nuit tombe, je n'ai aucune envie de quitter la maison. Il a commencé à faire sombre autour de 18 heures, et je n'éprouve même pas un début de faim.

— Est-ce que Violet va bien ? j'entends papa demander à Savannah depuis le salon.

— Ça va. Elle s'est disputée avec Alex, répond-elle.

Je déteste la savoir devenue si douée pour mentir. À moi, à papa…

Allongée sur mon lit, je griffonne quelques croquis. Rien qui soit en lien avec *La Belle et la Bête* ou avec l'avion. Seulement des visages. Troubles, jamais achevés. Et j'ignore volontairement les nombreux messages que je reçois.

ALEX : Les répètes ont commencé il y a 10 min, t'es où ?

LANDON : Ça va ?

LANDON : ???

Appel manqué (2) : M. TARIQ

ALEX : Tu as laissé tomber à cause de moi ?? Fais pas ça.

ALEX : Viens en répète, on a encore quelques heures.

Aucun d'eux ne pourrait comprendre.

Je sais que je me suis engagée auprès d'eux, mais plus rien ne tient, désormais. Je ne sais même plus qui je suis. La seule chose que je veuille vraiment, c'est voir maman franchir la porte, et je suis furieuse d'y croire de moins en moins. De perdre foi en elle.

Et en moi.

Savannah frappe à ma porte.

— Landon aimerait te voir.

Je me recroqueville sur moi-même. Je n'ai aucune envie d'avoir à lui avouer que la pièce du lycée n'a subitement plus la moindre importance à mes yeux.

— Dis-lui que je ne suis pas là.

— Aucune chance, répond-elle. Et va pas tout gâcher avec lui. C'est un super mec. Je lui dis d'entrer.

— J'ai déjà tout gâché, je maugrée.

Je finis par descendre, mais Landon n'est toujours pas entré. Il préfère patienter dehors, sur le perron.

Il se tourne vers moi.

— Hé ! Tout va bien ?

Je n'ai aucune envie de l'envoyer balader alors qu'il s'est montré tellement gentil avec moi. Mais il mérite quelqu'un qui accepte de s'ouvrir à lui, une personne dont l'univers ne s'écroulerait pas en permanence.

Il porte une chemise de flanelle, un jean et des Converse. D'habitude, il est bien moins débraillé. Son front est couvert de sueur, son visage un peu rougi. Je tâche de faire taire le *boum boum embrasse-moi boum boum* de mon cœur, car non. Comment puis-je oser penser une chose pareille après ce qui s'est passé aujourd'hui ? Comment puis-je oser être heureuse ?

Je suis la pire fille du monde. Maman méritait mieux que moi. Mérite.

— Ça va, je bredouille. J'ai trop de choses en tête. Je ne peux pas trop en parler. Désolée.

— Il s'est passé quelque chose ? Je n'ai rien vu de neuf au sujet de l'avion.

Il me montre son téléphone, ouvert sur une page Google où l'ouragan Molly monopolise les infos.

— Non. Écoute, je ne peux plus jouer dans la pièce. Demain, j'annoncerai à M. Tariq que je laisse tomber.

Landon cligne des yeux sans comprendre.

— Quoi ? Pourquoi ?

— Je t'ai dit que j'avais trop de trucs en tête.

Mon ton est acerbe. Ce n'est pas une volonté de ma part, mais je suis éreintée et ne maîtrise plus trop mes émotions.

— Tu veux m'expliquer ? me propose-t-il.

Je ne mérite pas ça. Cette gentillesse. Ce garçon si patient avec ses yeux marron si doux. Pas alors que je suis devenue une humaine assez atroce pour imaginer ma mère commettre un massacre. Pas alors que je n'ai pas la moindre idée de ce qui m'arrive.

— Non. Vraiment pas. (Je croise les bras.) Je suis désolée d'être une telle garce, mais j'ai vraiment pas de temps à perdre avec des trucs du lycée, d'accord ?

Merci pour tout ce que tu as fait, mais, en ce moment, je peux pas.

— Je ne comprends pas. Tu rêvais de jouer dans cette pièce et, tout à coup, tu laisses tomber ?

— Tu dis ça parce que tu veux pas faire ta scène avec quelqu'un d'autre. Je t'ai dit que je pouvais pas gérer ça en ce moment. Arrête d'être égoïste.

— OK, tu sais quoi ? Tu as raison. Je suis égoïste. Je ne veux pas faire cette scène avec quelqu'un d'autre que toi. Ouais, ça va me donner des crises d'angoisse, mais je trouverai le moyen de bosser avec une autre. Toi, par contre ? Tu gâches à la fois ton temps et ton talent.

— Si j'ai perdu mon temps, c'est en me laissant distraire par cette pièce. J'aurais dû consacrer chaque instant à rechercher ma mère.

— Ta mère est partie, Violet, lâche-t-il. Je sais que tu ne veux pas l'admettre, mais elle est partie.

Il n'est pas le premier à me le dire, et il ne sera pas le dernier. Mais merde, j'ai l'impression qu'un frelon géant vient de me piquer en plein cœur. Landon était la dernière personne que je pensais être encore de mon côté.

À présent, je me retrouve toute seule.

C'est ce que je ressens depuis que papa m'a annoncé la nouvelle au soir de la pièce, mais, à présent, les ténèbres m'enveloppent encore plus. Quand tout cela a commencé, j'avais encore une famille. J'avais Alex, j'avais Landon.

Maintenant, je n'ai plus personne.

— Je suis désolé, s'empresse-t-il d'ajouter. Je n'aurais pas dû dire ça. Je suis navré.

— Il y a de quoi.
— Mais c'est vrai, Violet, reprend-il doucement.
— Non, c'est faux. (Ma gorge se serre tandis que je m'efforce de ne pas fondre en larmes.) Je me suis trop concentrée sur le spectacle et sur moi-même. J'aurais dû consacrer ce temps à rechercher la vérité.
— Mais quelle vérité ? Tu l'as sous les yeux. Tu as envie de faire des comédies musicales. Tu as envie de jouer. C'est ça, la vérité. Et tu l'évites. Tu fais comme si tu la recherchais, mais, en réalité, tu la fuis.
Ce dernier assaut me fait l'effet d'une gifle. C'est encore plus douloureux que ce qu'il m'a dit il y a deux minutes. Qu'il ait raison ou tort, je ne suis pas prête à l'entendre. Pas maintenant.
— Pardon d'être si direct, mais je ne supporte pas de te voir tourner en rond, reprend-il. Parce que je t'aime vraiment, vraiment beaucoup.
— Cette conversation est terminée. Le reste aussi.
Il recule de quelques pas.
— Je suis désolé. Je n'aurais pas dû venir.
Il a des yeux de biche blessée, abattue pour avoir fait preuve d'une trop grande confiance.
Il retourne à sa voiture, et je suis terriblement tentée de le rappeler, mais dans quel but ? Le grand amour n'existe pas. Les gens se trompent mutuellement en permanence. Même ceux qu'on pense connaître finissent par nous décevoir.
Alors quel intérêt ?
Je retourne à l'intérieur, m'adosse contre le mur et prends une grande inspiration. Des larmes chaudes me roulent sur les joues. Il n'y a plus de retour en arrière possible. Sur rien.

On frappe de nouveau à la porte.

Je n'ai pas été assez claire, peut-être ?

— Quoi ? j'aboie.

Mais ce n'est pas Landon.

Diana paraît surprise de me voir ouvrir si vite. Elle porte des habits normaux, pas son costume habituel.

— Je peux entrer ?

Il est presque 21 heures. Pour autant que je le sache, les agents du FBI s'en tiennent habituellement aux horaires de bureau, surtout un dimanche. Ce n'est pas bon signe.

Le creux qui se forme dans mon estomac m'indique que quelque chose ne va pas. Pas du tout.

— Elle est morte, c'est ça ? je chuchote.

Diana entre dans le salon et ferme la porte derrière elle.

— Va chercher ton père et ta sœur, s'il te plaît.

— Papa ! j'appelle en mode automatique.

Je ne sais pas combien de temps je vais encore pouvoir endurer ça.

— Quoi ? Oh. Bonsoir.

Mon père devient livide en découvrant qui vient d'arriver. Savannah est sur ses talons et se tortille les cheveux autour du doigt à la vitesse d'une voiture de course.

— Je crois que vous feriez bien de tous vous asseoir.

Je déteste cette phrase.

— Qu'est-ce qui s'est passé ?

Mes jambes refusent de bouger.

Papa et Diana échangent un regard.

Puis elle plonge ses yeux dans les miens et détruit ma vie d'une seule phrase. Tout ce que je sais, tout ce que je suis explose dans une supernova de flammes et de destruction.

— Je suis venue vous informer que nous avons retrouvé des débris de l'US133 sur la côte.

C'est terminé.

Chapitre vingt-trois

Jour 7, nuit

Mes genoux ne me portent plus et je m'effondre dans le canapé. Papa me serre dans ses bras, mais je ne sens rien. Je suis seulement consciente des battements erratiques de mon cœur.

— On a retrouvé un flaperon et pu confirmer qu'il appartenait bien à l'US133, reprend Diana. Un flaperon est…

— Un volet placé sur le bord de fuite d'une aile, complète Savannah en se laissant tomber sur ma gauche. On sait.

— On a aussi retrouvé une partie du capotage moteur, précise Diana.

Un morceau d'aile, un bout de moteur. Quand je me suis forcée à apprendre ces termes au cours de la semaine écoulée, je ne m'attendais pas à les entendre utilisés de cette manière.

Cela signifie que l'avion s'est écrasé. Qu'il a percuté la surface agitée de l'eau avec assez de vitesse pour que des pièces métalliques soient arrachées.

Un corps humain, si fragile, n'a pas pu résister à un tel impact.

— Comment vous savez qu'ils viennent bien de l'US133 ? je demande. Il doit être trop tôt pour en avoir déjà mesuré l'usure. Ils n'ont pas encore fait les analyses, si ?

— Elles sont en cours, répond-elle. Malheureusement, il ne fait aucun doute que ces débris sont issus de l'US133. L'un des morceaux n'est large que d'une cinquantaine de centimètres, mais on y distingue clairement une partie du logo Boeing.

— Une partie du logo Boeing, je répète. Mais pas l'intégralité. Donc vous ne pouvez absolument rien prouver.

Continuer de nier paraît tellement vain. J'en ai conscience. Toutefois, je n'ai plus rien d'autre à quoi me raccrocher.

— Violet, ce sont des débris de l'US133, insiste doucement papa.

Je fronce les sourcils. C'est presque comme si j'avais besoin d'entendre quelqu'un d'autre le dire pour y croire. Mon cerveau est incapable d'articuler seul cette pensée.

— Vous avez retrouvé… des passagers ? je demande.

— Aucun reste humain, mais ces débris prouvent que l'avion s'est bien crashé, affirme-t-elle. Vu le temps écoulé, il semble très peu vraisemblable qu'il y ait des rescapés.

« Aucun reste humain. » La personne qui m'a conçue, aimée, chérie chaque jour de mon existence n'est désormais plus qu'une pile de chair et d'os en décomposition, quelque part au fond de l'océan. « Aucun reste humain. »

Je me tourne vers Savannah. Elle se suçote la lèvre inférieure, mais ses yeux sont alertes, rivés sur Diana. Pour elle, rien n'a changé. Elle est persuadée que maman est morte depuis l'annonce de la disparition de l'avion ; et une fois encore, elle avait raison.

Pour elle, cet instant ne signifie rien, ce n'est que la confirmation d'une information déjà connue.

Mais pour moi, ça veut dire beaucoup.

Comment ai-je pu me montrer aussi naïve ? Au fond de moi, je pense que je savais la vérité depuis le début. Le déni était seulement une manière de tenir le choc, car j'étais incapable de l'encaisser. Car l'acceptation aurait signifié la fin de mon monde, celle que je vis maintenant.

— On va surmonter ça, je vous le promets.

La voix de papa souligne toute la gravité de la situation. Les efforts qu'il fournit me frappent de plein fouet, avec la vélocité d'un fichu avion disparu. Même s'il était le père biologique parfait, ça n'aurait pas suffi.

Parce qu'il n'est pas maman, et que celle-ci ne reviendra pas.

Savannah nous considère tour à tour, Diana et moi, avec un regard sec et curieux.

— Est-ce que l'endroit où on a retrouvé ces débris peut nous donner une idée de là où les... (Elle marque une pause.)... restes humains peuvent être ?

— C'est le plus délicat, répond Diana. La trajectoire de l'ouragan Molly a détourné les courants habituels. Alors, oui, il est possible que les victimes finissent par s'échouer sur la côte de Porto Rico, près de l'endroit où on a retrouvé le flaperon et le capot, mais elles ont tout aussi bien pu partir dans une autre direction. C'est impossible à prédire.

— Mais vous allez poursuivre les recherches, n'est-ce pas ?

Papa me masse l'épaule comme pour m'encourager à parler. Dans quel but ? Je n'ai rien à ajouter. Je ne suis pas sûre d'avoir de nouveau envie de dire un mot un jour.

— Bien sûr, confirme Diana. Elles sont toujours financées par cinq gouvernements, dont le nôtre. Des hélicoptères et des bateaux sillonnent une zone de deux mille kilomètres carrés autour des débris. Les opérations seront beaucoup plus simples quand l'ouragan se sera complètement dissipé.

J'ai du mal à m'imaginer un périmètre de cette taille. Ça semble impossible.

Je me plonge la tête dans les mains, espérant vomir le poison de la révélation, mais j'ai désormais l'impression d'être complètement vide.

C'est un peu comme si je m'en doutais depuis le premier jour, mais que je ne m'attendais pas à ce que ma mère me déçoive de la sorte. Je l'ai perdue, et je ne sais toujours pas vraiment qui elle était.

Et cela ne répond pas à une énorme question qui m'obsède.

— Le flaperon était-il déployé ?

Diana hausse un sourcil.

— C'est encore trop tôt pour le dire. Les débris ont été retrouvés hier soir, et leur provenance n'a été confirmée que ce matin.

Le flaperon sert à contrôler la vitesse et la position de l'avion. Certaines personnes en ligne affirment que, si le flaperon est déployé, le pilote a la totale maîtrise de l'appareil.

Auquel cas maman aurait plongé exprès.

Auquel cas la maman que je croyais connaître n'était pas cette femme, mais une inconnue dont je commençais à découvrir l'existence.

C'est impossible. Je ne veux pas y croire.

Je m'enfonce les ongles dans l'avant-bras. Je sais que ça va laisser des traces, mais peu importe.

— Tenez-moi au courant dès que vous aurez cette information, je lance. Je veux savoir.

— Je sais à quoi tu penses. Mais ce ne sera pas forcément si évident. Le flaperon est un indice utile, mais il ne suffira sans doute pas à nous raconter toute l'histoire. Je tiens à ce que tu le saches.

Une nouvelle déception à mettre sur ma liste.

— D'accord.

— Je vous tiendrai informés de l'avancée des recherches, reprend-elle. Je vous adresse mes plus sincères condoléances.

— Nous aussi, je réponds.

Ayesha Ahmad. Je ne l'ai pas oubliée, contrairement aux infos.

Diana esquisse un sourire, qui n'atteint cependant pas son regard.

— Merci, Violet.

Elle se dirige vers la porte, et un silence sinistre envahit la maison. Aucun de nous ne bouge. Nous restons tous trois alignés dans le canapé, les bras et les mains liés.

En famille. Du moins ce qu'il en reste.

*

Un jour après l'annonce

Des textos auxquels je n'ai pas répondu. Une palanquée.

ALEX : Coucou, copine. Désolée, Savannah m'a dit. Ça va ?

LANDON : Coucou, Violet. J'ai vu les nouvelles. Désolé. Je suis là si besoin.

LANDON : Et... encore désolé pour ce que je t'ai dit hier. Je ne sais pas comment me rattraper.

ALEX : Je pense à toi <3

ALEX : Ça va ?

SAVANNAH : Tu veux descendre manger ?

SAVANNAH : On commande du chinois.

ALEX : Je t'aime.

PAPA : JE SAIS QUE TU AIMES LE LO MEIN, TU EN VEUX ?? SI TU LE SENS, TU VAS EN VOULOIR.

PAPA : JE SAIS PAS COMMENT ON ENLÈVE LES MAJUSCULES.

ALEX : <3 <3 <3

SAVANNAH : Ta porte est fermée à clé. Descends STP.

SAVANNAH : Pardon si papa a crié, mais tu m'as fait peur. Tu répondais pas et ta porte était fermée.

ALEX : D'accord, j'arrête de t'écrire, mais sache que je pense quand même à toi et à la famille. Les Ashby sont mes personnes préférées sur terre. Pour toujours.

SAVANNAH : Parle-moi STP.

SAVANNAH : Je t'ai laissé un Tupperware devant ta porte.

SAVANNAH : Désolée, je sais pas comment te le demander autrement : tu es vivante ?

SAVANNAH : Je suis super triste aussi. Je sais pas quoi faire...

PAPA : ONION EST EN TRAIN DE COUINER DEVANT TA PORTE, TU LUI MANGUES.

PAPA : JE VEUX DIRE MANGES.

PAPA : MERLE

PAPA : PAS MERLE, MERLE

ALEX : D'accord, j'ai menti. Je peux pas arrêter de t'écrire. Je t'aime trop.

SAVANNAH : Je vais me coucher. Maman me manque.

SAVANNAH : Bonne nuit. Je t'aime, petite sœur.

*

Un dernier message auquel je n'ai pas répondu :

MOI : Hé ! quand tu nous déposeras au concert de Trixie Mattel la semaine prochaine, tu pourras prendre Alex en route ?

MAM : Désolée, ma puce, on m'a collé un vol ce week-end-là.

MOI : Oh, je croyais que c'était OK.

MAM : Je suis désolée, ce n'est plus possible. Je t'aime.

*

Je me suis peut-être endormie. Ou je suis juste restée allongée là. Je ne sais plus.

La porte s'ouvre dans un couinement. Savannah se faufile dans ma chambre en jean tee-shirt à manches longues. Elle a aussi mis de l'eye-liner. Qu'elle se soucie de son apparence me dépasse. Comme le fait de savoir que certaines étoiles sont mortes depuis longtemps quand je les regarde.

— S'il te plaît, mange un truc, dit-elle d'une petite voix.

La nourriture chinoise d'hier soir a été remplacée par le sandwich qu'elle m'apporte sur une assiette en carton. On n'utilise plus jamais de vraie vaisselle ni de couverts, que des machins jetables qui remplissent les décharges. J'aimerais m'en soucier ; avant, je m'en souciais. Avant cette semaine. Mais je n'arrive plus à me résoudre à vouloir sauver la Terre. C'est une cause perdue.

Je crois que je relève les yeux vers ma sœur. Je ne suis pas sûre. Tout est trouble.

— Il est bon.

Je n'ai même pas entendu papa entrer dans la pièce. Je le vois seulement apparaître auprès de Savannah.

Comme toujours. Ils font la paire. Avant, c'était pareil pour maman et moi.

— Allez, Vi. Juste une ou deux bouchées.

Une partie de moi a envie de hurler à m'en arracher les cordes vocales. *Dégagez de ma chambre ! Laissez-moi tranquille !* Mais je ne trouve pas l'énergie. Tout me semble beaucoup trop fatigant. Beaucoup trop, tout court. Je veux n'être rien. Je ne veux plus être.

Je roule de côté pour me mettre face au mur.

— On va laisser ça ici, dit papa. On t'aime. D'accord ?

J'imagine qu'ils déposent l'assiette. Je n'en suis pas certaine, mais j'entends la porte se fermer. Et ils ont disparu.

— C'est pas juste, je siffle.

Mon cœur bat la chamade, ma respiration s'accélère.

Pourquoi a-t-il fallu que ça tombe sur ma mère ? Pourquoi pas quelqu'un d'autre ?

Elle ne méritait pas ça.

Nous non plus.

Je balance mon téléphone contre le mur. L'écran se fissure à l'intérieur, mais reste lisse à l'extérieur.

ALEX : OK, m'en veux pas, mais t'as pas répondu depuis longtemps et je m'inquiète.

ALEX : J'ai remarqué que tu avais des... cicatrices sur les bras.

ALEX : J'ai voulu t'en parler, mais je savais pas quoi dire. Maintenant, si. S'il te plaît, ne te fais pas de mal et appelle-moi, d'accord ?

Ce soir-là, autour de minuit, je parcours les vieilles photos de maman sur mon téléphone. Celle où elle coupe mon gâteau d'anniversaire, celle où elle lève un verre de champagne, le jour où Savannah a envoyé sa première inscription à la fac, celle où elle embrasse la tête d'Onion.

J'ai l'étrange impression que j'aimerais découvrir qu'elle s'est tuée exprès. Car qu'on m'ait enlevé cette personne sans raison particulière me semble la chose la plus cruelle qui soit.

Je donnerais tout, absolument tout, pour la voir revenir. Je renoncerais au dessin. Au théâtre.

Mais rien n'a plus d'importance.

J'essaie de prétendre que je suis quelqu'un d'autre, n'importe qui. Toutefois, mon cerveau refuse de persister dans le déni. Je suis dans la réalité, que je le veuille ou non.

Alors je jette mon téléphone. Encore. Je jette le texte de la comédie musicale à la poubelle. Je casse mes pinceaux en deux. Tous.

Pendant une infime seconde, j'hésite. Ce n'est pas ce que je comptais faire, mais je n'ai pas le choix.

À l'aide des manches en bois brisés, je me lacère. Les échardes minuscules me mordent comme des sangsues. Le genre de douleur qui irradie. Mais je continue de tailler, encore et encore.

Le sang s'écoule de mes veines. Il ruisselle le long de mes bras, façon Lady Macbeth. Il dégouline sur le tapis, où il s'infiltre dans le tissage.

Elle ne reviendra pas.

J'étais si près du but. Mais ça n'a plus d'importance. Tout semble tellement anecdotique.

Plus qu'anecdotique. Futile.

J'ai laissé passer ma chance avec Landon, Alex et moi avons eu notre première dispute, j'ai fait de la peine à Savannah. J'ai refusé une occasion unique de participer à une comédie musicale. Et pour couronner le tout, papa n'est… pas mon père biologique.

Tout ce que je savais a été éradiqué dans les vagues blanches et impitoyables de l'océan glacé.

Le plus étrange, c'est que je ne sens rien. Je me suis tailladée, mais je reste malheureuse. Maman est toujours partie. L'effet libérateur semble s'être évanoui en même temps qu'elle.

Je me traîne jusqu'à la salle de bains pour faire couler de l'eau froide sur mon poignet. J'ai volontairement coupé dans la largeur, pas dans la longueur, mais le sang s'écoule encore. Je plaque de la gaze dessus ; elle vire au rouge en quelques instants.

Oh non. Non, non.

— Violet ? (Savannah toque doucement à la porte.) Ça va ?

La bile me remonte dans la gorge.

— Une seconde, je réponds.

Encore du rouge. L'eau est plus froide que l'Atlantique.

L'Atlantique et ses vagues glaciales et cruelles, qui lacèrent les gens comme le métal.

Je visualise les rouleaux déchaînés, engloutissant tout sur leur passage.

— Violet, je vais entrer, me prévient-elle.

— Non !

Je me jette contre la porte. Du rouge vient éclabousser la peinture blanche.

Un tintement dans la serrure. Puis le poids de Savannah me déséquilibre, et je m'écroule sur le carrelage.

Elle hoquette et s'agenouille près de moi.

— Qu'est-ce qui se passe ?

— Ça ne s'arrête pas de saigner.

À en juger par son expression, je devine ce que cela fait d'assister à une telle scène.

J'ai tellement l'habitude de me faire du mal que cela ne me fait plus réagir. Savannah, en revanche, contemple mon bras d'un air horrifié, reste hagarde devant l'hémoglobine qui s'écoule sur moi et dans notre salle de bains.

Elle m'aide à me relever et me passe le bras sous l'eau froide. Elle presse délicatement les deux côtés de la plaie.

— Tu as fait ça toute seule ? m'interroge-t-elle dans le miroir.

Je hoche la tête.

Son visage reflète le désespoir que j'éprouve, et je me mets subitement à croire que, peut-être, quelqu'un tient autant à moi que je tenais à maman.

— Pourquoi ?

— Je ne sais pas, je réponds en toute honnêteté.

Ses yeux sont écarquillés. Paniqués.

— Il faut que tu arrêtes de faire ça.

Si seulement je pouvais. Je me sens encore plus mal.

— Je ne sais pas comment. J'essaie.

— Je ne peux pas te perdre aussi.

Elle appuie plus fort tout en me parlant, comme une fille sur un bateau en train de sombrer, qui sait que chaque seconde a son importance. Le sang ruisselle sur ses doigts et ses ongles. L'eau est si froide que c'en est douloureux, mais, avec la pression, l'écoulement semble ralentir.

J'ai l'impression de pouvoir de nouveau respirer. Juste un peu.

Mon poignet est propre, à présent.

— Je n'ai pas voulu me suicider. Honnêtement. Je... Je...

Je ne sais pas ce que je faisais au juste.

Savannah ne répond rien. Elle m'enroule un bandage autour de l'avant-bras, bien plus fort et proprement que j'aurais pu le faire. Seul un peu de rouge vient cette fois le souiller.

Le soulagement m'envahit. Inutile de faire des points de suture. Je n'ose imaginer ce qui se serait passé si elle n'avait pas été là.

— On est toujours sœurs, quoi qu'en dise le test.

Elle refuse de me lâcher les mains.

— Demi-sœurs, je précise.

— Non, sœurs tout court.

Elle me prend dans ses bras. Ma sœur – demie ou non – dégage force et chaleur. Quand elle m'étreint, j'ai l'impression d'être lovée dans ma couverture préférée.

— Je t'aime, dit-elle.

— Je sais. Moi encore plus.

— Ça m'étonnerait.

Elle plaque mon visage contre son épaule, je serre sa tête contre mes cheveux, et nous pleurons toutes deux ce que nous avons perdu, mais aussi peut-être ce que nous venons de trouver.

*

Je finis par aller au lit une heure plus tard, quand mon cœur a retrouvé un rythme normal. Je regarde d'autres photos de maman sur mon téléphone fêlé. L'écran fracturé rend les images plus réelles, un peu comme les souvenirs que j'ai d'elle, brisés par des vérités inattendues.

Je n'arrive pas à croire que je ne la reverrai désormais plus qu'en photo. L'odeur de son parfum et de ses cheveux me semble déjà si lointaine. Vais-je vraiment devoir me contenter de ça, jusqu'à la fin de mes jours ? Combien de temps ces souvenirs dureront-ils ?

Je suis terrifiée à l'idée d'oublier. La perspective que cela ne devienne un jour qu'une mauvaise expérience à laquelle je ne repenserai qu'occasionnellement me semble impossible. La douleur sera toujours aussi vive et réelle. Je voudrais toujours me souvenir d'elle dans les moindres détails, comme aujourd'hui.

Il y a forcément une chose à laquelle je peux me raccrocher.

La porte couine en s'ouvrant – il me faut un nouveau verrou, et vite. J'ai placé une chaise devant, mais ses pieds raclent le plancher chaque fois que papa ou Savannah viennent me voir, et ça me fait l'effet d'une fourchette me grattant le cerveau. Désormais, le moindre bruit me semble trop fort.

Je ne me retourne pas, mais je reconnais ma sœur à sa démarche. Ses pas délicats s'arrêtent au bord de mon lit. Son ombre s'assied, et je sens une légère pression au niveau de mes pieds.

— Je ne fais que m'asseoir, dit-elle une voix rauque. Que… rester là.

Je tends la main pour chercher la sienne. Quand mes doigts frôlent les siens, je les étreins.

Chapitre vingt-quatre

Deux jours après l'annonce

Je mange, ce matin. Genre un bagel entier, pas seulement quelques bouchées comme ces derniers temps. C'est mon plus grand exploit depuis trois jours. Je sais que je ne peux pas rester cloîtrée dans ma chambre pour l'éternité, mais je suis quand même tentée.

Savannah a passé la nuit sur mon pouf, les bras croisés, ses longues jambes repliées sous elle. On n'a pas échangé deux mots, mais le simple fait de la savoir présente… ça m'a fait le même effet que quand, dans un jeu vidéo, on avale une potion alors qu'on n'a presque plus de points de vie.

J'accomplis un autre exploit : je prends une douche. L'eau chaude me pique les bras et, quand je baisse les yeux, je réprime un haut-le-cœur. J'ai l'impression d'avoir des rails incrustés dans la peau. Sur le moment, les entailles que je me suis infligées me paraissaient nécessaires ; avec le recul, je sens la honte me consumer.

Ouais, il faut vraiment que je perde cette mauvaise habitude. Tout de suite.

À mon retour de la salle de bains, Savannah est en train de fouiller dans mon placard.

— Pourquoi tu ne mets jamais ça ? (Elle me montre un tee-shirt mauve moulant, avec de la dentelle sur les épaules.) Ça t'irait super bien.

— Violet qui porte du mauve ? On se paierait ma tête.

Quand j'étais petite, maman m'habillait toujours dans ces teintes-là. Je ressemble à une grosse prune sur tous les portraits de moi.

— Tu devrais l'essayer, insiste Savannah en le déposant soigneusement sur mon lit, à côté d'un jean. Je t'emprunte ça, ajoute-t-elle en désignant un cardigan gris.

— Fais-toi plaisir.

M'habiller va nécessiter un effort surhumain, je m'assieds donc sur mon lit, parée de ma serviette de toilette.

C'est normal, d'être triste, je me rassure. Mais ça n'a pas l'air normal.

Savannah hésite sur le seuil.

— Tu veux en parler ?

Je ne réponds pas. Quand je suis dans cet état d'esprit, parler m'est extrêmement… difficile. C'est épuisant, même.

— Comment vont tes poignets ? me demande-t-elle.

— Ça va. Grâce à toi. D'ailleurs…

— Inutile de me remercier.

Je hoche la tête, mais cela me semble pourtant indispensable. Vraiment. Même si je ne me sens pas capable de prononcer les mots exacts juste maintenant.

Elle sort de ma chambre, et je me remets à chercher de nouvelles informations sur Internet.

JeanTouissant : Si le flaperon était déployé, alors, oui, la pilote contrôlait l'appareil pendant toute la descente. On le saura bientôt et le mystère sera résolu.

EmailsdHillaryClinton : Cette connasse de pilote l'a vraiment fait. La PREUVE que l'avion s'est écrasé, la PREUVE qu'elle est coupable.

VivreLibreOuMourir : Les médias bien-pensants nous cachent la vérité. Cliquez ici pour voir ce qui s'est vraiment passé

ThunderRoad68 : Il n'y a aucune preuve sur l'intentionnalité. En attendant, veuillez respecter les victimes et leurs familles. C'est une perte terrible pour de nombreuses personnes.

Il n'a jamais répondu à mon message précédent. Peut-être qu'il ne l'a pas vu.

« Et leurs familles. »

Est-ce qu'il s'inclut dans le lot ?

Je vais chercher la boîte remplie de lettres dans le placard. Je ne suis toujours pas certaine d'être prête.

Mais si je ne le suis pas maintenant, quand le serai-je ?

On frappe trois coups à ma porte.

J'enfile un gilet. Je ne suis pas encore d'attaque pour en parler à papa.

Il entre, Onion dans ses bras.

— Je dois téléphoner à mon éditeur. Tu veux bien promener le chien ?

La dernière chose que j'ai envie de faire est bien de quitter ma chambre. Après tout ce que je viens de traverser, il me semble que j'ai gagné le droit de rester au lit pour l'éternité.

— Je sais pas trop, je marmonne.

— S'il te plaît ? Je l'ai sorti hier, mais il n'a rien voulu faire.

Onion est un peu timide, et il n'aime pas faire sa crotte devant quelqu'un d'autre que moi.

Je me tourne vers mon chien et ses grands yeux marron et innocents.

— Bon, d'accord.

Je ne peux pas lui résister. Il éternue de bonheur.

— Merci, ma fille. (Papa dépose Onion et sa laisse.) Ah, mais tu t'es douchée, ce matin. Et j'ai vu qu'un bagel avait disparu.

J'essaie, ai-je envie de murmurer, sans qu'aucun mot franchisse mes lèvres.

— Tu progresses, c'est super. Dans mon livre, ils disent que le moindre élément de routine est positif en période de deuil.

Papa sourit. Ça me brise le cœur de le voir sincère. Je suis tellement atteinte qu'on n'attend plus de moi que des réussites des plus basiques.

Il remarque la boîte posée sur mon lit.

— Qu'est-ce que c'est ?

J'hésite à lui parler des lettres, mais je ne sais pas encore ce qu'elles contiennent. S'il n'est au courant de rien, s'il est cent pour cent convaincu que je suis sa fille biologique, dois-je courir le risque de détruire cette illusion ? Je suis bien placée pour savoir ce que ça fait de voir son monde s'effondrer. Je ne peux pas lui infliger ça.

Quelqu'un doit m'aider à surmonter cela, mais pas lui. Peut-être la Dr Madison, mais elle n'aurait aucune certitude quant à la réalité des faits.

Le Dr Bryant, alors ? Lui saurait.

— Des trucs d'école.

— Ah, OK. En tout cas, merci de bien vouloir sortir Onion. Et je suis là si tu as besoin, d'accord ?

Je l'embrasse sur la joue. J'espère que cela en dit plus que je ne suis capable d'articuler.

— On risque de faire un plus grand tour que d'habitude, je réponds. J'ai besoin de me dégourdir les jambes.

— Tu as raison, c'est super de prendre l'air. Vas-y avec ta sœur.

Craint-il de me voir disparaître seule ? Est-il au courant ?

Il a peut-être raison.

En fait, je sais qu'il a raison.

— Je vais lui proposer. Hé, papa ? Tu pourrais demander un autre rendez-vous à la Dr Madison cette semaine ?

Son visage s'illumine.

— C'est comme si c'était fait.

*

Ce soir marque une autre grande première : je fais le mur.

Je n'ai jamais eu de raison de le faire. Papa est tellement concentré sur son écriture qu'il me laisse sortir quand je veux, surtout quand maman est sur un long-courrier. Mais Savannah et Alex m'ont gâché une chose de plus : je ne peux faire croire que je vais chez Alex sans que ma sœur sache que c'est faux, et ses questions entraîneraient des réponses que je ne veux pas lui donner.

Autour de 21 heures, je sors discrètement de ma chambre et pique les clés dans le sac de ma sœur quand j'entends la douche couler. Je m'en veux un peu, mais, après tout, la voiture est censée nous appartenir à toutes les deux. À terme.

Cette fois, j'ai prévenu le Dr Bryant de ma venue en lui envoyant un texto. J'ai trouvé son numéro sur l'une des lettres que maman m'a laissées.

Je me gare et me présente à sa porte. Je me sens moins sûre de moi sans ma sœur.

Il est vêtu d'un jean et d'un pull en laine noire qui doit coûter plus cher que mon ordinateur.

— Bonsoir, Violet. (Il ouvre la bouche comme s'il s'attendait à quelqu'un d'autre, regarde la voiture derrière moi.) Tu es toute seule ?

— Ça pose un problème ? je demande.

— Non, bien sûr que non. (Il s'efface pour me laisser entrer et referme derrière moi.) Je ne pensais pas que tu avais déjà ton permis. Tu as seize ans, c'est ça ?

Je croise les bras. Bien sûr qu'il connaît mon âge. Évidemment.

— J'ai le droit de conduire avant 22 heures.

Il est déjà 21 heures, mais il est médecin, pas flic.

— D'accord. Tant que tu ne prends pas de risques.

Cette fois, il m'invite à le suivre dans son salon. Les sièges en cuir marron et la table basse en verre ressortent bien devant les murs blancs et sur le tapis couleur coquille d'œuf. Il aurait aussi bien pu mettre une pancarte « LES ENFANTS NE SONT PAS AUTORISÉS ICI ». Je me demande à quelle fréquence il reçoit sa fille.

Son... autre fille.

Je m'assieds au bord du canapé et croise les chevilles.

Il s'installe en face de moi, dans un fauteuil sombre. Je les imagine, maman et lui, lovés devant la cheminée. *Beurk.*

— Je suis sincèrement navré pour ta mère, dit-il. J'ai vu les infos.

— Moi aussi.

Un silence gêné s'installe entre nous. J'essaie de la visualiser encore, mais j'en suis incapable. Malgré tous mes efforts, je n'arrive plus à la faire figurer dans de nouveaux décors.

Je prends subitement conscience qu'elle ne découvrira plus jamais de nouvel endroit. Partout où j'irai désormais, je devrai observer les lieux pour nous deux. La garder près de moi.

— Alors, en quoi puis-je t'être utile ? demande-t-il.

— Eh bien...

Je joins les mains. Je n'ai pas envie de le lui dire, pas encore. J'essaie encore de décider ce que je vais faire de ce nouveau pouvoir.

— J'ai d'autres questions concernant ma mère.

— D'accord.

Je sors la boîte de mon sac à dos et la dépose précautionneusement sur la table.

— J'aimerais les lire avec vous.

— Avec moi ? s'étonne-t-il.

— Ouais. Elle ne vous les a pas laissées sans raison. Et... je sais que vous êtes ThunderRoad68.

— Quoi ? Comment as-tu deviné ?

Il rougit, comme j'ai l'habitude de le faire. Les joues pareilles à des pivoines.

— C'est une longue histoire. Mais le plus important, c'est que je sais que vous tenez à elle. Teniez à elle. Et pour moi, ça veut dire beaucoup. (J'ouvre la boîte, joue un moment avec le couvercle.) Vous la défendez envers et contre tous.

— Je me sens bête, de parler tout seul sur Internet. Je ne commente jamais rien. Mais quand je vois ces gens déblatérer sur elle... c'est plus fort que moi.

Je m'en veux d'être à ce point d'accord avec lui. Ces commentaires me détruisent chaque fois. Y répondre sous couvert d'anonymat semble quelque peu atténuer la douleur.

— Et vous êtes le seul à pouvoir confirmer la véracité de ces lettres.

Il hésite.

— Je ne les ai jamais lues. Je ne sais pas s'il m'appartient de le faire.

— Vers qui d'autre pourrais-je me tourner ? Ce n'est pas comme si je pouvais demander à ma mère.

Je ne suis pas fière de jouer la carte de la mère disparue, mais quand même.

Le Dr Bryant pousse un profond soupir.

— D'accord. Si tu penses que c'est mieux de les lire ensemble, allons-y. Je me fie à ton jugement.

Pas moi. Je hoche néanmoins la tête.

— Quand il faut y aller…

Toutes les lettres ne me sont pas adressées. Certaines sont destinées à Savannah, certaines à mon père. D'autres encore sont pour le Dr Bryant ou ne portent aucune indication.

La première répond à toutes mes questions originelles et en fait naître une montagne d'autres.

Ma chère Violet,

Je suis désolée. Je ne le dirai jamais assez.

Je m'en vais. Je ne sais pas pour combien de temps. Je suis une horrible mère de t'abandonner alors que tu as tant besoin de moi. Je sais que c'est le cas, car j'ai vu tes cicatrices. Tes nouvelles cicatrices. Je n'ai rien dit à papa, c'est promis, mais lui et moi en avons déjà parlé il y a quelque temps. Il t'aime, et nous sommes tous deux très inquiets. J'aimerais que tu sois plus réceptive quand j'essaie de t'en parler. Je suis passée par là, moi aussi, et sans aide, ça empire. Je le sais, car je suis justement au fond du trou, en ce moment.

Je sais que tu le comprends, mais je te dois une explication pour mon comportement actuel. Je travaille beaucoup sur moi pour que Sav et toi ayez la mère que vous méritez. Et non, ce n'est pas à cause de Matthew Bryant.

J'aime Matthew. Mais je vais rester seule un moment. Je laisse à papa la garde intégrale pendant mon absence et après le divorce. Puis je m'installerai avec Matthew. Tu feras toujours partie de mon monde et de ma vie, mais c'est une chose que je dois accomplir pour moi. Papa est un père incroyable et mérite tout ce que je ne peux pas lui offrir. Un jour, je t'expliquerai cela aussi.

Merci de m'avoir lue. Tu es une bien meilleure fille que je ne suis une bonne maman. Tu mérites mieux.

Je t'en prie, pardonne-moi. Je t'aime.

Je t'embrasse,

Maman.

Je m'attendais à ce que des larmes brûlantes tombent sur les feuillets froissés entre mes mains tremblantes, mais, à ma grande surprise, mes yeux restent secs et mes mains demeurent fermes. J'ai enfin obtenu les explications que je cherchais. Mais à présent que j'y vois plus clair, une avalanche de nouvelles questions me déferle dessus.

— C'est conforme à ce que tu attendais ? me demande le Dr Bryant.

J'inspire et expire lentement.

— Je ne sais pas trop à quoi je m'attendais.

L'ironie de l'histoire, c'est que si j'étais tombée sur cette lettre il y a encore quelques jours, elle m'aurait remplie d'espoir. Celui que maman se soit simplement absentée un moment. Mais les morceaux de moteur rejetés sur les côtes ne mentent pas.

— Elle comptait donc réellement rater mon spectacle pour quitter la maison, avant de s'installer avec vous. Ce n'était pas un mensonge.

— En effet.

— Elle ne comptait pas non plus se suicider. Elle ne voulait pas mourir.

Les implications de cette découverte m'assaillent quand je repose la lettre.

Non seulement ma mère ne voulait pas mourir, mais elle n'avait pas non plus prévu d'assassiner cent cinquante-cinq personnes. Je ne sais pas trop si cela suffirait à convaincre un jury ou les médias, mais c'est une preuve irréfutable à mes yeux. Je m'en veux d'avoir un jour douté d'elle.

Au fond de moi, je savais qu'elle ne ferait jamais une chose pareille, mais après avoir appris l'existence de cette liaison, j'ai fini par me dire que je ne la connaissais pas. Du tout.

Elle avait besoin de moi, et j'ai été une fille horrible. La pire qui soit.

C'est ce que Savannah voulait dire en parlant des murs qui se referment.

J'ai laissé tomber ma mère. Je n'ai pas cru en elle.

« Fais-moi confiance. »

C'était tout ce qu'elle me demandait, dans son premier message.

Et je n'ai même pas réussi à le faire.

Je jette un coup d'œil à mes poignets. Je ne veux rien tant que m'emparer d'une lame de rasoir pour les entailler encore, ou me griffer avec des clés assez fort pour me faire pleurer. Je le mérite.

Je ferme les poings et serre de toutes mes forces, comme me l'a montré Landon. Quand je relâche, je ne me sens pas mieux du tout, mais au moins je ne me suis pas griffée ni n'ai enfoncé mes ongles dans ma peau.

— Avant de partir, elle m'a dit qu'elle t'avait laissé une autre lettre, plus courte, souffle-t-il.

— Oui, je confirme.

— Elle voulait que je te remette celle-ci plus tard, quand la poussière serait retombée. Je lui ai conseillé de vous parler en personne, à Savannah et à toi, mais elle ne le pouvait pas.

Pouvait, ou voulait ?

La voix de la Dr Madison résonne dans ma tête.

Une fois encore, je me retrouve confrontée aux points communs qui nous unissent, maman et moi. Nous fuyons toutes deux ce qui peut nous rendre heureuses ; nous nous faisons toutes deux du mal pour faire disparaître la tristesse, mais cela ne fonctionne jamais vraiment.

Je fouille dans la boîte pour parcourir les autres lettres.

D'autres variations autour du même thème. C'est étrange, mais je peux le comprendre. Il y a tant de vies différentes que j'aimerais mener, mais on n'en a qu'une chacun, alors je me vois bien écrire des tonnes de lettres dans l'intention de n'en donner qu'une seule, comme dans un livre dont vous êtes le héros.

Sauf que maman n'a pas eu l'occasion de devenir une héroïne.

— C'est de ça qu'on a parlé, lors de notre dernier coup de fil : qu'elle comptait vivre seule un moment. Mais on s'était vus la veille…

— C'est vous qui conduisiez cette voiture noire ?

— Ouais. Elle voulait partir un mois entier, le temps que ton père et elle rendent le divorce officiel. (Il se gratte une cuticule sur l'index.) Je ne trouvais pas ça juste de vous laisser, toutes les deux.

— Ou alors, vous ne vouliez pas qu'elle vous laisse tomber non plus.

Il met en service la cheminée, qui s'allume dans un rugissement. Il place une grille devant.

— C'est vrai aussi. Mais elle m'avait déjà plaqué, dans le passé. On s'est rencontrés très jeunes. Puis je ne l'ai plus revue pendant au moins sept ans. Elle fréquentait déjà ton père et était enceinte de Savannah. J'étais encore avec mon ex. (Il se frotte le menton, gratte les poils drus qui y poussent.) Ça n'était pas censé se produire. On s'est retrouvés dans une réunion d'anciens combattants, on s'est mis à discuter… Il n'y avait rien de prémédité.

Dans le fait de coucher ensemble ou d'avoir une enfant ?

J'essaie d'imaginer ce que maman a dû ressentir en essayant de faire croire que j'étais la fille de mon père. Est-ce qu'elle voyait en moi l'erreur commise avec le docteur aux yeux sombres, et non avec l'écrivain ébouriffé mais aimant qu'elle avait épousé ?

J'espère qu'elle ne voyait que sa fille.

— Puis, quand Jenn est venue me voir pour me parler de la maladie de Savannah, on… (Il soutient mon regard.) Je te jure qu'il ne s'est rien passé à cette période. Ça n'a recommencé que récemment. À l'époque, elle était en panique pour ta sœur, et je ne saurais te dire le choc que ça m'a fait de te voir. Tu étais déjà si grande ! Enfin, tu étais loin d'être une adulte, mais tu n'étais plus non plus un bébé. J'avais tant de questions à te poser… Tu te rappelles que je n'arrêtais pas de te parler ?

Je tente de fouiller dans mes souvenirs, mais je n'avais alors que cinq ans environ. Je me rappelle juste l'odeur d'antiseptique et que ma sœur vomissait toute la nuit pendant sa chimio.

— Je sais que je vous étais reconnaissante. Je vous considérais un peu comme un héros d'avoir sauvé ma sœur. Et… c'est encore le cas.

Un léger sourire étire ses lèvres, mais se volatilise aussitôt qu'il se passe la main sur la figure.

Savannah m'envoie un texto :

T'es où ?

Je ne réponds pas pour l'instant.

— J'avais tellement envie de te connaître. Tu m'avais dit que ta couleur préférée était le violet, mais que tu détestais ça à cause de ton prénom. Tu adorais les maths et la science. Surtout les séismes ! Tu venais de découvrir leur existence, et j'avais du mal à croire que tu t'y connaisses si bien ! Oh, tu savais aussi qu'il manquait une étoile aux Pléiades !

Je réprime mes larmes. Tout ce qu'il me dit est vrai. Cet homme sait tout ce qui compte pour moi, alors que j'ignore tout de lui. Les flammes me réchauffent le flanc droit. Il commence à faire bon.

Il se ronge le tour des ongles jusqu'au sang.

— Je suis désolé. Je n'aurais pas dû dire tout ça.

— Non ! Au contraire, je suis contente que vous l'ayez fait.

— Je crois que j'ai commis une erreur. Je n'aurais jamais dû te donner ces lettres. (Les traits délicats de son visage se déforment sous l'effet de la culpabilité.) Je ne voulais pas t'accabler davantage.

Mais je ne pouvais pas non plus les garder. Je… Je n'ai plus les idées claires, depuis que c'est arrivé.

— Non, mais je suis sincère. Je suis contente que vous l'ayez fait.

Et c'est la vérité. Je n'en avais pas conscience avant de le dire, mais soudain, l'ADN n'a plus la moindre importance pour moi. Ma mère restera à jamais ma mère, quoi qu'il advienne, et je n'ai pas besoin de ces lettres pour le savoir. Et mon père restera mon père parce qu'il est lui, qu'il s'est sacrifié pour moi presque toute son existence, sans se soucier des allèles ni des gènes.

L'heure est maintenant venue de le prouver. En le protégeant.

Je me lève, surprise de découvrir mes jambes si flageolantes.

— Je vous remercie sincèrement pour tout ce que vous avez fait.

Sans lui, je n'aurais jamais rien su de tout ça. Je n'aurais pas appris que ma mère était de toute façon décidée à me laisser ni que mon père ne m'aurait en revanche jamais abandonnée, quoi qu'il advienne.

— De rien, répond-il. Et si tu penses un jour faire un test ADN…

— Je ne crois pas que ce sera nécessaire.

— D'accord.

Et ça ne va pas plus loin.

Mon père est mon père. Il le restera toujours. Quand je me suis mis en tête de découvrir la vérité, j'aurais dû commencer par lui.

En montant dans la voiture, je consulte une nouvelle fois mon téléphone.

SAVANNAH : Tu dois rentrer à la maison. Tout de suite.

MOI : Tout va bien ?

SAVANNAH : Ils ont découvert de nouveaux morceaux d'avion. Le FBI va rendre publiques les données de la boîte noire.

Chapitre vingt-cinq

Deux jours après l'annonce, soirée

Papa nous fait asseoir dans le canapé du salon pour nous expliquer que les vagues provoquées par l'ouragan Molly ont repoussé d'autres débris de l'US133 sur la côte de Porto Rico.

Ils n'ont pas encore retrouvé de cadavres ni de sièges, mais des vêtements. Des lambeaux rejetés sur le rivage. Et même quelques valises. Le problème est qu'il est difficile de différencier ce qui provient de l'avion des conséquences de la tempête sur San Juan. Les dégâts s'accumulent.

— Apparemment, le FBI a fini son rapport et va rendre des informations publiques dès ce soir, annonce papa. Ce qui signifie que la presse va en faire ses choux gras. Ne soyez pas surprises si des camions reviennent se garer devant la maison.

C'est marrant comme les fourgons et la lumière des projecteurs ont cessé de m'effrayer. Je ne sais pas si je m'y suis habituée ou si j'ai pris conscience qu'il existait des choses bien plus horribles en ce monde.

Nous allumons la télé sur une chaîne d'information en continu, qui consacre encore l'essentiel de son édition à la dévastation provoquée par l'ouragan. Diana a prévenu papa que c'était susceptible de faire la une à tout instant. Je m'aperçois que j'ai débuté la semaine dernière en regardant les infos jusqu'à 3 heures du matin et que je suis toujours devant, alors que l'horloge approche de minuit.

— Qu'a révélé l'enregistreur de vol ? je demande.

— Oui, on sait ce qui est arrivé à l'avion ? renchérit Savannah.

— Ils m'ont simplement dit qu'ils organiseraient une conférence de presse ce soir, répond papa.

Nous n'avons pas été conviés. J'ignore si les familles participent habituellement à ce genre d'événements, ou si la nôtre en est exclue pour une raison particulière.

Mes paumes sont déjà moites.

— On va la regarder tous les trois, en famille, décide-t-il.

Savannah et moi échangeons un regard avant de baisser le front.

Je ne suis pas certaine de pouvoir supporter ça.

Bientôt, le programme s'interrompt, et un bandeau « Édition spéciale » s'affiche à l'écran. Papa saisit ma main, puis celle de Savannah, afin de former une chaîne.

L'agente Rosenfield est debout sur une estrade, la mine grave, l'air pensif. Je me demande si elle a elle-même écouté l'enregistrement ou si cela ne relevait pas de sa responsabilité. A-t-elle pu entendre la voix de son amie ? Le voulait-elle seulement ?

« Bonsoir, commence-t-elle. Cet après-midi, le FBI a rendu son rapport concernant le vol US133. Ces derniers jours, nous avons retrouvé divers débris, y compris la boîte noire recelant les données de vol et celle enregistrant les conversations du cockpit. Toutes deux ont pu être analysées. »

Je coule un regard vers Savannah, qui joue avec l'ourlet de son tee-shirt, tête baissée.

Ça y est. Ma vie va prendre fin. D'une manière ou d'une autre, je ne serai bientôt plus la même qu'il y a dix minutes. Je vais devenir une nouvelle Violet. Mieux informée et effondrée, ou consternée mais soulagée.

Je préférerais consternée mais soulagée.

« L'enregistreur de données nous a appris que l'US133 avait connu une dépressurisation brutale ayant fait perdre connaissance au personnel de bord et aux passagers », poursuit-elle.

Mon cœur s'arrête. Perdre connaissance ?

Ça veut dire que c'était un accident. Non ?

« La découverte d'une porte de coffre semble indiquer un probable dysfonctionnement et une ouverture en plein vol. Des débris ont alors provoqué l'incendie des moteurs et une décompression explosive. L'enregistreur de conversations indique que les pilotes ont eu conscience de ces problèmes et ont tenté de se poser sur une piste de l'aéroport le plus proche. »

Je pourrais vomir. J'ai envie de vomir. Mais je ne fais rien d'autre qu'observer fixement la lumière bleutée de l'écran.

« La fumée, les flammes et la décompression ont fini par provoquer un dysfonctionnement électrique qui a désactivé les transpondeurs et empêché le personnel navigant de lancer un appel de détresse. »

L'agente Rosenfield semble regarder au-delà de la caméra, puis directement dans son objectif.

« J'aimerais réaffirmer que tous les passagers et membres de la compagnie ont désormais été disculpés par le FBI et qu'il ne s'agit en aucun cas d'un acte terroriste. C'est un triste jour pour US Modern Airlines et les proches des cent cinquante-six personnes à bord. Nous leur adressons nos condoléances les plus sincères. De nouveaux outils de régulation seront prochainement déployés afin qu'un tel accident ne se reproduise plus jamais. »

« Accident. » « Accident. »

Diana se penche sur le micro et commence à remercier un certain nombre d'individus, comme le maire de New York et les nombreux officiels portoricains ayant contribué aux recherches.

« Je tiens également à saluer Violet Ashby, fille de la commandante de bord, qui a tout fait pour que cette affaire ne tombe pas dans l'oubli. Je lui souhaite le meilleur, ainsi qu'au reste de sa famille. »

C'est comme d'entendre un prof appeler son nom quand on n'y est pas préparée. Ça me semble tellement bizarre de l'entendre à la télé, comme s'ils parlaient de quelqu'un d'autre. D'un autre côté, j'ai l'impression de vivre la vie d'une autre depuis la dernière semaine et demie.

— Violet ! s'exclame papa avec un demi-sourire. Tu vois ? Tes efforts ont été reconnus.

— Ouais.

J'avale ma salive. Ce poids à l'estomac me pèse toujours, et je garde mon envie de vomir.

— C'était donc un accident ? je demande. Maman n'a rien fait de mal ?

Papa m'embrasse sur la tempe.

— C'est ça, ma puce. Elle est innocente.

Ça semble encore plus injuste. Une porte ouverte, un incendie, un problème électrique. Le sort s'est acharné contre elle. Je la vois soudain écraser désespérément des boutons depuis son poste de pilotage. Elle a dû savoir qu'elle allait mourir. Les passagers devaient être terrifiés.

J'essaie d'imaginer l'enregistreur de vol. On doit y entendre des alarmes d'incendie, des hurlements. La voix de maman cherchant à apaiser tout le monde.

— Je savais qu'elle n'aurait jamais fait de mal à personne. J'ai toujours cru en toi, Jenn.

C'est quand il attrape un mouchoir que je me rends compte que les larmes lui sont montées aux yeux.

Je grimace en l'entendant employer le prénom de ma mère. Ça fait d'elle plus qu'une simple maman : une vraie personne. Une personne ayant connu des dernières minutes de vie terrifiantes. Une personne ayant souffert.

Je regrette presque qu'elle ne l'ait pas fait exprès. Au moins, elle n'aurait pas été impuissante.

Ses mains. Je ne cesse de visualiser ses mains tentant de passer un appel de détresse ou empoignant les commandes de toutes leurs forces. Et ensuite…

Ensuite ?

Il n'y a pas eu d'ensuite, pas d'après. Ça s'est terminé. Dans une ultime explosion d'un blanc aveuglant.

— J'ai besoin d'un verre d'eau.

Je me dirige vers l'évier de la cuisine. Mon verre tremble au point que je dois le tenir à deux mains.

Savannah me rejoint quelques instants plus tard et ferme le robinet pour moi.

— Merci.

Je porte le verre à mes lèvres sèches, mais sirote à peine une gorgée.

Savannah a le regard vitreux, comme si elle était ivre.

— Ils ont dit des horreurs sur elle, murmure-t-elle. Ils lui ont tout mis sur le dos. Maintenant, ils pensent qu'il leur suffit de s'excuser pour que tout soit oublié.

Je suis d'accord, mais aucun mot ne sort de ma bouche.

— Ils ne comprennent pas. (Elle pince les lèvres.) C'était une personne. Un être humain qui a fait de son mieux. Ils l'ont lynchée dans les médias pendant toute une semaine, et maintenant ils vont juste tourner la page ? Sans faire amende honorable ? Non, mais sérieux, un dysfonctionnement sur une porte ? Maman est morte à cause d'une porte mal fermée ?!

Je bois une nouvelle gorgée, mais je tremble beaucoup trop. Le verre m'échappe et se fracasse sur le sol de la cuisine.

Savannah et moi reculons toutes deux d'un bond, comme s'il s'agissait d'une explosion.

Papa se précipite dans la pièce.

— Les filles ? Reculez, vous êtes toutes les deux pieds nus !

Savannah fait quelques pas en arrière, mais je reste immobile. De minuscules éclats scintillent autour de moi. De l'eau s'écoule telle une rivière en crue.

— Je suis désolée, je murmure. Je n'ai pas fait exprès.

Papa cherche la pelle sous l'évier.

— Ce n'est rien, ne t'en fais pas. Elle est où, cette balayette ?

— Je suis désolée, je répète plus fort. J'ai tout gâché.

Savannah se glisse entre le mur et les meubles et me dévisage d'un air incrédule.

— Tu n'as rien fait du tout.

— C'est ma faute.

Mes genoux ne me tiennent plus. Je tombe en boule sur le sol. Du verre me pique les pieds, un tesson s'enfonce dans mon genou. Je recule jusqu'à l'évier.

— Violet, sors de là ! tempête papa.

— C'est ma faute ! je hurle.

J'ai à nouveau cette impression de porter des œillères. Mon cœur bat si fort à mes tympans que j'ai l'impression d'entendre un tambour. Je me couvre le visage des deux mains et tremble avec la violence d'un petit séisme. Tout est si précipité que je n'arrive plus à respirer.

— Je suis tellement désolée ! je m'écrie.

Le monde bouge si vite qu'il semble m'abandonner dans son sillage.

Des mains robustes se posent sur mes épaules. J'écarte les doigts et avise les pieds poilus de papa, désormais souillés d'un sang sombre.

— Écoute-moi, Violet.

Il essaie délicatement d'écarter mes poignets pour me forcer à le regarder, mais je m'y refuse. Je ne peux pas le faire.

— Ce n'est la faute de personne.

Il finit par avoir le dessus, et je suis contrainte de plonger mes yeux dans les siens, d'un bleu si clair.

Des yeux identiques à ceux de Savannah.

Des yeux si différents des miens.

— Je t'aime.

Papa me soulève dans ses bras. Je l'étreins plus fort que je ne l'ai jamais fait enfant. Comme si je craignais de le laisser échapper et qu'il disparaisse à son tour.

Papa sera toujours mon papa, quoi qu'il arrive. Je vais devoir le lui dire bientôt. Je ne sais simplement pas comment m'y prendre. Peut-être qu'en le serrant si fort, cela suffira.

— C'était un accident, reprend-il doucement. Et on va surmonter ça.

*

Je vais m'allonger dans ma chambre un moment. Sans télé, sans téléphone.

J'ai besoin de digérer tout ça sans distraction. Je remarque toutefois une chose nouvelle : je n'ai pas envie de me taillader. Pas même un peu.

Après avoir vu le visage horrifié de Savannah et le sang sur mes mains, c'est comme si le sortilège avait été brisé.

Peut-être que cet objectif des cinquante jours était effectivement un nombre magique.

Savannah frappe à ma porte avant d'entrer.

— Ça va ?

— Ouais. Il me fallait un peu de calme.

Elle fait couiner le lit en s'asseyant au bord.

— À moi aussi. Hé… Tu crois qu'on pourrait organiser cette cérémonie, maintenant ? Je crois que j'en aurais besoin.

Je rumine l'idée. Cette fois, fini de nier. Je ne résiste pas.

— Oui. Bien sûr. Tu peux le dire à papa.

L'acceptation semble bien… étrange.

Savannah vient s'installer près de moi et me serre contre elle. Son odeur vanillée ressemble vaguement à celle de maman. Nous restons assises là, juste toutes les deux.

— J'ai rêvé d'elle, la nuit dernière, chuchote Savannah.

Je hausse les sourcils.

— C'est vrai ? Il se passait quoi ?

— Je sais que ça a l'air bizarre, mais j'étais assise à l'aéroport. Toute seule. Je la voyais sortir du terminal. Elle portait son uniforme, mais sans ses ailes de pilote. Même dans mon rêve, j'étais surprise de la voir.

Je visualise aisément la scène. L'uniforme bleu marine, le calot, les insignes dorés. Ses cheveux courts, ses yeux profonds, son sourire affable. La personne qui me manque à chaque instant. Je ne serai jamais plus entière sans elle.

— Je lui ai demandé où elle allait, elle m'a répondu qu'elle n'était pas sûre, mais que ça ne pouvait pas attendre.

Les yeux de Savannah s'emplissent de larmes.

Ma bouche est toute sèche. Ça ressemble plus à une séance de spiritisme qu'à un rêve. Je ne suis pas certaine de croire aux esprits et tout le toutim, mais ça semble sinistrement réel. Comme si maman essayait de nous contacter.

— Je crois que c'est sa manière de me dire qu'elle va bien, conclut Savannah.

Une pensée très égoïste me traverse l'esprit : pourquoi ce n'est pas moi qui rêve d'elle ? Pourquoi maman ne vient pas me voir ? Est-ce parce que je ne lui ai pas accordé toute ma confiance, alors qu'elle me l'avait demandé ?

— C'est vraiment chouette, Sav, je murmure.

Elle resserre son bras autour de mon cou.

— Tu as ta lettre, j'ai mes rêves.

J'aimerais posséder plus qu'un simple bout de papier, plus qu'un simple rêve intangible que je ne peux pas me passer en boucle. Mais, pour l'heure, je vais devoir me contenter de ça.

Chapitre vingt-six

Quatre jours après l'annonce

Papa a décidé d'organiser la cérémonie dans le cimetière non loin de la maison.

Je lui ai dit que ça me ferait bizarre de me rendre au cimetière alors qu'il n'y avait pas de corps, mais il m'a répondu qu'il nous faudrait un endroit où nous recueillir. Je crois qu'il a raison.

L'endroit est vaste et aéré ; des cerisiers sont là pour nous abriter en cas de pluie. De magnifiques cerisiers ornementaux, semblables à ceux du parc où nous emmenait maman.

Il a commandé une petite stèle avec son nom inscrit ; le gardien l'a installée ce matin.

À notre arrivée, le reste de la famille est déjà là, rassemblé en un cercle. Mes oncles et tantes, papi, mes grands-parents de Californie. Quelques personnes de l'école, des professeurs. Miles Miller et d'autres anciens militaires. Beaucoup de proches nous ont appelés, mais ils ont surtout parlé à papa. Je n'étais pas prête. Mon cerveau était déjà trop encombré, je ne me sentais pas capable d'assumer une conversation supplémentaire sans exploser.

Alex et Landon partagent un parapluie à l'arrière de l'assemblée. Elle frissonne sous la froide bruine de septembre, et Landon s'est approché d'elle avec hésitation pour l'abriter sous son parapluie. Je fuis leur regard à tous les deux.

Leur présence compte énormément pour moi, mais je n'ai toujours pas dit à Landon combien je regrette mon comportement. Le chagrin n'excuse pas tout.

Mon père, ma sœur et moi allons nous placer au premier rang, en face de la stèle. Celle-ci est en ardoise, peut-être aussi en granit. La pierre en elle-même ne brille pas, contrairement à la plaque marron foncé fixée dessus.

JENNIFER ASHBY
MÈRE, ÉPOUSE, AMIE.
POUR TOUJOURS AVEC NOUS.

Ça semble irréel. Il doit bien exister une autre Jennifer Ashby qui était à la fois mère, épouse et amie, non ? Je garde les yeux rivés sur l'inscription, tâchant de prendre de grandes inspirations.

Non. C'est bien réel. Et c'est à moi que cela arrive.

Je dois l'admettre, même si je ne suis pas certaine d'en être capable.

Il bruine légèrement. Le genre de pluie froide, mais discrète, sous laquelle on peut marcher sans revenir trempé.

Papa est le premier à prendre la parole. Il explique à quel point il l'a trouvée chouette à leur première rencontre, combien ils se faisaient rire mutuellement. J'ai lu tous les livres qu'il a écrits, mais le fait de l'entendre parler me rappelle pourquoi ils se vendent si bien. Il s'exprime avec le cœur, mais, surtout, avec franchise. Malgré tout, sa voix exprime encore l'amour et le respect qu'il a pour elle.

Cependant, ça ne semble pas normal. Elle n'est pas là. Il n'y a pas de corps, pas de preuve tangible. Enfin, j'en sais assez pour l'accepter, mais…

Mes jambes ne cessent de trembler. C'est peut-être la pluie, ou les mots de papa. Je ne suis pas sûre. Je serre les bras autour de moi sans parvenir à me débarrasser du froid. Le blazer noir et la jupe que j'ai choisis me semblent subitement trop légers. Le vent les traverse pour venir se plaquer contre ma peau. J'ai l'impression d'un mois de janvier glacial alors qu'on est à peine en automne.

— Tu as froid ? me demande Landon, apparu derrière moi. Tiens.

Il m'enroule une écharpe rose autour des épaules. Elle est difforme, un peu de travers, et quelques mailles n'ont pas l'air à leur place.

Mais je l'adore. Pour toutes ses imperfections.

Les choses imparfaites sont, d'une certaine manière, les plus parfaites.

— Merci, je chuchote. Merci.

Il sourit et recule de quelques pas pour aller rejoindre Alex. Je resserre l'écharpe autour de mon cou et la laisse pendre sur mes épaules. Sa douceur me fait me sentir en sécurité, et savoir que Landon l'a tricotée de ses mains ne la rend que plus agréable. Elle porte sa chaleur et son odeur, celle qui imprègne l'air après une averse.

J'essaie d'imaginer Landon assis sur son lit, prenant sur son temps pour me fabriquer quelque chose. Juste pour moi.

Ce n'est pas le genre de garçon que j'ai envie de laisser filer.

Mais honnêtement je ne me sens pas prête à avoir une relation. Je le sais. Pas pour le moment.

J'aimerais qu'il soit possible de mettre un garçon en attente.

Malgré tout, je tremble. Plus à cause du froid, mais je suis incapable de contrôler mes muscles. J'ai besoin d'une minute.

— Je vais aux toilettes, j'annonce à Savannah.

— Quoi ? On est en plein…, s'interrompt-elle. Tu vas bien ? Tu veux que je t'accompagne ?

— Non, merci.

Je sais que ça semble étrange de s'éclipser au beau milieu de la cérémonie organisée pour sa mère, mais j'ai peur de ne plus pouvoir respirer si je ne m'enfuis pas immédiatement. Du silence. J'ai besoin de silence.

Je me dirige vers le mausolée.

L'intérieur est splendide. Du marbre partout, du calme, et une fontaine au beau milieu. Le seul bruit ici est son ruissellement régulier. Je vais me pencher sur le bassin. L'eau est propre et transparente.

— C'est donc bien réel, hein ?

Ma voix, qui résonne entre les parois. Il n'y a personne sur au moins trente mètres à la ronde.

— J'ai juste besoin de savoir… Tu es là ? je demande à maman. Je sais que tu n'es pas vraiment… ici, sur cette terre. Je le comprends, maintenant. J'ai fini par piger. Mais est-ce que tu es… là ?

Je contemple mon reflet. Il n'y a que moi. Des yeux marron qui me scrutent en cillant, des cheveux légèrement humides qui me tombent sur la figure. Je tiens les extrémités de l'écharpe pour ne pas les mouiller.

Je relève la tête.

— Là-haut, peut-être ? Quelque part ?

Le silence. J'espère un signe quelconque. Une lumière qui clignote, l'arrivée d'un oiseau ou même le passage d'un avion. N'importe quoi.

J'ai lu que des gens avaient perçu des signes de leurs chers disparus. Savannah fait même des rêves. Des rêves magnifiques dans lesquels maman semble lui parler.

Pas moi.

— Tu es là ? Avec moi ? j'insiste.

Je reste complètement immobile en attendant un son, un murmure.

Rien.

Je prends une profonde inspiration venue du diaphragme. Bien sûr qu'il n'y a rien. Parce qu'elle n'est plus là.

Je le sais, je le sais vraiment, mais je ne peux pas m'empêcher de poser la question une dernière fois. J'ai besoin de savoir où elle est. Qu'elle va bien, quelque part, par-delà le temps et l'espace. Par-delà ces étoiles magnifiques qu'elle nous a appris à identifier.

Comment suis-je censée continuer sans elle ?

— Bon, d'accord. Je comprends.

J'observe mon reflet une dernière fois avant de ressortir. Alors que je tiens toujours les bouts de l'écharpe, je découvre que Landon a cousu une petite pièce marron sur un côté. Il a écrit dessus, au feutre noir : « Accroche-toi. »

*

Après la cérémonie, nous parlons un moment avec nos proches. J'évite mes oncles, tantes, cousins et grands-parents depuis si longtemps que j'ai oublié combien il est agréable d'être entourée d'eux. Mais, d'une certaine manière, c'est aussi douloureux. Papi, le père de maman, lui ressemble tant. Je le serre fort contre moi afin de ne plus avoir à le regarder en face et à voir une version vieillie et légèrement différente de ma mère. Je me demande s'il en fait autant avec moi.

Et il y a la famille de mon père. S'ils connaissaient la vérité, voudraient-ils encore me voir ? Mes grands-parents m'aiment-ils parce que nous sommes du même sang ou pour celle que je suis ? C'est à peine si je leur adresse la parole. J'ai trop peur de tout leur déballer.

— Elle est seulement bouleversée, explique le frère de mon père à ma tante. On va lui laisser le temps qu'il lui faudra et, quand elle sera prête, on sera là pour elle.

Il est plus qu'évident qu'il parle de moi.

— Je sais. Je n'ose imaginer ce qu'elle peut ressentir. La pauvre, répond ma tante. Je les aime tant, Savannah et elle.

J'aimerais que ma famille reste à jamais ma famille, mais, désormais, je les considère sous un prisme différent : je ne les en aime pas moins, je m'inquiète juste que ce ne soit pas réciproque. S'ils découvraient la vérité, bien sûr.

Savannah discute avec Alex, mais Landon a disparu. Je scrute la foule du regard, me tourne vers le mausolée. Rien.

— Tu cherches ton mec ? m'apostrophe Savannah.

— C'est pas mon mec, je grommelle. Mais, euh, oui.

— Il est parti en répète il y a quelques minutes, m'explique Alex.

Ses rangers noires sont maculées de boue.

— Oh.

Était-il vraiment obligé de partir ou est-ce à cause de mon comportement de l'autre jour ? J'ai l'impression d'avoir commis l'irréparable. Landon ne veut plus me voir, à présent. Je serre fermement une extrémité de ma douce écharpe. Était-ce sa façon de me dire adieu ?

— Tu ne répètes pas, toi ? je demande à Alex. Comment ça se fait que tu ne sois pas déjà en route ?

— C'était légèrement plus important, me répond-elle. Je serai un peu en retard.

— Bon… écoute, je décide. Je vais dire à M. Tariq que j'aimerais m'impliquer. Ne serait-ce que pour peindre le décor ou pour faire une petite cuillère sans texte en arrière-plan. Je veux faire partie de la pièce.

— Sérieux ? s'exclame Savannah avec un sourire. C'est génial !

La moue d'Alex se mue en un petit sourire discret.

— Tu en es sûre ? Vraiment ?

— Oui, je réponds aussitôt. Pas ce soir ni ce week-end. Il me faut un peu de temps pour… me détendre et réfléchir. Mais lundi ? Lundi, je serai complètement prête.

— Parfait. Mais si tu veux venir en répète, il va te falloir un texte.

— Je suis sûre que j'en trouverai un, j'affirme.

Elle ôte son sac de l'épaule pour l'ouvrir.

— Il va te falloir celui-ci, précisément. Il t'était promis. Si tu veux faire Plumette, je m'efface.

Il est couvert de notes de mise en scène, et toutes les répliques de Plumette sont surlignées.

Je bats des cils. Je suis stupéfaite.

— Quoi ? Tu as eu le rôle ?

Alex soutient enfin mon regard. Ses yeux sombres sont cernés de rouge.

— Ouais, mais il te va comme un gant. C'est une évidence. Je sais à quel point tu en as envie depuis le début. Si j'étais ta meilleure amie, je t'aurais encouragée à le faire il y a longtemps, mais… j'étais jalouse. Honnêtement. Tu as du talent. Plus que tu l'imagines.

— Alex, je chuchote. Je ne peux pas te piquer le rôle.

— Tu ne me le piques pas, puisque je te le donne.

— Mais pourquoi ? Ne fais pas ça pour Savannah ni à cause de ma mère. Sincèrement.

Si je dois jouer ce rôle, je tiens à l'obtenir au mérite. Pas parce que Alex s'en veut de m'avoir menti.

— Je n'ai rien dit ! s'exclame ma sœur en levant les mains d'un air innocent.

Alex secoue la tête.

— Ce n'est pas pour elle. C'est pour toi. Ça aurait dû être le tien depuis le début. Je n'arrête pas d'y penser depuis que M. Tariq me l'a confié. Je lui ai déjà posé la question, et il est d'accord.

Apparemment, il me reste encore des larmes à verser. Je pensais qu'elles étaient taries.

— Tu es sérieuse ? je murmure.

Alex me prend dans ses bras.

— Très. Je suis navrée, Vi. Pour tout. Ta mère me manque déjà tellement.

Je l'étreins en retour, et nos années d'amitié irradient autour de nous.

— Je t'aime, je lui souffle. Tu es ma meilleure amie.

— Et toi la mienne. Mais je jure devant Dieu qu'il n'y aura jamais la moindre preuve photographique de moi dans un costume de fourchette.

Chapitre vingt-sept

Quatre jours après l'annonce, soirée

Ce soir-là, je passe un peu de temps avec papa, Savannah et Onion. On pleure un peu, on rit un peu, mais, surtout, on savoure le fait d'être ensemble. Je suis épuisée et hébétée par cette longue journée, et il me tarde d'aller au lit.

Bien sûr, une fois sous la couette, je n'arrive pas à trouver le sommeil. Mon cerveau ne cesse de ressasser des souvenirs de maman ou de me projeter dans l'avenir. Comment me concentrer sur l'école ? Comment annoncer à papa qu'il n'est pas mon vrai père ? Lui briser le cœur, comme le mien a été brisé quand j'ai découvert ce test de paternité, me semble particulièrement cruel après une journée pareille.

Malgré tout, je reviens à Landon. Il a été là pour moi, pendant tout ce temps, et je me suis servie de lui comme d'une béquille avant de hurler contre lui. Il mérite bien mieux.

Je lui envoie un texto :

Tu dors ?

Il me répond quelques minutes plus tard :

Waouh ! Mon premier « Tu dors ? ». Je suis honoré. Quoi de neuf ?

Je serre le téléphone contre ma poitrine. Je n'arrive pas à interpréter son ton. Est-ce du sarcasme ?

Depuis que je suis rentrée à la maison, je n'ai pas quitté mon écharpe. Elle est douce et confortable, et me donne l'impression que tout pourrait s'arranger. Exactement comme quand je suis avec lui.

Je me redresse subitement. Pour la première fois depuis une semaine, je me sens débordante d'énergie. J'ai une idée. Il est 1 heure du matin, mais j'ai une idée.

Je me faufile jusqu'à la chambre de Savannah, espérant la trouver éveillée. L'absence de rai lumineux sous sa porte indique le contraire.

— Sav ? je chuchote.

Elle dort. Mince.

Je vais donc devoir me rendre au McDo par mes propres moyens ; je ne voudrais pourtant pas faire de mes entorses au code de la route une habitude. Je récupère les clés sur son bureau aussi discrètement que possible et les glisse dans mon sac.

Il avait commandé un milk-shake au chocolat, et moi à la vanille. Je descends à pas de loup en me disant que je pourrais ajouter des frites. Si je parvenais à reconstituer cet instant parfait, je pourrais peut-être le faire advenir de nouveau.

— Surveille la maison pour moi, je dis à maman.

Je marque un temps d'arrêt, m'attendant à voir une lumière clignoter, à entendre un chien aboyer.

Rien.

Mais ce n'est pas grave.

J'ouvre la porte et sors sur la pointe des pieds. J'ai tellement envie de frites que j'en sens presque l'odeur. Ce mélange de sel et de…

Si je sens les frites, c'est qu'il y en a juste sous mon nez.

Landon est debout dans mon jardin, ses cheveux bouclés émergeant de sous sa capuche. Il arbore un sourire, mais, surtout, il tient deux milk-shakes : l'un au chocolat, l'autre à la vanille.

Et des frites, donc.

— Comment as-tu deviné ? je hoquette.

— Deviné quoi ?

Il s'approche de moi.

— Que j'allais… Laisse tomber. C'est pour moi ?

Je porte la main à mon cœur protégé par mon écharpe.

— Évidemment ! (Il me tend le milk-shake à la vanille et s'assied sur les marches du perron.) Ça ne te dérange pas ? Désolé si ça semble un peu étrange. Je m'en suis voulu d'être parti si tôt tout à l'heure, et quand tu m'as envoyé ce texto et que j'ai su que tu étais debout…

— C'est dingue. Tu n'as rien à te reprocher. C'est moi qui devrais m'en vouloir. Je t'ai écrit pour m'excuser.

Je m'assieds près de lui et trempe aussitôt une frite dans mon gobelet. Dire que j'ai vécu des années sans faire ça.

— Non. Je n'aurais jamais dû dire ça. C'est à moi de m'excuser.

Je secoue la tête.

— Landon, ne t'en fais pas.

— Si. C'était maladroit de ma part de te parler d'une comédie musicale sans importance alors que tu vivais des moments pareils. Et je suis désolé pour ta mère, au fait. C'était une très belle cérémonie. Je n'imagine pas ce que tu peux ressentir, par contre…

— Je sais. Mais ce n'est pas le sujet.

Je soupire. Pourquoi est-ce si difficile de se comporter en être social ? On n'a qu'une vie. Une seule. Autant en tirer le meilleur profit.

— Tu avais raison sur toute la ligne. J'étais obsédée par l'idée de prouver l'innocence de ma mère, et je suis tombée dans le déni. Je ne savais pas ce qui m'attendait et j'ignore encore ce que je veux faire de ma vie. J'imagine que ça peut se comprendre pour la semaine dernière, mais je ne vais pas pouvoir me réfugier derrière ça toute ma vie. Alors… pardon. Sincèrement.

Il enroule un bras autour de mes épaules. Son étreinte est solide, sécurisante.

— L'autre jour, tu m'as dit qu'il s'était passé un autre truc. C'était quoi ? Je me suis fait du souci.

Comment pourrais-je lui résumer les derniers événements ? Rien de tout cela ne me semble réel. En fait, c'est tout le contraire. Ça me semble bien trop réel. Je lui raconte tout. Au sujet de papa, du Dr Bryant et même d'Alex et Savannah.

J'essuie une goutte de pluie qui me tombe sur le front. Peut-être qu'elle vient de la gouttière.

— Je ne sais pas quoi faire. Savannah et moi, on s'est réconciliées, pareil avec Alex. Mais comment suis-je censée annoncer à mon père qu'il n'est pas mon père biologique ? Hein ? Ça va l'anéantir.

Landon plonge une frite dans son milk-shake et la fait tourner longuement.

— C'est… dur à avaler.

— M'en parle pas.

— Mais je pense que tu connais la réponse. Tu dois le lui dire.

— Tu crois ? Je ne peux pas le laisser vivre dans sa bienheureuse innocence ?

— Tu l'as dit toi-même. Tu es obsédée par la vérité. C'est comme ça. Et maintenant, tu l'as découverte. Tu ne seras pas heureuse avant de pouvoir l'accepter. Tout entière.

Je repense à ce que j'ai ressenti en découvrant qu'Alex et Savannah m'avaient menti. Le fait qu'elles l'aient fait en toute conscience était encore plus douloureux, comme un os que l'on brise encore et encore. Je suis en train de faire la même chose avec papa. Les mensonges du quotidien vont s'accumuler jusqu'à ce qu'il découvre la vérité et que celle-ci le broie.

Il mérite mieux que ça.

Je croise les bras et pose la tête sur l'épaule de Landon.

— J'en ai marre que tu aies toujours raison.

— Sur ce point, je ne crois pas me tromper. Mais en général ?… Mouais, c'est possible.

Il se fend d'un petit sourire satisfait.

Je souris à mon tour en jouant avec mon écharpe. Je me demande si, en la regardant, il voit plutôt les mailles parfaites ou les bords irréguliers.

Moi, je ne vois que sa beauté.

Je me tourne vers Landon. Nos regards se rivent l'un à l'autre avec une intensité telle que mon cœur s'emballe. Il y a de l'électricité dans l'air. Je me penche vers lui et pose mes lèvres sur les siennes. Je n'aurais pas cru que notre premier vrai baiser aurait lieu devant un McDo ou le soir de la cérémonie consacrée à ma mère. Ce n'est pas parfait, mais c'est ce qui convient le mieux à nous autres, les êtres imparfaits.

Ses lèvres se tendent avec hésitation, ses bras glissent vers ma taille sans plus d'assurance. J'ai envie de passer mes doigts dans ses boucles blondes ou même sur ses bras, mais je reste immobile. Je savoure l'instant, enfin capable d'exister et de ne plus être moi.

Ou alors ce baiser échangé avec Landon me donne la sensation d'être moi. Je n'ai plus à faire semblant d'être forte ou de penser à quelqu'un d'autre. Je peux être.

Nous finissons par nous écarter et baisser tous deux les yeux. J'ai des fourmillements plein les lèvres, et l'attirance que j'éprouve pour lui m'embrase le corps de la plus agréable des manières. C'est comme la première fois, mais en bien plus réel.

— J'espère que ce n'était pas horrible, dit-il.

— Loin de là.

Il pose alors son front contre le mien.

— Je crois comprendre ce que Lumière ressent, à présent. Ça brûle.

Je souris.

— Moi aussi.

Nous restons un moment silencieux, puis j'enroule mes bras autour de mes jambes.

— Je… Je ne voudrais pas te donner de faux espoirs, je déclare. Je t'aime beaucoup, mais je ne sais pas ce que je veux ni ce dont j'ai besoin. Je suis totalement perdue, j'ai encore du mal à digérer tout ça…

— Prends le temps qu'il faudra, me rassure-t-il. Je n'irai nulle part.

« Je n'irai nulle part. »

Pile ce que j'avais besoin d'entendre.

Je lève enfin les yeux vers le ciel. Les étoiles sont ternes, mais bien présentes. Elles me font signe de très, très loin.

Chapitre vingt-huit

Sept jours après l'annonce, après-midi

Je sors de répétition, flanquée de Landon sur ma gauche et d'Alex sur ma droite.

Je me demande si celle-ci ressent la même chose quand elle se promène avec Savannah et moi. Meilleure amie et coup de cœur au même endroit. Que rêver de mieux ?

— *C'est la fête ! C'est la fête !* C'est cette chanson que je déteste, déclare Alex.

— C'est une super chanson ! proteste Landon.

— Ouais, parce que tu la chantes en intégralité.

Les autres comédiens montent en voiture. Les première et terminale ont la leur, les troisième et seconde s'empilent dans celles de leurs parents.

— Vous voulez que je vous dépose ? propose Landon.

— J'ai ma voiture, répond Alex. Mais merci. Au fait, j'ai eu vent de cette histoire de bisou. Si tu brises le cœur de mon amie, je te brise le cierge.

— Waouh, je dis en secouant la tête.

— Jolie métaphore, Alex. Mais ça n'arrivera pas, promet-il. Et je t'en prie : ne me brise pas le cierge. Et ne l'appelle pas comme ça.

— D'accord, consent-elle. Violet, tu montes avec qui ?

J'entends klaxonner au loin. Je ne réagis pas tout de suite, pensant que ce coup d'avertisseur s'adresse à quelqu'un d'autre, mais il remet ça. Je reconnais alors l'Accord bleue.

Papa ?

Il me fait signe depuis le siège du conducteur.

— Avec lui, je réponds. On se voit demain.

Je cours jusqu'à la voiture et monte côté passager.

— Je t'ai appelé ? Je ne me rappelle pas t'avoir demandé de venir me chercher. Désolée, j'aurais pu rentrer toute seule.

— Non. Ton prof m'a téléphoné l'autre jour, me dit mon père. Je t'ai attendue. Je voulais m'assurer que tu ne sois pas à pied.

— Tu m'as attendue tout ce temps ?

Les répétitions du dimanche sont toujours interminables. Il faut au moins quatre heures pour connaître la musique et fixer les positions. Je me suis jointe à la troupe pour passer les chansons en revue, puis je suis restée pour peindre.

— Ouaip, confirme-t-il. Je t'ai vue avec ce garçon.

— Tu sais qui c'est, papa.

— Oui. Un fan des Mets.

Je roule les yeux.

— J'ai quelque chose pour toi.

Il me désigne l'espace de rangement sous la boîte à gants. Je reconnais aussitôt le sac en papier blanc : il vient de la boutique d'arts plastiques. Je m'en empare avec avidité et l'ouvre sans attendre.

Je trouve à l'intérieur un magnifique jeu de pinceaux en soie naturelle. Ceux à la pointe marron clair et au manche solide. Ceux qui me coûteraient une dizaine d'heures de travail à l'épicerie. Un assortiment de cinq tubes d'acrylique complète l'ensemble.

— Papa, je chuchote. Tu n'étais pas obligé.

— J'espère que je ne me suis pas trompé. La dame du magasin m'a aidé à choisir.

Je me tourne vers lui.

— Comment tu as su ?

Il garde les yeux rivés sur la route.

— Je sais tout.

— Savannah te l'a dit, pas vrai ?

Dans un premier temps, j'en veux à mort à ma sœur. C'était censé rester entre nous, notre secret. Comment a-t-elle osé ? Puis je me rends compte qu'elle ne m'a aucunement trahie. Elle a fait exactement ce qu'il fallait pour me protéger.

— J'aimerais mieux que tu te serves de ça quand tu es contrariée, d'accord ? suggère-t-il. Peins un portrait d'Onion ou un truc dans le genre.

Je contemple mes poignets, les joues rougies par la honte. Pendant tout ce temps, je pensais avoir caché ce vice. L'avoir gardé secret. Mais apparemment, rien n'appartient qu'à moi seule.

C'est à la fois horrible et utile de le savoir. Tous mes secrets sont révélés au grand jour, mais je ne suis plus toute seule. Je n'ai plus besoin de me cacher.

— C'est difficile, je chuchote. Je ne le fais pas exprès.

— Je sais, ma puce.

Papa se gare dans notre allée. Pas de fourgon, pas de caméras. Les médias sont passés à autre chose quand ils ont compris qu'il n'y avait pas de méchant dans l'histoire.

— À partir de maintenant, dis-le-moi, quand tu penses à te faire du mal. Ou parles-en à Savannah. Ou confie-toi au moins au fan des Mets. D'accord ?

Il se tourne vers moi pour me considérer avec une intense sincérité.

— C'est promis.

Et je le pense vraiment.

Papa coupe le contact et me prend par les épaules pour remonter jusqu'à la maison. Nous marchons en rythme, pied gauche, pied droit.

— Ton papa sait toujours tout, m'annonce-t-il. Si tu essaies de me mentir, je le saurai.

Il se dirige vers l'escalier, mais ses mots résonnent en moi comme le tic-tac d'une horloge.

— Attends, je chuchote.

Il se tourne vers moi.

Je lui demande de s'asseoir dans le canapé. La télé est allumée, mais le son est coupé. On y voit des ouvriers en train de déblayer les décombres de Porto Rico. Les maisons n'ont pas encore été reconstruites, mais la vie reprend peu à peu son cours.

— Je… je t'aime. Mais je ne suis peut-être pas ta vraie fille.

Je me contracte en attendant l'impact.

Il fourre les mains dans ses poches. Son expression ne varie pas.

— Ouais. Je sais.

Notre coucou se met à chanter. Jack Skellington jaillit une fois de plus, dans son costume à rayures blanc et noir. Je l'entends à peine tant je suis concentrée sur papa.

— Tu le sais ?

Je passe en revue mes efforts pour le dissimuler. J'ai rangé les lettres dans le fin fond de mon placard, sous une pile de vêtements et de chaussures. Il n'irait jamais fouiller là-dedans. Je suis sûre de n'avoir jamais non plus laissé traîner la lettre portant le résultat du test de paternité. Je comptais aller brûler l'ensemble dans la cheminée d'Alex. Peut-être Savannah, encore une fois ?

— J'ai toujours eu un pressentiment, précise-t-il. J'étais au courant pour la liaison de ta mère, la première fois. J'ai laissé courir, car je savais qu'elle était enceinte et je voulais qu'on forme une famille. Mais en te voyant grandir, je me suis posé des questions… Il est rare d'avoir les yeux marron, quand les deux parents ont les yeux bleus.

— Ça arrive, je nuance.

— Certainement, mais pas souvent. Tu lui ressembles un peu et, pour être honnête… je le savais. Je le sentais.

Je fixe le tapis. Il était au courant depuis le début. Et pourtant, il m'a quand même acheté ces pinceaux.

Et des chers, alors qu'on ne roule pas sur l'or. Au fil des années, je ne me suis jamais doutée de rien. Pas avant de voir cette feuille. Mais lui, il le savait depuis toujours.

— Tu ne lui as jamais posé la question, pour en être sûr ?

— Pourquoi l'aurais-je fait ? Ça ne change rien pour moi, Violet. Tu restes ma fille. Je t'aime comme si je t'avais faite.

Je lève les yeux au ciel.

— Papa.

Je jette mes bras autour de son cou et le serre contre moi. Malgré toute cette incertitude, malgré les événements, il est toujours là pour moi.

— C'est nul, la génétique, je dis.

— C'est vrai.

Il me serre plus fort encore.

Avec lui, je suis heureuse. Je le sens dans ma moelle, dans mon ADN.

Chapitre vingt-neuf

Quelques mois plus tard

La soirée de la première débute exactement comme il se doit, avec Savannah, Alex et moi nous dirigeant, ensemble, vers le théâtre.

J'ouvre la marche, lunettes de soleil sur le nez, et Alex et Savannah me suivent, comme les stars d'un film pour ados des années 1980.

— Quelqu'un peut me tirer les cartes ? demande Alex. J'aimerais savoir comment cette soirée va tourner.

— Pour le mieux, lui affirme Savannah en entrelaçant leurs doigts.

— Tu me promets de filmer mon solo de danse ?

— Je croyais que tu ne voulais aucune preuve de toi en fourchette ? j'interviens.

— Il me faudra bien quelque chose à montrer pour mon inscription en fac. Je blablaterai en expliquant que faire partie de l'ensemble m'a rendue plus forte en tant qu'individu.

— Et c'est le cas ? je m'enquiers.

— Nom d'une fourchette, sûrement pas ! Mais je ne rigole pas : tirons-nous les cartes.

— Bon, d'accord, très bien. J'en tirerai une avant d'entrer dans les loges.

— Quoi, tu ne veux pas que Laaandon te voie d'abord ? me taquine Alex.

On y va doucement. Je ne suis pas encore prête pour une relation de couple à proprement parler, mais j'ai du mal à lui résister. On fait des sorties et on s'embrasse. Beaucoup. Mais, ouais, on y va doucement.

— Oh, arrête. J'ai juste envie de me débarrasser au plus vite de ce tirage, je réplique.

Elle sort un jeu de tarot de son sac à main et me le tend.

— Dans ce cas, finissons-en tout de suite.

Nous nous immobilisons toutes les trois. J'étudie le joli motif bariolé au verso des cartes avant d'en choisir une. Elles se ressemblent toutes, mais l'une d'elles m'attire davantage. J'essaie d'écouter de plus en plus la petite voix dans ma tête. D'être plus connectée à… moi-même.

— Le Monde, annonce Alex. Et tu l'as tiré à l'endroit !

— Ce qui signifie…

Elle arbore un sourire narquois.

— Accomplissement, harmonie, achèvement.

Je croise les bras. Pendant une longue période, ces trois termes m'ont paru inaccessibles. À présent, cependant, je pense pouvoir me raccrocher à eux.

— Ça me plaît bien, intervient Savannah. Je peux en faire un ?

— Autant que tu voudras, princesse. (Alex bat les cartes avant d'en choisir une.) Oh, regarde ! Ça veut dire que tu sors avec une personne géniale et que tu dois m'emmener en Californie.

Savannah a été admise à Stanford avec une bourse partielle. D'après la lettre personnalisée qu'elle a reçue de la direction, tout le personnel serait heureux de voir une personne aussi forte et courageuse rejoindre leur promo 2026.

Savannah éclate de rire et saisit la main d'Alex. Celle-ci se penche vers ma sœur pour l'embrasser. Leur baiser se prolonge, comme si elles se trouvaient seules dans le couloir.

Même s'il m'en coûte de l'admettre, force est de constater que c'est plutôt mignon.

— Euh... OK.

Nous nous tournons toutes vers papa, qui vient de faire son apparition. Il tient un sac en plastique qui contient mon maquillage, que j'ai apparemment oublié dans la voiture. Nous restons tous les quatre muets pendant cinq ou six secondes.

— Je suis venu t'apporter ça. (Il me tend la pochette, avant d'agiter la main vers Alex et Savannah.) C'est nouveau, ça ?

Les épaules d'Alex se voûtent, et elle fait mine de lâcher la main de ma sœur, mais celle-ci resserre sa prise.

— Oui, répond doucement Savannah.

Elle le regarde de la même manière qu'elle m'a regardée quand j'ai ouvert les lettres de maman : les yeux écarquillés, craignant que sa vie vole en éclats.

Je retiens mon souffle. Même si je sais que papa est génial et que ça ne le perturbe pas, je suis un peu crispée. On l'est toutes. Ce n'est sans doute pas ainsi qu'elle comptait le lui annoncer.

— Vous m'en voulez, monsieur Ashby ? Je vous jure de bien la traiter, de ne jamais la rendre triste, de ne jamais la *ghoster*. Je la ramènerai avant minuit quand on sortira, promet Alex. J'ai tous mes points sur mon permis.

— Ce n'est pas un exploit, vu que tu ne l'as que depuis deux mois, mais marché conclu. Ramène-la avant 23 heures.

Quand je vous dis que mon père est le meilleur.

— Tu as deux filles queers, bravo ! je lance en l'applaudissant.

— J'ai toujours dit à votre mère qu'elle regardait beaucoup trop les émissions d'Ellen DeGeneres quand elle était enceinte. (Papa m'ébouriffe les cheveux.) Allez, les filles, en scène. Je vais chercher des M&M's. Sav, je te rapporte un Kit Kat.

— Ça s'est mieux passé que prévu, commente ma sœur, soulagée, quand il est hors de portée d'ouïe.

— Nan, c'est papa, je lui rappelle. Il nous soutiendra toujours.

Je le pense sincèrement. Et je sais qu'elle aussi.

*

Le premier acte est une vraie réussite, jusqu'à présent. Le public rit quand il est censé rire, et je sais que tout le monde adore les personnages. Surtout Lumière. Comment pourrait-il en être autrement ?

Je me sens vivante, sur les planches. Quand je parle, je me sens écoutée. Raconter l'histoire et provoquer des réactions me donne l'impression d'être dotée d'un superpouvoir. Je me sens moi-même. Je n'arrive pas à croire que je me suis refusé cette possibilité pendant des années, à cause d'un obstacle aussi ridicule que la peur.

Landon et moi nous tenons épaule contre épaule dans l'obscurité des coulisses. Notre grande scène arrive bientôt, et je sais que les spectateurs vont l'adorer. Nous adorer. Je lui prends la main. Je ne voudrais vivre cette aventure avec personne d'autre.

— Ta famille est là ? je chuchote.

— Ouais, répond-il. Ils aimeraient beaucoup te rencontrer après le spectacle. Ça te va ?

— Ça me ferait trop plaisir.

— Ton père est là aussi ? demande-t-il.

— Oui.

Je sais que je ne devrais pas, mais je penche la tête par le rideau. De toute façon, personne ne fait attention à moi. Belle s'en donne à cœur joie et réalise une prestation parfaite, quoi qu'en dise Alex.

Papa et Savannah sont assis devant, en plein milieu. Savannah, des étoiles plein les yeux, paraît hypnotisée par l'ensemble qui entonne *C'est la fête !* J'ai l'impression qu'elle se concentre sur un ustensile en particulier. Alex connaît sa chorégraphie sur le bout des ongles et effectue chaque geste avec grâce et enthousiasme. Même papa a l'air de prendre plaisir à la représentation ; il tape du pied en rythme tout en croquant ses chocolats.

Et au dernier rang… le Dr Bryant. Je lui ai dit que je ne ferais jamais de test ADN, que je ne le considérerais pas comme mon père, mais ça ne m'empêche pas de lui envoyer un e-mail de temps en temps. Je lui ai même rendu visite, un jour. C'est un homme qui aimait ma maman, qui connaît des choses que j'ignore à son sujet, et je ne tiens pas à perdre ce lien.

Il semble apprécier le spectacle.

— Tu es prête ? me chuchote Landon.

Alors que je me tourne vers lui, quelque chose dans la salle attire mon regard.

Je jurerais voir maman, sur le siège voisin de Savannah. Tous les autres spectateurs observent les comédiens sur scène, mais elle n'a d'yeux que pour moi. Elle repousse une courte mèche blonde pour mieux m'observer. Elle m'adresse un large sourire, les dents parfaitement régulières, et porte son rouge à lèvres écarlate. Elle est en uniforme, son calot bien en place, ses ailes dorées épinglées à sa veste.

— Maman ? je chuchote.

Mais quand je cligne des paupières, elle a disparu. Son siège est vide. La poussière des projecteurs flotte dans l'air devant sa place, comme des paillettes.

— Violet ? Tu es prête ? me souffle à nouveau Landon.

— Oui.

Il me prend la main et s'avance sur scène. La chaleur des lumières nous accueille. Je sens la confiance m'envahir.

Maman va finalement me voir briller.

REMERCIEMENTS

Tout d'abord, j'aimerais vous remercier vous, lecteurs. Cela me touche que vous ayez choisi de lire ce livre ! Je ne serais jamais arrivée au bout de mon voyage d'écriture sans les personnes ci-dessous :

Je n'ai pas les mots pour remercier comme il se doit mon éditrice, Jen Bouvier. Tu as réalisé mon rêve quand j'étais sur le point de capituler. Tu as « pigé » ce roman comme je rêve que les lecteurs le fassent, et tu l'as amélioré comme je rêvais qu'un éditeur le fasse. Pour cela, un million de fois merci. Je te serai éternellement reconnaissante.

Un grand merci aussi à mon agente, Moe Ferrara. Merci d'avoir cru en moi et pour tes paroles de sagesse ! Je sais que je suis en de bonnes mains, avec toi.

Merci à toute l'équipe d'Entangled qui a mis ce livre au monde, et notamment Stacy Abrams, Curtis Svelhak, Meredith Johnson, Amarilys Acosta, Heather Riccio,

Bree Archer, Lydia Sharp, Elizabeth Turner Stokes, Jeannie Knott, Rae Swain et Hilary Shelby.

Merci aussi à Katie McCoach : tu es la première personne du monde de l'édition à avoir cru en moi. Tu m'as donné de la confiance, et je ne l'oublierai jamais.

À mes « Weeping Kiddies », mon groupe Scribiophile/Ubergroup, et en particulier Brenda Baker, Maggie Stough et Laura Reynolds. Vous m'avez aidée à débuter en tant qu'autrice et à façonner mon art.

Ma famille de PitchWars, les « Slackers » : je suis tellement chanceuse d'avoir un groupe d'amis auteurs d'un si grand soutien. Vous m'avez permis de surmonter d'innombrables défis d'édition ou du quotidien. Je vous suis reconnaissante à tous : Alexis Ames, Ruby Barrett, Chad Lucas, Elvin Bala, LL Montez, Jen Klug, Jessica Lewis, Rosie Danan, Leslie Gail, Lyssa Mia Smith, Mary Roach, Meg Long, Meryl Wilsner, Nanci Schwartz, Rachel Morris, Rochelle Hassan et Susan Lee.

Merci aussi à l'agent du FBI Raymond Hall de m'avoir aidée pour les passages concernant l'agente Rosenfield et l'enquête.

Aux bibliothécaires qui m'ont laissée lire avec avidité et inspirée quand j'étais ado – surtout ceux de la bibliothèque municipale de Harrison, dans l'État de New York, et la bibliothèque de New York centre.

Merci à ma famille et à mes amis pour leur soutien, et surtout à l'oncle Johnny qui m'a donné des ordinateurs portables quand j'étais ado, ce qui m'a permis de découvrir que j'adorais écrire.

Merci à mes formidables parents qui me soutiennent quoi qu'il arrive, dans mes activités de création. J'espère que ce livre vous aura moins ennuyés que la représentation de *Faust*. Votre enthousiasme et votre fierté concernant ce projet valent tout l'or du monde. J'ai beaucoup de chance de vous avoir tous les deux. Merci pour tout ce que vous faites.

À mon chat, Zoe, qui est toujours là pour moi. Je sais que tu ne verras pas ces lignes, puisque tu ne sais pas lire, mais nous allons y remédier.

Enfin, merci à toi, Kevin. Merci d'avoir toujours su que mes livres seraient un jour publiés, et pour ton amour et tes encouragements permanents. Tu es tout pour moi.

Ouvrage composé par
Facompo

Imprimé en France
par Normandie Roto Impression s.a.s.
61250 Lonrai
N° d'impression : 2401301
S33205/01

#lisez engagé !
www.lisez.com
Pour plus d'informations:
Imprimé sur du papier issu de forêts gérées durablement.

PKJ. www.pocketjeunesse.fr
• POCKET JEUNESSE

92, avenue de France – 75013 Paris